KB099934

ODD LAWYER
Devil's Balance 괴짜 변호사
악마의 저울

FUSION FANTASTIC STORY
미더라 장편 소설

괴짜 변호사 : 악마의 저울 12

미더라 장편 소설

초판 1쇄 찍은 날 § 2015년 12월 30일
초판 1쇄 펴낸 날 § 2016년 1월 6일

지은이 § 미더라
펴낸이 § 서경석

편집책임 § 이창진

펴낸곳 § 도서출판 청어람
등록번호 § 제387-1999-000006호
등록일자 § 1999. 5. 31
어람번호 § 제1-2324호

주소 § 경기도 부천시 원미구 부일로 483번길 40 서경B/D 3F (우) 14640
전화 § 032-656-4452 팩스 § 032-656-4453
http://www.chungeoram.com
E-mail § chungeorambook@daum.net

ISBN 979-11-04-90581-0 04810
ISBN 979-11-04-90196-6 (세트)

ODD LAWYER

Devil's Balance

괴짜 변호사
악마의 저울

[완결]

FUSION FANTASTIC STORY

도서출판 청어람

미더라 장편 소설

CONTENTS

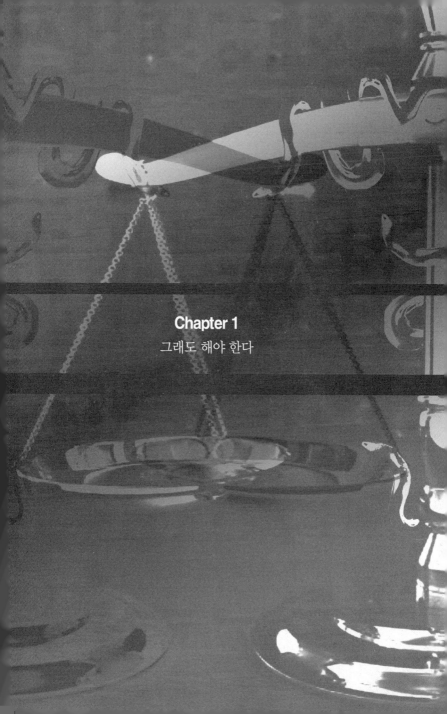

Chapter 1

그래도 해야 한다

혁민이 언급한 사람이나 기관의 반응은 예전과 똑같았다. 사실무근이며 대응할 가치도 없는 이야기라는 거였다. 개중에는 조금 더 강한 어조로 이야기하는 사람도 있기는 했다.

"그러니까 제발 좀 소송을 하라고. 말로만 참지 않겠다고 하지 말고."

혁민은 기사를 보면서 투덜거렸다. 상대가 그렇게 나오기만 한다면야 이쪽에서는 쌍수를 들고 반길 일이었다. 그리고 완전히 박살을 낼 수 있다고 자신했다. 하지만 저들이 그런 기회를 줄 리가 없었다.

상대는 언론 플레이만 요란하게 하고 정작 움직이지는 않았다. 그러면서 오히려 장중범과 백 선생을 압박하려는 움직임을 보였다. 혁민은 어쩔 수 없이 불리한 싸움을 시작해야 했다.

"역시나 예상한 대로네요. 이제는 시작해야겠죠?"

"그래야지. 내가 전에 이야기했던 것들 준비는 다 해놨지?"

"물론이죠. 전부 준비를 해놨죠. 아, 하나는 제외하고요. 그건 자료를 주시지 않았는데……."

"아. 그거는 지금은 어쩔 수 없어. 자료가 도착해야 시작할 수 있는 일이니까."

윤 팀장과 관련된 소송은 윤 팀장의 행방이 아직 확인되지 않았기 때문에 어떻게 할 수가 없었다. 윤 팀장의 가족들은 제발 윤 팀장이 무사하기를 기원하면서 만약 무슨 일이 있는 거라면 절대로 가만히 있지 않겠다고 했다.

혁민도 소송 같은 거 하지 않아도 좋으니까 윤 팀장이라는 분이 무사히 가족들에게 돌아왔으면 좋겠다고 바랐다. 그걸 제외한 소송 준비는 이미 끝난 상태. 혁민은 본격적인 전쟁을 시작하기로 마음먹었다.

그런데 혁민은 갑자기 온 전화를 확인하다가 고개가 기울어졌다. 아주 묘한 시기에 묘한 사람에게서 온 연락이었기 때문이었다.

"한 실장이? 무슨 일이지? 이제는 딱히 나눌 말이 없을 텐데……."

혁민은 고개를 갸웃거리면서도 전화를 받았다. 한 실장은 전과는 달리 약간은 정중한 말투로 말을 걸었다. 완전히 자신이 우위에 있다고 생각했을 때는 바로 반말을 하더니 상황이 바뀌니 존대를 하는 걸 듣고서 혁민은 웃을 수밖에 없었다.

─그동안 잘 지내셨습니까. 오랜만에 연락을 드리는 것 같군요.

"그러게나 말입니다. 그런데 우리가 이렇게 통화를 하고 그럴 만한 사이는 아닌 것 같은데… 무슨 일로 연락을 하셨는지요."

─아니, 연락하는 데 꼭 어떤 사이여야 하는 건 아니지 않습니까. 다들 필요하면 연락도 하고 만나기도 하고 그러는 게지요.

혁민은 피식 웃었다. 무언가 바라는 것이 있다는 게 티가 났기 때문이었다.

"글쎄요. 상황이 상황인지라 굳이 만날 필요가 있는지는 잘 모르겠군요."

─아마도 만나보면 만족하실 겁니다. 변호사님뿐만 아니라 다른 분들에게도 모두 도움이 될 만한 일일 테니까요.

한 실장은 무척 적극적으로 만나자고 이야기를 하더니 자신이 당장 혁민의 변호사 사무실로 직접 찾아가겠다고 이야기했다. 혁민은 그러라고 했다. 다른 장소에서도 아니고 사무실로 온다는데 굳이 거절할 건 없다는 생각에서였다.

그리고 한 실장의 목소리에서 이전과는 약간 다른 느낌을 받았다. 다급하고 절박하다는 느낌이 들었던 것이다. 그래서 분명히 무언가 일이 있다고 짐작했다. 그리고 어떻게 된 일인지는 얼마 후 직접 만나서 대화를 나누다가 알게 되었다.

한 실장은 약간은 비굴한 모습으로 정중하게 인사를 하더니 혁민의 방으로 들어가서 은밀하게 이야기를 나누고 싶다고 말했다. 혁민의 방으로 들어가자 그는 절대 비밀이라고 하면서 이야기를 꺼냈다.

"이건 절대로 어디 가서 발설하시면 안 되는 일입니다. 사실 지금 저까지 약간 위험한 상황이 되었습니다. 배후에서 이 사건을 지휘하는 사람이 문제가 좀 커지니까 희생양으로 저를 찍었거든요."

그러면서 그는 이번 사건과 관련된 이야기를 조금 풀어놓았다. 혁민은 이야기를 듣다가 굳이 이런 이야기까지 왜 하는지 의문이 들었다.

한 실장의 소속이나 하는 일 정도야 굳이 비밀이라고 할 것도 없었다. 하지만 그가 손잡고 일하는 조직이나 그 뒷이야기는 혁민도 짐작만 하고 있었지 실제로 듣는 건 처음이었다.

"잠깐만. 그런데 그 이야기를 왜 저에게 하는 겁니까? 제가 굳이 알아야 할 이유가 뭔지 잘 모르겠군요."

"이건 제 성의입니다. 저에 대해서 의심하고 계신 부분이 있을 테니 이렇게 해서라도 의심을 풀고자 하는 겁니다. 그래야 제대로 마음을 터놓고 이야기를 할 수 있지 않겠습니까."

한 실장은 서로 허심탄회하게 이야기를 하기 위한 선물이라고 했다. 혁민이야 나쁠 게 없었다. 이런 정보를 알아서 나쁠 건 없었으니까.

"그런가요? 그럼 일단 이야기를 해보시죠. 어떤 제안을 할 건지 들어보고 결정하겠습니다."

혁민은 몸을 느긋하게 뒤로 젖히면서 이야기했다. 자신은 급할 것이 없다는 걸 보여주려는 의도적인 행동. 한 실장도 그런 걸 알고는 있었다. 하지만 그럼에도 먼저 이야기를 꺼낼 수밖에 없었다.

"그러겠습니다. 뭐, 목마른 사람이 우물을 파야 하는 건 당연한 거니까 말입니다."

한 실장은 협력을 제안했다. 상대가 너무 강하니 각자 붙어서는 승산이 약하다는 걸 이유로 들었다. 혁민은 이야기를 들으면서 유심히 한 실장의 표정을 살폈는데, 어쩐지 안색이 좋지 않았다.

"그렇군요. 일리가 있는 이야기입니다. 상대가 누구인지는 모르겠지만, 강하다는 거야 실감하고 있으니까 말입니다. 아, 그런데 그 배후에서 지휘하는 사람의 정체는 누굽니까? 그 사람의 정체를 알면 어떤 수가 생길 수도 있을 것 같은데 말입니다."

"그건… 사실 그 사람의 정체는 저도 잘 알지 못합니다. 저도 직접 만난 건 아주 드문 경우라서 말입니다. 고위층 인사라고 짐작은 하고 있습니다만…….."

혁민은 한 실장의 표정을 계속해서 살폈는데, 진실을 이야기하는 것인지 거짓말을 하는 것인지 구분이 잘되지 않았다. 사실 한 실장이 그 사람의 정체를 모른다는 건 이해가 되지는 않았다.

"그럴 수도 있는 건가요? 그래도 한 실장님이라고 하면 그 사람의 정체 정도는 알 거라고 생각했는데…….."

"저를 너무 높이 평가하시는군요. 저야 현장에서 일하는 사람 아닙니까. 현장에서 일하는 사람이 고위직인 거 보셨습니까. 정말 윗사람들은 얼굴 보기도 힘든 겁니다."

한 실장은 정말이라면서 믿어달라고 했다. 그리고 이쪽에서 정말 높은 자리에 있는 사람들은 자신의 정체를 드러내는 걸 병적으로 싫어한다는 말도 했다.

"생각해 보십시오. 자기 정체를 아는 사람이 많아서 좋을 게 뭐가 있겠습니까. 그래서 아주 극소수의 인물만 정체를 압니다. 제가 그런 사람은 두엇 정도 알고 있습니다."

혁민은 한 실장의 속셈을 알 수가 없었다. 그래서 일단은 의심의 눈초리를 지우지 않은 채로 이야기를 들었다.

"그러면 어떻게 하자는 거죠? 둘이 힘을 합친다고 해도 방법이 있습니까?"

"방법이 없다면 이렇게 제가 찾아왔겠습니까."

한 실장은 혁민에게 슬쩍 다가오더니 은밀한 제안을 했다.

"그 조직 내부 정보를 빼내서 주겠습니다. 그러면 많은 도움이 되실 것 같은데요."

"흠… 그렇긴 하겠죠. 하지만……."

혁민은 가만히 생각을 해보았는데, 과연 그 정보만 가지고 이 전쟁에서 승리할 수 있을까 하는 의문이 들었다. 물론 그 정보를 얻게 되면 큰 무기를 쥔 셈이기는 했다. 하지만 그걸 증명할 수 있을까 하는 생각이 든 거였다..

'조직의 내부 정보라… 내부 정보보다는 그들이 한 일에 대한 증거 같은 게 더 좋을 것 같은데… 그리고 뭔가 좀 이상해.'

혁민은 슬슬 고개를 저었다.

"비밀스러운 내용일 것 같기는 하지만 써먹을 데가 별로 없을 것 같군요. 그것보다는 소송에서 쓸 수 있는 직접적인 증거 같은 게 더 좋을 것 같은데……."

"흠… 그것도 한번 알아보겠습니다. 대신에……."

한 실장은 장중범의 사건은 소송을 걸지 말아달라고 이야기했다.

"어차피 승산도 희박한 거 아닙니까. 대신에 백 선생의 사건은 확실하게 이길 수 있도록 도와드리겠습니다. 그러면 그 조직까지 일망타진하고 좋지 않습니까."

혁민은 한 실장이 뭘 원하는지 알 수 있었다. 장중범이 소송을 하게 되면 자신의 이름이 직접적으로 거론되게 된다. 그러면 사실 여부를 떠나서 상당한 타격을 받을 수밖에 없는 일이다. 만천하에 자신이 정보기관의 요원이라는 게 밝혀지는 꼴이니까.

그것도 작전에 성공해서 그런 것도 아니고 이런 추문에 휩싸여서 정체가 드러난다? 요원으로서의 생명은 끝이라고 봐도 무방했다. 그러니 거래를 하자는 거라고 생각했다.

하지만 사실은 조금 달랐다. 그는 지금 굉장히 위험한 상태였다. 선생님을 제거하고 자신이 그 자리에 오르는 것을 꿈꾸었지만, 그가 생각한 것보다 선생님의 권력은 강하고 단단했다.

"마음에 들지 않는 부분이라도 있습니까."

한 실장은 약간 다급한 목소리로 이야기했다. 지금 자신이 기댈 곳은 혁민밖에 없었다. 그동안 하치훈이나 다른 유력자들을 만나서 이야기하고 다녔는데, 얼마 전부터 한 실장의 제안을 받아들일 수 없다는 연락이 왔다.

처음에 한두 명이야 그럴 수도 있겠거니 했다. 그런데 자신이 만난 사람들이 전부 그런 말을 해오는 것을 보고는 소름이 쫙 돋았다. 선생님이 움직여서 자신을 옭아매고 있는 거였다. 그리고 그 올가미는 생각보다 훨씬 질겼다.

자신이 어떻게 몸부림을 쳐도 거기에서 벗어나지 못할 정도였다. 그는 살아오면서 그런 느낌을 처음 받았다. 자신이 이렇게 옴짝달싹하지 못하고 죽을 수도 있다는 느낌. 그건 엄청난 공포였다.

"그것보다는 조금 더 구체적으로 이야기해야 할 것 같은데……."

"제가 원하는 건 한 가집니다. 이번 사건에서 제 이름이 오르내리지 않게 하는 것. 그렇게만 해주시면 원하는 걸 얻을 수 있을 겁니다."

한 실장은 서로에게 이득이 되는 일 아니냐면서 말했다.

"어차피 지금 어떻게 움직여도 저들을 흔들 방법이 없는 거 아닙니까. 그러니……."

"누가 방법이 없다고 그러던가요? 제가 방법이 없으면 싸움을 시작했을 것 같습니까?"

한 실장의 말을 자르면서 혁민이 끼어들었다. 그리고 자신이 준비한 것이 따로 있다면서 자신감을 내비쳤다. 한 실장은 혼란스러운 마음이 되었다. 당연히 혁민도 곤혹스러운 상황이라 자신의 손을 잡을 줄 알았는데 상당히 뻣뻣하게 나오고 있었기 때문이었다.

그는 혁민이 유리하게 협상을 이끌기 위해서 블러핑을 하고 있는 것인지, 아니면 진짜 히든카드가 있는 것인지 헷갈렸다. 상식적으로는 블러핑이라고 생각되었는데, 자신의 처지가 워낙 급하다 보니 아닐 수도 있다는 생각이 자꾸만 들었다.

하지만 그렇다고 여기서 포기할 수는 없었다. 한 실장은 하치훈의 이야기가 머리에 떠올랐다. 알고 지낸 사이이니 해주는 말이라면서 본인은 물론이고 가족들도 조심하라는 이야기였다.

"방법이 있다고 해도 마찬가지 아닙니까? 어떤 힘을 가졌는지 알고 있잖습니까. 검찰이나 법원 쪽에 영향력을 발휘하는 건 저들이 가진 힘의 일부에 불과합니다. 그런데 어떻게 이기겠다는 겁니까? 우리 솔직해집시다."

한 실장은 어떤 패를 쥐었는지는 모르겠지만, 그래도 이길 확률은 아주 미비할 것이라고 했다. 사실 맞는 말이었다. 혁민이 준비한 게 있었지만, 그것이 있다고 해도 넘어야 할 산이 한두 개가 아니었다.

"기적을 바라고 이러는 건 아니겠죠? 그러니 힘을 합치는 게 어떻겠습니까. 적의 적은 친구라고 하지 않습니까. 그것보다 더 좋은 이유가 어디 있겠습니까."

한 실장은 협력하는 길만이 양쪽 다 살아남는 길이라면서 같이 활로를 모색하자고 혁민에게 끈질기게 이야기했다. 혁민도 살짝 마음이 흔들리는 걸 느꼈다. 만약 한 실장의 도움을 받는다면 저들에게 이길 확률이 대폭 상승할 건 자명했다.

하지만 장중범이 걸렸다. 그가 받은 억울한 누명과 고초는 어떻게 한단 말인가. 그걸 외면하는 건 말도 안 되는 일이었다.

'현실적으로 어쩔 수 없다는 말. 대를 위해서는 소가 희생
해야 한다는 말.'

　혁민은 힘없이 웃었다. 가진 자들이 하는 변명이라고 한 행
동을 자신도 할 뻔해서였다. 그래서 거절했다.

　"그렇게 되면 장중범의 누명은 어떻게 되는 겁니까. 좋은
제안이긴 하지만 그럴 수는 없습니다. 저도 똑같은 사람이 될
수야 없죠."

　그렇게 이야기하자 몸이 단 건 한 실장이었다.

　"그렇다면 이렇게 하시죠. 그 사건에 관련된 정보도 제공
하겠습니다. 그거야 제가 더 잘 아니까 충분히 정보를 제공할
수 있을 겁니다. 대신 약간 내용을 손봤으면 좋겠습니다."

　한 실장은 책임자를 자신이 아니라 다른 사람으로 바꾸자
고 말했다.

　"저는 단순한 심부름꾼에 불과합니다. 사실 그래요. 물론
잘못이 있어요. 그러니 그 부분에 대해서는 달게 받아들이겠
습니다. 대신에 모든 책임은 제가 아닌 다른 사람에게 있는
겁니다. 그렇게 된다면 그 사건의 정보도 제공할 수 있습니
다."

　혁민은 또다시 고민에 빠졌다. 이 정도 제안은 정말 파격적
인 거였다. 이렇게 증거가 확보된다면 여러모로 활용할 방법
이 있었다. 그만큼 승리할 확률도 높아지는 거였고.

　"그건 좀 생각해 볼 만한 것 같군요."

"그럼요. 그게 진실입니다. 책임자는 제가 아니라니까요."

한 실장은 이대로 있으면 자신은 죽은 목숨이라는 생각에 아주 적극적이었다. 혁민은 조금 마음이 동하는 걸 느꼈다. 그리고 한 실장도 자신의 잘못에 관해서는 처벌을 받겠다고 하니 더욱 이 제안이 마음에 들었다.

혁민은 일단 긍정적인 답변을 주었다. 한 실장이 정말로 그런 도움을 준다면 전쟁에서 승리할 확률이 대번에 높아질 테니까. 하지만 어제까지 적이었던 사람을 잠깐 대화하고 동료로 받아들일 수는 없는 일이다.

"제 입장도 이해하시리라 생각합니다. 얼마 전까지만 해도 적이었던 건 사실이니까요. 저야 넘어간다고 해도 다른 사람들이 납득을 하기가 어렵겠죠. 그래서 아무래도 무언가가 있어야 할 것 같습니다."

혁민은 증거를 먼저 요구했다. 그걸 가져다주면 손을 잡는 데 도움이 될 거라고 하면서. 한 실장은 조금은 난처하다는 표정이었다. 잘못하다가는 이용만 당하고 양쪽에서 모두 공격을 받을 수도 있었으니까.

"사정이야 알겠지만, 제 처지도 지금 그렇게 녹록한 게 아니라서 말입니다."

한 실장은 자신이 내건 조건 정도면 엄청나게 양보를 한 것 아니냐고 이야기했다. 그의 말 그대로라면 사실 일방적인 협상이나 마찬가지였다. 한 실장은 얻는 게 거의 없는 반면에 혁민은 많은 걸 얻게 되니까.

게다가 정상적으로 진행된다면 한 실장은 처벌도 받게 된다. 물론 사건의 성격상 쉽게 흘러가지는 않을 것이다. 온갖 방법을 동원해서 어떻게든 사건을 덮어버리고 무마하려 할 테니까. 게다가 한 실장은 나름대로 노림수가 있었다.

"그러면 이렇게 합시다. 정보를 전부 달라고 하는 거야 무리겠지만, 어느 정도는 제공되어야 저도 사람들과 이야기를 해볼 수 있을 것 같습니다. 그러니 일부를 먼저 건네주셨으면 하는데요."

"흐음… 그 정도라면 가능할 것 같습니다. 아참… 알려 드릴 게 있는데……."

한 실장은 대단한 비밀이라도 된다는 듯 이야기를 꺼냈다.

"하치훈이 움직이고 있습니다. 이번 사건이 진행되면 그쪽에서 맡을 것 같더군요. 그런데 재미있는 건 거절의 뜻을 밝혔는데 얼마 지나지 않아서 태도가 확 변했더군요."

한 실장은 엄청난 압력을 준 것 같다고 했다. 그리고 이 사건이 법정에 온다는 걸 가정하고 이미 조사에 들어갔다는 말을 했다.

"중간에 무마가 되면 좋겠지만, 만약 법정에 가더라도 확실하게 하겠다는 거겠죠. 알아두시면 도움이 좀 되실까 해서……."

한 실장은 슬며시 웃으면서 이야기했다. 둘은 조금 더 이야기를 나누었지만, 중요한 내용은 이미 다 나온 후였다. 잠시 후 한 실장은 자리를 떠났고, 혁민은 곧바로 천막을 찾아갔다.

"한 실장이? 또 무슨 수작을 부리는 거 아닌가? 그럴 인간이 아닌데?"

장중범은 믿을 수 없다면서 고개를 가로저었다. 그가 어떤 사람인지 누구보다 잘 아는 것이 장중범 아니던가. 자기 이익을 위해서 움직이는 사람이 그럴 것이라고는 믿어지지 않던 것이다.

"그래도 한 실장이라고 하면 제법 위치가 있는데 그런 사람을 제거하는 게 그렇게 쉬울 리가 있나. 뭔가 이상한 게 있는 것 같은데?"

백 선생도 장중범의 의견에 동의했다. 지금까지 그들이 용케 몸을 숨기고 살아올 수 있었던 것은 무조건 최악의 경우를 가정하고 움직였기 때문이었다. 그래서 혁민도 쉽게 설득할 수 있으리라고 생각하지 않았는데, 역시나 예상이 맞았다.

"저도 뭔가 꺼림칙한 건 있어요. 그런데 이야기를 들어보면 그럴 만할 것 같기도 하더군요."

혁민은 한 실장에게 들은 이야기를 해주었다. 자리에서 쫓겨나는 정도가 아니라 살해 위협을 받고 있다는 말을.

"그런 정도라면 약간 가능성이 있기는 한데……."

"그래서 일단 가지고 오는 정보를 보고 생각하기로 했습니다. 그리고 상황이 어떤지 좀 알아보기도 하고요."

혁민은 그들에게 쉽게 정보를 알아낼 수는 없겠지만, 일단 알아보는 데까지는 알아보겠다고 이야기했다. 장중범과 백 선생도 그런 정도라면 괜찮다고 이야기했다.

"그런 증거가 확보된다면 아무래도 유리하게 되는 건 사실이니까… 하지만 재판이 제대로 진행될지 모르겠군. 도무지 믿을 게 하나도 없어서……"

"되게끔 해야죠. 선거철이 다가오니 마냥 모른 척하고 있을 수는 없을 겁니다. 아무래도 민감한 시기니까 말이죠."

혁민은 그걸 노리고 일부러 시기를 택한 것도 있었다. 지금 바로 소송에 들어가지 않고 시간을 끌고 있는 이유 중 하나이기도 했고. 그런데 이야기를 나누는 도중에 혁민의 핸드폰이 울렸다.

"잠시만요. 중요한 연락이라서요."

혁민은 배 실장에게서 온 전화를 받았다. 언제나 그렇듯 배 실장은 무미건조하고 고저 없는 말투로 이야기했다.

―빨리 알려 드릴 게 있어서 연락했습니다.

"어떤 건가요? 필요한 정보를 전부 찾았습니까? 아니면 무슨 문제라도?"

혁민은 어쩐지 좋지 않은 예감을 느꼈다. 그렇게 생각할 만한 건 하나도 없었지만, 어쩐지 그런 기분이 들었다. 누구나

다 비슷한 경험이 있을 것이다. 어쩐지 상대방에게서 안 좋은 말이 나올 것 같은 그런 느낌. 그리고 그런 예감은 이상할 정도로 잘 맞는다.

─윤 팀장이라는 분, 사망한 게 확인이 됐습니다.

"……."

혁민은 아무런 말도 하지 못했다. 혁민은 본 적도 없는 사람이었다. 하지만 소송을 하기 위해서 자료를 모으고 장중범으로부터 이야기를 들어서 꽤 익숙했다. 게다가 그의 가족과는 이야기도 몇 번 나누었다.

"그래도 살아 있기를 바랐는데……."

상황이 좋지 않다는 건 알고 있었다. 그래도 장중범처럼 기적적으로 살아 있기를 혁민이나 그의 가족이나 바라고 있었는데, 이제는 영원히 돌아올 수 없는 사람이 되어버렸다.

"확실한 건가요? 착오 같은 게 있는 건 아니겠죠?"

중국이라고 일처리가 다 엉망인 건 아니겠지만, 그래도 신뢰성은 현격하게 떨어졌다. 그래서 혹시 잘못된 정보를 입수한 것 아니냐고 물은 거였다. 하지만 배 실장은 틀림없는 사실이라고 대답했다.

─제가 시신까지 확인하고 지문 대조까지 해봤습니다. 틀림없습니다.

"그런가요? 하아……."

배 실장은 관련 정보를 곧 보내겠다고 이야기했다. 혁민은 가족들에게 어떻게 이 사실을 전해야 할지 난감했다. 누구라도 이런 소식을 전하기 싫을 것이다. 하지만 알려주어야만 한다.

"알겠습니다. 그리고 다른 건 어떻게 되어가고 있습니까?"

─다른 것도 거의 준비가 끝나갑니다. 마지막으로 작업할 게 있기는 하지만 그것도 별로 어려울 것 같지는 않군요.

"그런가요? 다행이네요. 가능한 한 빨리 작업해서 보내주세요. 이쪽도 어떻게 될지 모르는 상황이라……."

혁민은 통화를 마치고 다소 침울한 표정으로 다시 천막으로 들어갔다. 혁민이 나갔다가는 표정이 변해서 들어오자 장중범과 백 선생은 무슨 일이라도 있느냐고 물었다. 혁민은 장중범을 쳐다보면서 입을 열었다.

"놀라지 마세요. 윤 팀장님의 시신을 확인했답니다."

"뭐?!!"

장중범은 자리에서 벌떡 일어났다. 그에게 있어서 윤 팀장이 어떤 존재이던가. 끝까지 자신을 믿어주었고, 자신의 결백을 밝히기 위해서 애써준 상사였다. 가족만큼 가깝고 소중한 사람이 바로 윤 팀장이었다.

그래서 자신과 비슷한 상황에 처했다는 이야기를 들었을 때 무척이나 괴로워했다. 그리고 어떻게든 살아만 있어달라고 기원했다.

시간이 조금 지나기는 했지만, 중국에 그래도 인연이 조금 남아 있다. 살아만 있다면 그들에게 부탁하고 자신이 중국에 직접 가서라도 윤 팀장을 무사히 데려올 생각이었다. 살아만 있다면 말이다. 그런데 이미 싸늘한 시신이 되었다니.

쾅!!

장중범은 옆에 있는 박스를 걷어찼다. 실례가 되는 행동이라는 걸 모르지는 않았지만, 그렇게라도 하지 않으면 울화가 가라앉지 않을 것 같아서였다.

"아우!! 이런 드러운. 한 실장, 이 개새끼!!!"

장중범의 기세는 무시무시했다. 한 실장이 눈앞에 있다면 당장에 갈가리 찢어놓을 듯 보였다. 백 선생이나 혁민은 그가 지금 어떤 심정인지 잘 알기에 가만히 내버려 두었다.

이 세상이 모두 자신을 버렸을 때 끝까지 믿고 손을 잡아준 사람이었다. 그런 사람이 억울하게 죽었으니 심정이 오죽하겠는가. 장중범은 자신의 살점이 떨어져 나가고 내장이 찢어지는 듯한 고통을 느끼고 있었다.

"한 실장하고 손을 잡는 건 어려울 것 같군."

백 선생이 중얼거렸다. 혁민도 비슷한 생각이었다. 장중범의 일만 있을 때와는 또 달랐다. 장중범은 억울한 일을 당하긴 했지만, 그래도 아직 살아 있지 않은가.

소송해서 보상받는다고 해도 그 시간과 고통을 제대로 보상받을 수야 없겠지만, 그래도 살아 있다는 게 중요했다. 하지만 윤 팀장은 이미 불귀의 객이 되었다. 가족에게 아무리

위로를 하고 보상을 한들 그게 무슨 소용이겠는가.

한 실장의 제안이 분명히 싸움을 유리하게 이끌 방안인 것은 맞았지만, 상황이 이렇게 된 이상 그와 협력을 하는 일은 물 건너갔다고 생각되었다.

"정 변호사. 한 실장, 이 새끼 어떤 죄목에 해당하지?"

장중범은 이를 갈면서 이야기했다. 생각 같아서는 자신이 달려가서 때려죽이고 싶었지만, 그럴 수는 없다는 게 정말 분하다는 표정이었다. 혁민은 바로 대답했다.

"일단은 직권남용죄에다가 살인 교사 정도를 적용할 수 있을 것 같군요."

"살인죄는 안 되고?"

"흐음… 글쎄요. 살인죄는 조금 논란이 있을 것 같기는 한데… 그래도 아주 불가능할 것 같지는 않네요."

하지만 혁민은 증거 자료나 여러 가지 문제가 있어서 확실하게 이야기할 수는 없다고 말했다. 장중범은 어떻게든 그 자식이 한 짓을 밝히고 살인죄로 처벌받게 하고 싶다고 했다.

"이게 살인이 아니고 무어냐고. 뻔히 알고 있었어. 내가 살아난 게 정말 천운이었지. 그 자식은 죽을 걸 알면서도 명령을 한 거야. 아니, 고의로 죽인 거라고."

혁민도 그런 것에는 공감했다. 하지만 증거가 없지 않은가.

"몰랐다고 하면 그만이라서요. 그렇지 않다는 걸 증명하려면 국정원 자료나 중국에서의 작전 관련된 정보가 있어야 하는데 그런 건 입수하기가 워낙 힘든 것이라서……."

증거도 증인도 확보하기 어려운 상황. 혁민은 일단 어떻게 해야 하는 것이 좋을지 검토를 해보겠다고 이야기했다. 장중범은 한참 씩씩거리다가 혁민에게 이야기했다.

"정 변호사, 미안해. 한 실장 제안을 받아들이면 훨씬 손쉽게 이길 수 있다는 거 알아. 아니, 그게 유일하게 이길 수 있는 길일지도 모르지. 하지만 난 그럴 수가 없어."

"아니요, 미안해하실 필요 없습니다. 어차피 그쪽은 길이 아니었나 보죠."

혁민은 웃으면서 이야기했다.

"언제나 바른길이 뭔지 다 알죠. 그런데 다들 그 길은 피하려고 합니다. 그 길로 가는 건 너무 힘들거든요. 저도 이번 사건이 너무 힘들어서 흔들렸던 것 같아요. 혹시 모르죠. 한 실장이 살인죄까지 전부 시인하고 처벌받겠다고 하면……."

"그 인간이? 그럴 리가 있나. 자기 욕심과 이익에 얼마나 민감한 놈인데. 이번에 처벌도 감수하겠다고 한 건 다 빠져나올 구멍이 있어서 그런 걸 거야."

"그럴지도 모르죠. 아니면 다른 생각이 있었거나."

혁민은 한 실장이 다급한 상황이라고 할지라도 너무 굽히고 나왔다고 생각을 했다.

"이걸로 기대했던 증거들은 싹 날아갔군요. 다시 원점이네."

"그래도 가보자고. 그렇다고 여기서 주저앉을 수야 없는 거 아닌가."

혁민은 그런 건 생각도 하지 않았다고 이야기했다.

"멈추거나 쉬는 건 없습니다. 지금은 앞으로 나가는 것만 있죠. 멈추거나 쉬는 건 죽겠다는 소리나 마찬가집니다."

혁민은 일단 자료가 오는 대로 검토하고 윤 팀장의 가족에게 연락하겠다고 이야기했다.

"걱정이구만. 형수님이 여리신 분인데……."

"제가 뵙고 이야기를 나눠보니 그렇지도 않으시던데요. 그래도 요원의 아내로 산 세월이 있으시잖아요. 어느 정도는 이렇게 될 거라는 것도 생각은 하고 계시더라고요."

물론 그렇다고 해서 충격이 없을 수야 있겠는가. 그런 생각은 하더라도 살아 있기를 바라는 게 인지상정이다.

"아, 그런데 그런 정보는 어떻게 알아낸 건가? 중국에서의 일이라서 쉽지 않았을 텐데……."

백 선생이 갑자기 생각이 난 듯 물었다. 장중범도 궁금하다는 듯 혁민을 쳐다보았다. 혁민은 이야기를 할까 말까 고민하다가 입을 열었다.

"배 실장이 지금 중국에 가 있거든요. 지인의 도움으로 **꽌시**를 소개받아서 자료를 좀 모으고 있습니다."

"그래? 그런 것까지 조사하고 모으려면 보통 **꽌시**로는 어림없을 건데……."

백 선생의 말에 혁민은 제법 높은 사람이라고만 이야기했다. 그러자 장중범이 나서면서 제안했다.

"내가 아는 사람들도 좀 있는데 그쪽에도 연락하지. 아무래도 도움이 좀 될 거야."

장중범은 밑바닥에서 움직이는 건 자신이 아는 루트가 훨씬 나을 거라고 했다. 혁민은 반색하면서 말했다.

"아직 연락되시나 보네요? 그러면 좋죠."

"내가 바로 연락하고 알려주지."

혁민은 한 실장의 제안은 거절하기로 했다. 윤 팀장의 일을 생각해서라도 그와 손을 잡을 수는 없는 일이었다. 아무리 그게 자신에게 이득이 된다고 해도 말이다.

*　　　*　　　*

한 실장은 조금 긴장한 모습으로 커피 잔을 들었다. 벼랑 끝에 서 있는 것과 마찬가지인 상황이니 조심스러운 거야 당연한 일. 그는 연신 주변을 두리번거렸다. 자신이 기다리는 사람이 언제 들어올지 몰라 살피는 거였다.

"아, 이쪽입니다."

문을 열고 자신이 기다리던 사람, 선생님이 들어오자 한 실장은 자리에서 일어서서 손을 들었다. 선생님은 주변을 살짝 살피더니 재빨리 한 실장이 있는 곳으로 다가왔다.

"이런 곳에서 나를 보자고 하다니. 정말 미쳤나?"

선생님은 무척이나 험악한 표정을 지으면서 말했다. 하지만 주변을 의식한 듯 목소리는 무척 작았다. 한 실장은 죄송하다고 하면서도 자신이 하고자 하는 이야기를 시작했다.

"제가 지금 사정이 사정이다 보니 결례를 했습니다. 길게 끌지 않겠습니다."

"당연히 그래야지. 하지만 이야기한 대로 쓸 만한 내용이어야 할 거야. 이런 곳으로 나를 불러낸 것이 충분히 상쇄되고도 남을 만큼."

한 실장은 이해해 달라고 연신 머리를 조아렸다. 그렇다고 선생님을 만나기 위해서 안가로 찾아갈 수는 없는 일 아닌가. 제 발로 거기 가는 건 잡아서 죽여달라고 하는 것이나 마찬가지였다.

그래서 이런 장소에서 만나는 걸 극히 꺼리는 그를 불러낸 것이다. 일단은 자신의 안전이 보장되어야 하니까. 선생님은 당연히 거절했지만, 정말로 유용한 내용이니 한 번만 들어달라고 간청해서 겨우 허락을 받은 것이었고.

"말씀드렸듯이 장중범과 관련된 내용입니다. 지금 골치가 아프실 텐데 그걸 제가 말끔하게 정리해 드릴 수도 있을 것 같아서 말입니다."

"일단 이야기를 해보게. 핵심만 빨리 이야기해야 할 거야. 벌써 시간이 일 분 넘게 지난 것 같은데 그것 포함해서 딱 오분 주지."

선생님의 으름장에 한 실장은 입을 빨리 놀리기 시작했다.

"제가 그쪽과 접촉을 했습니다. 물론 지금 상황이나 여러 가지 이야기를 좀 각색해서 같은 편이 될 수도 있다고 믿게끔 했습니다."

한 실장은 자신이 정보를 제공하는 대신 자신의 안전을 보장해 달라고 조건을 내걸었다고 했다. 그는 이야기하면서 선생님의 눈치를 살폈는데, 다행스럽게도 관심을 보이는 것 같았다. 그는 말을 하는 속도를 더 높였다.

"조금만 더 약을 치면 저를 믿을 수 있을 것 같습니다. 제가 적당한 정보를 제공할 테니까 말입니다. 제법 쓸 만하지만 결정적이지는 않은 정도로요."

한 실장은 그렇게 자신을 믿게끔 한 다음에 그쪽 정보를 빼내거나 가짜 증거를 심어서 자멸하게 만들겠다고 말했다.

"이 정도면 쓸 만한 내용이 아닐는지요."

"나쁘지 않군. 제법 머리를 굴린 티가 나. 효과도 나쁘지 않을 것 같고……."

선생님은 눈을 가늘게 뜨고는 한 실장을 살폈다. 손을 비비면서 선처 바란다고 하는 그의 모습에서 선생님은 몇 가지 느낌을 받았다. 정말로 다급하다는 느낌, 그러면서도 무언가 찜찜하다는 느낌.

'급하긴 급했나 보군. 하기야 자신이 어떻게 될 거라는 것

정도는 알았을 테니까.'

같이 일한 지 오래된 사이다. 서로의 스타일에 대해서도 잘 안다. 그러니 자신이 지금 얼마나 위태로운 상황인지도 파악했을 터. 이렇게 나오는 게 이해가 되었다. 살기 위한 처절한 몸부림.

하지만 그러면서도 숨겨놓은 수가 있을 것이다. 원래 음험한 자였으니까. 선생님은 대충 알 수도 있을 것 같았다.

'이중 스파이 놀이를 하려나 보구만. 양편에 다 붙어서 눈치를 보다가 유리한 쪽으로 붙겠다는 심산이겠지.'

선생님의 생각은 정확했다. 한 실장은 양쪽에 다 선을 대고 있다가 자신이 살아남을 수 있는 방법을 모색할 생각이었다. 지금 한 실장 입장으로 보면 가장 좋은 방법이라고 할 수 있을 것이다.

"어떻습니까? 물론 그렇지 않고서도 해결하실 수 있겠지만, 그래도 조금이라도 깔끔하게 정리하는 편이 좋지 않겠습니까."

"나쁘지는 않은 제안 같군. 그렇게 하는 대신에 바라는 게 뭔가?"

서로 상대가 원하는 건 알고 있었다. 몰라서 하는 질문이 아니라 상대를 떠보는 거였다. 말을 하는 것, 그 사람의 표정이나 행동을 보면 생각보다 많은 걸 알아낼 수 있을 때가 있다. 그래서 일부러 대답하기 곤란한 질문을 던지는 거다.

"아이고, 왜 이러십니까. 잘 아시면서. 저야 그저 이 자리에서 계속 일할 수만 있다면 만족합니다. 다른 건 바라는 것도 없습니다. 그럼요."

한 실장은 너스레를 떨면서 대답했다. 그걸 보고는 선생님은 생각했다.

'뭔가 꿍꿍이가 있는 게 확실하군.'

하지만 그런 생각을 드러내지 않고 그 정도는 들어줄 수 있다고 대답했다. 그러면서 대신 그쪽 정보를 빨리 알려달라고 말했다.

검찰이나 법원에 힘을 쓸 수도 있었지만, 상당히 피곤한 일이다. 그런 걸 누군가에게 청탁하면 반드시 나중에 그에 상응하는 걸 들어주어야 한다. 그러지 않고 해결할 수만 있다면야 더할 나위 없이 좋은 일.

물론 사건이 중요하니 그것 말고도 해결하기 위해서 계속 움직이겠지만, 한 실장의 제안은 충분히 매력적이었다. 그래서 일단은 받아들였다. 하지만 한 실장의 조건을 그대로 해줄 생각은 별로 없었다.

"그러면 연락 기다리겠네. 그리고 이런 곳에서 만나는 건 이번이 마지막이야."

"그럼요. 알겠습니다. 제가 얼른 좋은 소식을 전해 드리겠습니다."

한 실장은 히죽 웃으면서 대답했다. 선생님의 말은 믿을 수가 없었다. 원래 그런 놈이었으니까. 하지만 적어도 당장 자신에게 손을 쓰지는 않을 것이다. 그거면 된 거였다. 시간을 벌었으니 그사이에 무언가를 하면 된다.

한 실장은 곧바로 혁민에게 연락했다. 당분간은 둘 사이에서 줄타기하다가 상황을 봐서 어떻게 할지를 정할 생각이었다. 그래서 정보를 넘겨주겠다고 연락을 했는데, 청천벽력과도 같은 이야기를 듣게 되었다.

"아니, 그게 무슨 말이야. 필요가 없다니?"

─그렇게 됐습니다. 이제 더는 연락하지 않아주셨으면 합니다.

"아니, 이봐, 정 변호사. 이럴 게 아니라 우리 만나서 이야기하지."

혁민은 그럴 필요가 없다고 이야기했지만, 한 실장은 마지막으로 한 번만 이야기를 나누자고 졸랐다. 그리고 혁민의 대답을 듣지도 않고 지금 혁민의 사무실로 찾아가겠다고 말하고는 전화기를 끊었다.

그리고 잠시 후, 한 실장은 혁민을 그의 방에서 만날 수 있었다.

"아니, 갑자기 그게 무슨 소리야. 내가 애써서 건네줄 정보까지 다 준비했는데 말이야."

"그냥 제가 알아서 하려고요. 생각해 보니 그러는 게 옳을 것 같더군요."

한 실장은 답답한 소리 한다면서 어떻게든 혁민을 설득하려고 했다.

"자네 세상 물정 모르는 사람도 아니지 않은가. 왜 이렇게 말도 되지 않는 소리를 해? 지금 상황에서 소송을 해봐야 이길 수 있을 것 같은가? 증거가 없는데?"

"그거야 해봐야 아는 거죠."

한 실장은 어처구니가 없다는 듯 헛웃음을 웃었다.

"내가 법률 전공은 아니지만 아는 게 조금 있지. 증거를 확보할 수 없다는 거 말이야. 형사소송법에 규정이 되어 있을걸?"

사실이었다. 한 실장이 속해 있는 정보기관은 형사소송법 제110조와 제111조의 조문을 예전부터 활용해 왔다.

제110조는 군사상 비밀을 요하는 장소는 그 책임자의 승낙 없이는 압수 또는 수색할 수 없다는 것과 책임자는 국가의 중대한 이익을 해하는 경우를 제외하고는 승낙을 거부하지 못한다는 내용이다.

"당연히 국가의 중대한 이익과 관련되었다고 하면서 거부한다고."

"그거야 잘 알고 있습니다. 당연한 일이니까요."

제111조는 공무원 또는 공무원이었던 자가 소지 또는 보관하는 물건에 관하여는 본인 또는 그 해당 공무소가 직무상의

비밀에 관한 것임을 신고한 때에는 그 소속 공무소 또는 당해 감독 관공서의 승낙 없이는 압수하지 못한다는 거였다.

사실상 제대로 된 증거를 확보한다는 건 거의 불가능한 상황. 하지만 혁민은 그래도 소송을 어떻게든 끌고 나가겠다고 이야기했다.

"아, 이 친구 정말 답답하네. 내가 제공하는 정보가 있어도 어떻게 될지 모른단 말이야. 그리고 1심이야 어떻게든 넘어간다고 해도 2심 가면 무조건 진다고. 그러니 빼도 박도 못하는 증거가 있어야 하는 거야."

혁민도 알고 있었다. 누가 봐도 부정할 수 없는 그런 증거를 들이밀지 않는 이상에는 무조건 진다고 봐야 한다. 그런 증거를 내도 어쩌면 패소할 수도 있다.

"하지만 그래도 같이 일할 수는 없습니다. 상의한 결과 그렇게 결정이 났네요."

"허어, 이거 참… 자네 혹시 소송 말고 다른 방식으로 이 문제를 해결하려는 건가?"

한 실장은 도저히 이해할 수가 없다면서 이야기했다. 그렇지 않고서야 뻔히 질 것을 알면서도 소송을 진행한다는 게 말이 되는가. 세상에 어느 누가 뻔히 질 싸움을 그렇게 열심히 한단 말인가.

결과는 중요한 게 아니라는 말을 하는 사람도 있다. 한 실장은 그건 패배자들이 하는 헛소리에 불과하다고 생각했다.

이기고 나서 열매를 자신의 것으로 만들어야 하는 거다. 그냥 과정을 즐기라고? 한 실장은 그런 마인드로 성공한 사람을 보지 못했다.

죽기 살기로 매달려서 어떻게든 상대를 짓밟고 위로 올라가야 했다. 암수와 반칙이 난무하고 조금의 허점만 보여도 상대의 목덜미를 물어뜯는다. 그래서 한 실장은 혁민이 다른 꿍꿍이가 있다고 생각했다.

"상식적으로 그렇잖나. 소송이 아니라 다른 해결 방법을 생각하고 있으니 그런 거겠지."

"다른 방법이요? 그런 거 있으면 알려주시죠. 그런 게 있었으면 좋겠네요."

한 실장은 혁민의 말을 믿지 않았다. 분명히 소송하는 척하면서 다른 수단으로 문제를 해결하는 걸 노리고 있다고 생각했다.

"다른 건 모르겠지만, 한 가지는 확실하게 말씀드릴 수 있습니다. 분명히 소송을 통해서 해결할 겁니다. 그게 힘들고 어려운 길이라는 건 압니다. 거의 불가능하다는 것도 말입니다."

혁민은 아주 담담하게 이야기했다. 한 실장은 너무나도 평온하게 이야기해서 혹시 모든 걸 포기한 것인가 하는 생각을 했다. 하지만 이내 그게 아니라는 걸 알 수 있었다. 모든 걸 내려놓은 게 아니라 모든 걸 감수하면서도 앞으로 나아가겠다는 의지를 느낄 수 있었으니까.

"하지만 그렇게 해야만 제대로 된 거니까 그렇게 하는 겁니다."

한 실장은 딱히 할 말이 없었다. 이미 마음을 굳혔다는 걸 알 수 있었으니까. 그러나 그렇게 되면 곤란해지는 건 자신이다. 그래서 어떻게든 방법을 만들어보려고 애썼지만, 혁민의 마음을 돌릴 수는 없었다.

"저야 정의로운 편법이나 꼼수는 괜찮다고 생각하는 사람이라서 처음에는 받을까 했습니다. 하지만 이제는 그럴 수가 없게 되었군요."

혁민은 윤 팀장의 이야기는 끝까지 하지 않았다. 윤 팀장의 정보를 알고 있다는 걸 굳이 상대에게 노출할 필요는 없었으니까. 한 실장은 계속해서 집적거렸지만, 결국에는 포기할 수밖에 없었다.

"내가 한 가지는 알려주지."

한 실장은 표정이 살짝 일그러지면서 이야기했다. 마지막으로 혁민을 설득하려는 시도였다. 그는 선생님에게서 들은 이야기를 해주었다.

"고소를 해봐야 검찰에서 끝날 거야. 법원까지 가지도 못한다고. 고소를 했다고 해도 무슨 증거가 있어야 할 것 아닌가. 검찰 단계에서 그냥 종결해 버릴 거야."

혁민은 묵묵히 듣고 있었다. 제대로 된 증거가 없다면 그럴 가능성이 높았으니까. 아니, 증거가 있어도 무시하고 끝낼 가능성도 있었다.

"민사소송? 그래, 민사야 법정까지야 갈 수 있겠지. 가서 어떻게 할 건데?"

1심이야 요즘은 컴퓨터가 배정하니 잘하면 제대로 된 판사 만나서 판결받을 수도 있을 것이라고 했다. 하지만 2심부터는 전혀 가망이 없다고 말했다.

"형사는 검찰 단계를 넘지 못할 거고, 민사는 1심에서나 승소하면 다행이고. 이게 이 사건의 운명이야. 그래도 하겠다고? 그러지 말고 나랑 손을 잡자고."

하지만 혁민은 고개를 저었다.

"아니요, 그래도 우리는 같이할 수 없습니다. 그리고 그런 상황이라고 해도 할 겁니다."

한 실장은 모든 게 끝났다는 걸 알 수 있었다. 그는 순간적으로 머리를 굴렸다. 그리고 지금이 유일하게 자신이 도망칠 수 있는 시간이라는 걸 깨달았다. 그는 혁민과 헤어지자마자 바로 떠날 준비를 했다. 그나마 선생님이 방심하고 있을 때 도망쳐야 했으니까.

그리고 혁민은 차근차근 하나씩 준비했고, 소송을 위해서 작성한 모든 서류가 마무리되었다. 이제는 소송이 시작되는 것만 남았다.

*　　　*　　　*

윤 팀장의 가족은 혁민이 생각했던 것보다 훨씬 더 큰 충격을 받은 듯했다. 당연히 힘들어할 것이라고 생각은 했지만, 너무나도 비통해하고 혼절까지 해서 혁민과 주변 사람들을 놀라게 했다.

어느 정도는 예상하고 있어서 이 정도는 아닐 것이라고 생각했는데, 가족을 잃은 슬픔은 대비할 수 있는 것이 아닌 모양이었다.

"하기야 내가 잘못 생각한 거지. 예상하고 있다고 해서 충격이나 슬픔이 작아지기야 할까. 더구나 타국에서 억울하게 변을 당한 것인데."

"맞아요. 그걸 누가 상상이나 할 수 있겠어요. 그런데 선배님, 시킨 대로 준비를 하기는 했는데, 솔직하게 이야기해서 너무 부실한 것 같은데요?"

위지원 변호사가 걱정스럽다는 투로 이야기했다. 혁민이 알아서 하기야 하겠지만, 아무리 봐도 준비한 자료만 가지고는 승산이 없어 보였기 때문이었다.

"민사도 그렇고 형사도 그렇고… 하기야 이런 건 자료를 구할 방법이 없으니……."

"부족한 거야 사실이지. 하지만 괜찮을 거야. 생각해 둔 방법이 있으니까."

혁민은 앞으로 보강 자료가 올 것이고 그것 말고도 준비한 게 있다고 말했다. 물론 상대가 워낙 강력해서 어떻게 될지는 모르겠지만, 그래도 자신이 준비한 것도 만만치는 않을 것이라고 혁민은 자신했다.

"내가 지금까지 했던 소송 중에서 처음으로 질 수도 있다는 생각이 드는 건 사실이야."

"정말이요? 저는 선배님이 이번에도 확신하고 있는 줄 알았는데."

혁민은 슬며시 웃으면서 고개를 저었다. 이번에는 상황이 너무나도 좋지 않다면서.

"만약 나와 전혀 상관없는 그런 소송이라면 맡지 않았을지도 모르겠어. 어떻게 손을 쓸 수 있는 방법이 없잖아. 증거도 없어, 증인도 없어. 그렇다고 다른 유리한 정황이 있는 것도 아니고. 그러니 맡지 않았을 거야. 하지만 그럴 수 있는 상황이 아니니까."

"우와. 선배님이 이런 모습도 있었어요? 항상 자신감에 차 있는 사람인 줄 알았는데."

혁민은 웃으면서 대답했다. 세상에 항상 그런 사람이 어디 있겠느냐면서.

"사람이 고민도 하고 위축될 때도 있는 거지. 하지만 일단 칼을 뽑았으니 이제는 마음가짐이 좀 달라졌지. 오로지 이긴다는 생각만 하면서 앞으로 가야지."

위지원 변호사는 그런 모습이 선배답다면서 엄지를 올렸다.

"그건 그렇고 윤 팀장의 일은 정말 뭐라고 할 말이 없네. 이게 사람이 할 짓인가 싶어."

"너무해요. 정말 이런 짓 한 사람들은 무슨 생각을 하면서 사는 걸까요?"

혁민은 입맛이 쓰다고 느꼈다. 그런 짓을 하는 사람들이 너무나도 많았기 때문이었다. 그런 사람들의 생각이야 뻔하지 않겠는가. 그저 나의 이익이 중요한 것이다. 내 권력, 내 돈, 내 자리, 그런 것이 다른 어떤 것보다 우선하는 거다.

"그러니까 사람이 죽을 줄 알면서도 그런 짓을 하는 거지."

"맞아요. 정도 차이만 있지 자기 욕심 차리려고 다른 사람은 어떻게 되든 상관하지 않는 사람이 많은 것 같아요. 그런데 그런 사람들이 다들 잘살고 사회에서 고위층에 있다는 게 더 한심한 거죠. 에휴~"

위지원 변호사는 이제는 이런 말을 하기도 싫다면서 투덜거렸다.

"꼭 우리나라만 그러는 것도 아니긴 해. 어차피 자본주의가 그런 거니까. 돈이 최고인 시스템이라고. 그렇지 않은 것처럼 포장하고는 있지만, 모든 것을 움직이는 힘은 바로 돈이지."

권력을 유지하려면 돈이 필요하다. 돈을 더 많이 벌기 위해서도 돈이 필요하고. 문제는 적은 돈으로는 아무리 지랄 발광을 해도 큰돈을 만들 수 없다는 점이다.

"예전에는 월급 모아서 집을 살 수가 있었다잖아. 그래서 그때 기억을 가지고 있는 사람들은 무조건 열심히 일하면 되는 줄 알아요."

혁민은 요즘은 그런 시대가 아니라고 하면서 그런 사고방식 때문에 세대 간의 갈등도 커지고 문제도 심각해진다고 말했다.

"하긴. 저의 아버지만 해도 그런 말씀 하세요. 요즘 젊은이들은 열심히 하려는 생각은 안 하고 편한 것만 찾는다고."

"잘 몰라서 하는 소리지. 그런데 웃기는 건 뭔지 알아? 그러니까 그런 사고방식 가지고 있는 세대의 대표적인 게 베이비 붐 세대거든."

한국의 경우에는 1955년부터 1964년 정도에 태어난 사람들을 베이비 붐 세대라고 하는데 대략 700만 명 정도가 된다.

"그 계층이 은퇴를 시작하고 있다고. 그런데 요즘은 예전보다 평균 수명이 확 늘었잖아. 예전에는 환갑잔치를 했던 게 환갑만 해도 흔하지 않았던 시절이 있었거든."

"그건 그래요. 요즘은 환갑잔치는 안 하기도 하더라고요."

그래서 문제가 발생했다고 혁민은 말했다. 앞으로 살아야 할 날은 많고, 퇴직금이나 모아놓은 재산만 가지고 여생을 보내기에는 부족하고.

"그러니까 전부 치킨집 하고 그러는 거잖아. 특별한 기술이 없어도 할 수 있는 거니까. 그런데 그런 가게들이 대부분 망한다고."

혁민은 열심히 일하면 된다는 마인드를 가지고 지금 세상이 어떤지도 잘 모르면서 무작정 뛰어들어서는 망할 수밖에 없다고 이야기했다.

"지금은 그래도 나은 편이야. 앞으로는 훨씬 더 심해질 거라니까."

혁민은 이미 경험했던 일이다. 은퇴하고 자영업을 시작한 사람들이 대부분 어떻게 되는지 이미 보았다. 그 당시에는 자신도 먹고살기가 힘든 상황이라서 어떻게 된 일인지 살필 겨를이 없었지만, 지금 생각해 보니 어찌 된 일인지 알 것 같았다.

"요즘 청년들에게 뭐라고 할 게 아니라니까. 시스템 자체가 이미 변했어. 자본과 권력을 가진 사람들만 잘 먹고 잘살게 되는 방향으로 말이야."

"저는 그런 건 전혀 생각도 하지 않고 있었어요."

위지원 변호사는 그냥 청년들의 취업 문제, 자영업자들의 문제와 같은 사회 문제가 점점 심각해지고 있다는 건 알았지만, 그게 왜 그런지는 잘 몰랐다고 이야기했다.

"이런 문제는 앞으로 더 심각해질 거야. 부의 불균형은 점점 더 심각해질 거고 그로 인해서 대부분이 힘들게 사는 세상이 될 거야."

"지금보다 더요? 어휴~ 지금도 힘들다고 난리인데 정말 어떻게 해요?"

점점 더 살기가 어려워진다. 일할 곳도 많지 않고 수입은 크게 늘지 않는다. 하지만 생활비를 비롯한 교육비나 다른 모든 비용은 급격하게 늘어난다. 점점 살기는 어려워지고 희망은 보이지 않는다.

"그러니까 바꿔야지. 요즘도 최저임금 이야기 많이 나오잖아. 그거 상당히 올려도 된다고. 그러면 거기에 맞춰서 적응하게 되어 있어. 그리고 월급쟁이들 급여가 너무 짜. 월급 가지고 생활은 할 수 있어야 할 거 아냐."

혁민은 대다수의 희생으로 소수가 부와 권력을 독점하는 시스템이 아니라 지금보다 훨씬 더 균형 잡힌 세상이 되어야 한다고 이야기했다.

"지금 우리가 하는 일도 그런 세상을 바꾸는 것에 일조하는 거야. 부와 권력을 움켜쥐고 있는 사람들은 그걸 놓으려고 하질 않거든."

"그리고 그걸 위해서 어떤 짓이든 하고 말이죠."

"그래. 그런데 문제는 그런 짓을 하고도 별다른 처벌을 받지 않는다는 거야. 처벌을 받게 되더라도 솜방망이 처벌이고."

혁민은 이번에는 확실하게 보여주어야 한다고 힘주어 이

야기했다. 지금 무언가를 바꾸지 못하면 앞으로는 그럴 기회
가 없을 거라면서.

"힘들 거야. 저들은 절대로 자신이 가지고 있는 걸 내려놓
지 않으려고 할 테니까."

"언제는 힘들지 않은 적 있었나요? 각오는 하고 있어요."

혁민은 고개를 끄덕이고는 윤 팀장 가족의 일이 해결되는
대로 소송을 시작한다고 말했다. 그래도 장례는 치르고 나서
뭘 해도 해야 할 것 아닌가. 그래서 윤 팀장의 시신을 한국으
로 옮기는 작업을 하고 있었다.

그의 시신은 지금 중국에 있었는데, 도착하는 대로 장례를
치를 예정이었다. 그리고 장례가 끝나면 곧바로 소송을 시작
하기로 했고.

"그러면 한꺼번에 전부 시작할 건가요?"

"아니, 일단 백 선생의 사건은 잠시 후에. 일단은 윤 팀장
과 장중범의 사건부터 시작하려고."

혁민은 장례가 끝나기 전까지는 애도하는 경건한 마음으
로 있을 것이라고 말했다. 하지만 장례가 마무리되면 자신이
어떻게 돌변하는지 상대가 알게 될 것이라고 이야기했다. 침
중한 표정을 한 채로.

*   *   *

혁민은 먼저 형사 고소를 했다. 한 실장을 비롯한 관련자들을 살인 및 살인 교사, 직무 유기 등의 죄가 있다고 고소장을 접수했다.

"잘되겠죠? 애 아빠 억울한 거 이번에 다 풀 수 있겠죠?"

"그럼요. 잘될 테니까 너무 걱정하지 마세요."

윤 팀장의 부인은 무척이나 초췌한 얼굴이었다. 얼굴에 핏기가 없어 파리해 보일 정도였고, 몸에 힘이 없어서 아들과 딸의 부축을 받고 있었다. 혁민은 반드시 누명을 벗기고 진실이 무엇인지를 밝히겠다고 말했다.

"아무쪼록 잘 부탁해요. 아마도 이런 누명을 쓰고 있으면 애 아빠가 저승에서도 억울해할 거예요. 평생 얼마나 자기가 하는 일을 자랑스러워했는데……."

부인의 말에 장중범과 민주엽이 복잡한 표정이 되었다. 누구보다 윤 팀장에 대해서 잘 아는 사람들이었으니까.

"형수님, 가서 좀 쉬시죠. 안색이 안 좋아 보이십니다."

민주엽과 장중범의 권유에 윤 팀장의 아들과 딸은 어머니를 부축하고 먼저 떠났다.

"그런데 정말 괜찮겠나? 아무래도 믿을 수가 없어서……."

장중범은 검찰청 건물을 바라보면서 이야기했다. 그는 아무래도 신뢰가 가지 않는다면서 인상을 찌푸렸다. 그건 민주엽도 비슷했다.

"글쎄요. 어떻게 나올지는 봐야겠지만, 아무래도 제대로 진행되지 않을 확률이 큽니다."

"그래? 자네가 어떻게 손을 써놓은 게 아니라?"

민주엽과 장중범은 제대로 수사가 이루어지도록 손을 쓴 게 아니라는 걸 알고는 조금 놀라워했다. 둘은 혁민이 차동출이나 다른 사람을 통해서 제대로 된 검사가 사건을 맡게 했을 거라고 생각했기 때문이었다.

"그게 어디 쉬운 일인가요? 저들은 총장까지 선이 닿아 있는 자들인데 제가 아무리 뭘 해봐야 헛수고에 불과하죠."

"하긴 그럴 것 같기는 했지. 그래도 나는 자네가 무슨 특별한 방법이라도 쓴 건 줄 알았는데. 그러면 어떤 생각인 거지?"

둘은 수사가 제대로 진행되지 않을 거면 고소를 해봐야 소용없는 것 아니냐고 물었다.

"지금부터는 확실하게 정해진 게 없습니다. 상대가 어떻게 나오느냐에 따라서 방법이 달라지니까요. 하지만 미리 대비해 놓은 건 있죠."

혁민은 검찰에서 할 수 있는 두 가지 예상을 말해주었다.

"하나는 일단 사건을 접수하고 질질 끄는 겁니다. 그러다가 좀 잠잠해질 때쯤 해서 기소하고 적당히 하다가 패소하고 덮어버리는 거죠."

"그럴 수도 있겠지. 하지만 좀 지저분해 보이는데?"

혁민도 고개를 끄덕였다. 검찰 내부에서도 별로 좋은 소리가 나오지 않을 방법이었으니까.

"그래서 개인적으로는 두 번째 방법을 쓸 거라고 생각하고 있습니다. 물론 첫 번째 방법으로 나온다고 하더라도 대비책이 있기는 하지만요."

혁민은 증거 불충분으로 아예 기소하지 않을 것 같다고 말했다. 그게 가장 깔끔한 방법이라면서.

"대한민국은 기소독점주의거든요. 형사소송법에 공소는 검사가 제기하여 수행한다고 아예 못을 박아놨죠. 그러니 검사가 기소하지 않으면 끝이나 다름없죠."

"그러면 형사소송은 포기하고 민사소송에서 승부를 볼 생각인가? 민사소송이야 법원에서 받아들이지 않을 수 없으니까 말이야."

혁민은 절반은 맞고 절반은 틀리다고 대답했다.

"무슨 수수께끼를 하는 것 같은데? 그러지 말고 속 시원하게 좀 알려주게."

"검찰에서 어떻게 나오는지가 결정되면 바로 아시게 될 겁니다. 저는 개인적으로 기소하지 않았으면 좋겠군요. 그편이 더 재미있을 것 같거든요."

혁민은 그렇게 이야기하고는 조금 기다려 보자고 했다.

"그것보다 한 실장이 도망쳤다는 얘기가 있던데요?"

"한 실장 그 자식이? 어디로?"

장중범은 눈을 부라리면서 물었다. 그와는 떼려고 해야 뗄 수 없는 악연이 있지 않은가.

"그것까지는 잘 모르겠는데 아무튼 도망을 치기는 한 것 같더라고요."

"그 씹어 먹어도 시원치 않을 인간이……."

혁민은 그것도 더 알아보고 확인이 되면 알려주겠다고 했다.

"자, 이제 시작이네요. 저들하고 제대로 붙는 겁니다."

혁민은 검찰청 건물을 흘낏 보았다. 그리고 어떻게 나오든 간에 전쟁은 시작된 거라고 중얼거렸다.

*　　　*　　　*

"이거 뭐 굳이 준비해야 할 필요성도 없을 것 같은데 말이지… 안 그런가, 강 변호사?"

하치훈은 공연히 귀찮은 일을 맡게 되었다면서 투덜거렸다. 자신의 상식으로는 이런 사건을 왜 미리 대비해야 하는지 이해가 되지 않았기 때문이었다. 강윤태도 고개를 끄덕였다. 이 사건은 자신이 맡았어도 도저히 이길 수 없다는 생각이 들었으니까.

방법이 없었다. 소송에서 이기려면 증거 확보가 무엇보다도 중요한데, 그걸 확보할 길이 전혀 보이지 않았으니까.

"법리적인 부분은 문제가 될 여지가 거의 없으니까 말입니다. 그래도 그 친구라면 무언가 방법을 찾지 않을까요?"

강윤태는 혁민이라면 무언가 숨기고 있는 수가 있을 것이라고 생각했다. 지금까지 그가 보아온 혁민은 그랬으니까. 방법이 없을 것 같은 순간에도 어떻게든 수를 내고 이기는 길을 찾는 걸 보아왔다.

"그것도 어느 정도 여지가 있을 때 이야기이지. 이번에는 글쎄?"

하치훈은 다르게 생각한다는 이야기를 했다. 아무리 혁민이라고 할지라도 이번에는 방법이 없을 거라면서.

"그러니 이 사건에는 그렇게 관심을 가지지 않아도 될 것 같은데… 지금 맡은 사건만 해도 꽤 바쁘지 않나?"

"제가 그 친구한테 관심이 좀 많지 않습니까. 너무 걱정하지 않으셔도 됩니다. 그냥 살펴보는 정도니까요. 혹시 그것도 문제가 되는 건 아니겠죠?"

"그럴 리가 있나. 비밀로 해야 하는 건 전부 제외한 거니 상관없네. 알아보려고 하면 충분히 알 수 있는 내용이니까."

강윤태는 이 사건을 아주 초기부터 유심히 지켜보고 있었다. 혁민에 대한 관심도 관심이었고, 사건 자체도 굉장히 특이했기 때문이었다. 그래서 이 사건을 하치훈이 맡는다는 이야기를 들었을 때 자신도 참여하겠다고 말했었다.

하지만 하치훈은 적당한 핑계를 대면서 거절했다. 강윤태를 후계자 비슷하게 생각은 하고 있었지만, 아직 충분한 유대

관계가 만들어지지는 않았으니까. 그리고 이 사건에 깊이 개입하게 되면 비밀스러운 일에 대해 너무 많이 알게 된다.

그래서 참여하지는 못하게 한 거였다. 하지만 강윤태의 의욕은 하치훈이 생각한 것보다 훨씬 강했다. 그래서 진행 상황이나 내용을 알려주는 정도로 선을 그었다. 재벌가의 일원인데 소홀히 대할 수는 없는 일 아닌가.

"이 건은 어떤 식으로든 쉽지 않을 사안인데……."

강윤태는 만약 자신이라면 어떻게 할까 생각을 해보았다. 가장 먼저 드는 생각은 사건을 맡지 않을 것이라는 생각이었다.

세상이 어떻게 돌아가고 이런 사건이 어떤 식으로 처리되는지 강윤태도 잘 안다. 자신이 아무리 재벌가의 사람이라고 하더라도 이 정도 사건이면 영향력을 발휘할 수 없다. 워낙 거물들이 줄줄이 연결되어 있기 때문이다.

그러니 이런 사건은 맡지 않는 게 상책이라는 생각이 든 거였다. 하지만 만약 맡았다면 어떻게 하는 게 최선일까? 강윤태는 아무리 생각해도 떠오르는 해결책이 없었다. 그래서 궁금했다.

'분명히 뭔가가 있을 거야. 그렇지 않고서 그냥 덤벼들 인간이 아니니까.'

강윤태는 혁민이 어떤 행보를 보일지가 궁금했다.

그리고 같은 시각, 혁민은 검찰이 증거 불충분을 이유로 불기소 처분을 내렸다는 소식을 접하고 있었다.

"그렇지. 그렇게 나오는 게 가장 깔끔하지."

혁민은 고개를 끄덕였다. 그러자 위지원 변호사가 쪼르르 달려와서는 초롱초롱한 눈으로 혁민에게 물었다. 이제 어떻게 할 것이냐면서.

"어떻게 하실 거예요? 저도 계속 생각을 했었는데 도저히 방법을 모르겠더라고요."

"그렇게 궁금해?"

"그럼요. 변호사로서 이런 게 어떻게 궁금하지 않을 수가 있겠어요."

위지원 변호사는 어서 대답해 달라면서 졸랐다. 혁민은 피식 웃으면서 간단하게 대답했다.

"항고해야지. 그리고 거기서도 안 된다고 하면 재항고를 하고."

위지원 변호사는 항고라는 말에 잠깐 의아하게 생각하다가 '아, 불기소처분에 대한 항고!' 라며 중얼거렸다.

항고라는 단어가 주로 법원의 결정이나 명령에 대해서 불복하여 상급 법원에 상소하는 것으로 알고 있는데, 그것만 있는 건 아니다. 고소인이나 고발인이 검사의 불기소처분에 불복하는 경우도 항고를 할 수 있다.

"그 검사가 속한 지방검찰청 또는 지청을 거쳐 서면으로

관할 고등검찰청 검사장에게 항고할 수 있지. 그러니까 지금 즉시 항고를 할 거야. 물론 미리 전부 준비해 두었고."

혁민은 이럴 줄 알고 항고를 할 모든 준비를 해둔 상태였다.

"검찰이 무리하고 있는데 계속 이렇게 나오면 곤란할 거라는 걸 알려줘야지."

"저도 불기소는 좀 아니라고 생각해요. 충분하지는 않지만, 재판을 시작할 정도의 증거는 확보해서 같이 제출한 상태잖아요."

"그러니까 무리하고 있다는 거지. 지금 있는 증거만 가지고도 기소할 정도는 된다고. 그런데 이게 법원까지 가면 여러모로 골치 아프니까 아예 싹을 잘라 버리겠다는 거지."

분명히 압력이 들어온 것이다. 그런데 위지원 변호사는 의아하다는 듯 물었다.

"그러면 항고를 해도 소용이 없는 거 아닌가요? 어차피 받아들이지 않을 거잖아요."

"아마도 그렇겠지. 항고를 받아들이면 불기소처분을 내린 게 무의미해지니까 말이야. 어떻게든 선을 대서 받아들여지지 않게 하겠지."

"그런데 왜 항고를 하시는 거예요? 별다른… 어……."

위지원 변호사는 이야기하다가 무언가 생각이 난 듯 멈칫했다.

"설마 그걸 하시려는 거예요? 음… 하기야 그렇게 하면… 아니… 그런데 그건 거의 사문화된 거 아닌가요?"

혁민은 위지원가 하는 말을 듣고 자신의 의도를 알아차렸다는 걸 깨달았다. 나쁘지 않았다. 역시 그녀는 센스가 있었다.

"맞아. 그게 내가 생각한 첫 번째 방법이지. 어차피 검사를 믿을 수가 없잖아."

"우와, 맞아요. 그러니까 직접 검사 역할을 하시겠다는 거잖아요. 그러면 얘기가 완전히 다르죠. 정말 대단해요. 재정 신청이라니. 어? 그런데…….."

재정신청. 고소나 고발 사건에 대해 검사가 불기소 결정을 내렸을 때, 고소인이나 고발인이 그 결정에 불복하여 피의자를 공판에 회부 해달라고 법원에 청구하는 걸 말한다. 그것이 받아들여지게 되면 법원은 검사 역할을 대신할 변호사를 지정하게 된다.

"그런데 이게 법원에서도 받아들이지 않으면 그만이잖아요. 그리고 설사 법원에서 받아들인다고 해도 다른 변호사를 지정해 버리면 그만이고요."

"그렇지. 그러니까 이렇게 지금까지 시간을 끌었잖아."

혁민은 보통의 경우라면 저것도 소용없는 일이라고 말했다. 모든 결정은 검찰이나 법원에서 하게 되니까 그쪽을 꽉 잡고 있으면 무슨 짓을 해도 안 된다.

"그래서 선거 근처까지 시간을 끌었지. 다른 때라면 전혀 가능성이 없겠지만, 선거를 앞두고 있으면 상황이 완전히 다르거든."

권력자들은 자신의 힘을 마음껏 휘두른다. 국민의 눈치? 그러는 척만 하면서 적당히 이용한다. 하지만 그들도 조심하는 시기가 있는데, 바로 선거철이다. 그들의 권력 중 상당 부분이 선거를 통해서 얻어지니까.

"그러니까 검찰에 항고하고 재항고할 때까지는 준비만 하고 있을 거야. 슬슬 이야기만 퍼뜨리면서 말이지."

"아하, 그리고 재정신청을 하면서 빵 터뜨릴 것이라는 거죠?"

"그래야지. 재정신청을 받아들이지 않으면 큰일이 날 것 같은 상황이어야 해. 그리고 변호사도 반드시 나를 지정해야 사람들의 분노가 가라앉을 그런 분위기여야 하고."

쉽지는 않은 일이라고 혁민은 생각했다. 어디까지나 자신의 생각일 뿐이니까. 상대가 눈 딱 감고 재정신청을 받아들이지 않거나 다른 변호사를 지정해 버리면 끝이다.

그래도 이 방법이 그나마 어떻게 해볼 수 있는 거의 유일한 방법이었다. 그만큼 상대는 거대하고 단단했다. 그들은 일반인이 아무리 칼을 휘둘러도 흠집도 별로 나지 않을 정도의 거대하고 단단한 철옹성에서 살고 있었다.

"어차피 사건은 점점 퍼지고 있어. 그리고 사람들의 분노도 점점 커지고 있고."

"그렇긴 해요. 두 분에 대한 이야기는 모르는 사람이 거의 없을 정도니까. 그리고 정말 억울하잖아요. 열심히 일만 했는데, 자신도 모르게 스파이로 몰려서……."

윤 팀장의 일은 아직까지는 덜 알려진 편이었다. 상대가 언론을 통제하고 있는 것도 있지만, 혁민도 일부러 적극적으로 알리지는 않았다.

"이 사건은 분명히 사람들을 일어서게 할 거야. 말이 되는 거야? 아니 어떻게 자기들 권력 유지하겠다고 그저 열심히 일한 사람에게 누명을 씌워서 죽이냐고."

"맞아요. 이건 절대로 용서하면 안 되는 일이에요."

혁민과 위지원 변호사는 같이 흥분했다. 윤 팀장의 일만 생각하면 울화가 치밀어서 가만히 있을 수가 없었다. 그건 이 사건을 접한 다른 사람들도 마찬가지였다. 장중범의 사건을 접하고 보인 반응과는 또 달랐다.

"당연한 거지. 정말 죽을 고비를 넘기고 고생은 했지만 그래도 살아 있는 사람하고, 억울하게 죽은 것하고는 엄청난 차이가 있으니까."

"그러면 이런 일이 있으니 가만히 있으면 안 된다, 그리고 검사 역할을 할 변호사는 정혁민 변호사여야만 한다, 이런 분위기를 만들면 되는 거군요."

"이제 손발이 척척 맞는데?"

혁민은 그걸 위해서 일부러 개인 방송에 자신도 얼굴을 내민 거라고 말했다.

"이 사건을 누구보다도 잘 알고 검사 역할을 제대로 할 사람이라는 이미지를 이전부터 조금씩 각인시킨 거지."

"우와, 선배님 정말 용의주도하시다. 저 지금 소름 돋은 거 아세요?"

위지원 변호사는 자신의 팔을 보여주었다. 지금까지 하나하나 해온 일들이 전부 다 계산된 거라는 걸 아니 자신도 모르게 온몸에 소름이 쫙 돋은 거였다.

재정신청이 통과되어 공소의 유지를 담당할 변호사를 법원에서 지정하면, 그 변호사는 그 사건의 종국재판이 확정될 때까지 검사로서의 모든 직권을 행사할 수 있다.

"하지만 조심해야지. 무슨 핑계를 대서 중간에 끌어내리려고 할지도 모르니까."

"에이, 선배님이 어떤 사람인데 그런 걸 당하겠어요."

위지원 변호사는 검찰에서 빨리 퇴짜를 놓았으면 좋겠다고 이야기했다. 그래야 일을 본격적으로 진행할 수 있을 테니까.

"그러면 민사소송은 어떻게 하실 거예요?"

"민사도 시작해야지."

혁민은 윤 팀장과 장중범, 그리고 민주엽과 그 가족들까지 전부 국가를 상대로 손해배상소송을 할 것이라고 이야기했다. 위지원 변호사는 고개를 끄덕이다가 별개로 진행할 것인 지를 물었다.

"아니. 민사는 전부 병합해서 같이 진행할 거야."

"그러면 이건 형사 끝나고 진행하겠다고 할 것 같은데요?"

"그럴 수도 있지. 하지만 잘 생각해 보라고. 지금도 분위기 가 심상치 않은데 윤 팀장의 사건까지 널리 알려져 봐."

혁민은 국민들의 엄청난 분노가 쏟아질 것이라고 말했다. 그런 상황에서 시간을 끄는 건 대놓고 욕해달라는 소리다.

"법원도 엄청나게 부담스럽지. 국민들의 시선이 집중되는 사건인데 그렇게 할 수 있을 것 같아? 그리고 정치권에서 가 만히 두질 않을 거야. 생각을 해보라고. 그렇게 시간 질질 끄 는 것 같으면 사람들이 누굴 욕하겠어?"

"당연히 관련자들을 욕하겠죠. 아… 정치권에서도 가만히 있을 수가 없겠네요."

그런 식으로 시간을 끌면 정치권에서 압력을 넣은 것처럼 보인다. 당연히 분노는 정치권을 향할 테고. 그렇게 되면 선 거가 어떻게 되겠는가. 그러니 정치권에서 재판을 빨리 진행 하라고 압력을 넣어야 할 판이다.

"재미있네요. 선거 근처가 되니까 이게 상황이 진짜 다르 다."

위지원 변호사는 정말 흥미롭다면서 앞으로 어떤 일이 벌 어질지가 기대된다고 했다.

그리고 상황은 혁민의 예상대로 흘러갔다.

검찰에서는 항고와 재항고를 받아들이지 않았고, 그러자 혁민은 곧바로 재정신청을 했다. 그리고 재정신청을 할 때쯤 윤 팀장의 사건을 널리 알렸다.

사람들은 믿을 수 없다는 반응을 보였다. 그래도 정의와 상식이 있는 사회라고 생각했는데, 그런 생각이 송두리째 무너져 버렸으리까. 어마어마한 분노가 인터넷과 전국을 펄펄 끓어오르게 만들었다.

법원은 재정신청을 받아들일 수밖에 없었다. 하지만 검사 역할을 할 변호사는 정혁민이 아닌 다른 사람으로 해야 한다는 움직임이 있었다. 정혁민은 너무 위험했기 때문이었다. 하지만 막판에 방향이 바뀌었다.

정혁민이 아닌 다른 변호사를 지정했다가는 정치권이 된서리를 맞게 생겼기 때문이었다. 인터넷에는 정혁민이 그동안 맡았던 사건이나 승소율 100%라는 사실. 그리고 이 사건과 관련해서 그보다 적임자는 없다는 글이 수두룩하게 올라왔다.

그리고 정치권에서 압력을 넣어서 자신들의 말을 잘 듣는 변호사를 선임할 것이라는 예측성 글도 올라왔다. 예상되는 변호사의 리스트까지 돌았는데, 정말로 검토 중인 변호사가 다수 들어가 있었다.

워낙 많은 변호사의 이름이 거론되어 그런 것도 있었지만, 아무래도 법원 내부에서 누군가 정보를 흘린 것이 아닌가 하는 말도 돌았다. 물론 진위는 파악할 수 없었다.

그러니 다른 변호사를 지정했다가는 선거에서 참패할 수도 있다는 위기감에 정치권에서 슬그머니 움직였다. 일단은 정혁민을 지정하라는 청탁을 한 것이다.

그렇게 정혁민은 검사 직무를 수행하게 되었다.

"자, 그러면 정식으로 해봅시다. 일단 관련자부터 소환해서 얘기 좀 들어볼까."

정혁민은 관련자 리스트를 쭉 훑으면서 눈빛을 빛냈다.

Chapter 2

결정적인 순간

재정신청을 통해 검사 역할을 하게 되면 특별검사라고 불렀다. 사실 특별검사와는 달랐지만, 뭐라고 부르겠는가. 검사 역할을 하는 변호사라고 부를 수도 없는 일이고. 그래서 대부분 특별검사라는 호칭으로 정혁민을 불렀다.

　"특별검사라… 허허. 거 참 재미있는 친구야."

　하치훈은 고개를 내저었다. 이런 식으로 수를 낼 줄은 꿈에도 생각하지 못했다. 그런 생각을 하는 건 강윤태도 마찬가지였다. 솔직한 이야기로 자신은 절대로 생각할 수 없는 그런 방법이었다.

　"이건 리걸 마인드만 가지고는 절대로 할 수 있는 게 아니죠. 정 변호사는 정말 독특한 사람입니다. 어떻게 말로 설명하기가 어렵네요."

강윤태는 그동안 계속해서 정혁민의 능력을 부러워했는데, 이번에 일처리를 하는 걸 보고는 한숨밖에 나오지 않았다. 그동안 엄청나게 노력해서 거의 따라잡았다고 생각했는데, 그는 이미 훨씬 더 멀고 높은 곳으로 가버렸다는 생각이 들어서였다.

"아마도 정보를 흘리고 여론을 움직인 것도 그 친구 작품일 거야. 선거 때 노리고 한 것도 아마 다 계산된 행보일 거고. 막 나가는 사람처럼 보이지만 정말 치밀하고 계산적이야."

하치훈은 혁민이 너무나도 탐났다. 예전부터 싹수를 보았다. 생각도 아주 유연하고 어떤 상황에서도 이길 수 있는 수를 만들어냈다. 자신이 보아왔던 기존의 변호사들과는 전혀 다른 스타일. 그래서 반드시 자신의 손에 넣고 싶었다.

"어차피 나하고야 상관없는 이야기지. 나야 민사만 준비하면 되니까."

민사소송과 형사소송은 비슷한 부분도 있지만, 전혀 다른 부분도 많다. 이번 사건은 형사소송이야 별다른 쟁점이 없었다. 실제로 그런 일이 벌어졌는지를 밝힐 수 있느냐가 전부라고 할 수 있다.

하지만 민사소송은 좀 다르다. 손해가 있었는지부터 시작해서 과연 얼마만큼의 손해라고 보아야 하는지까지 복잡해지려면 한도 끝도 없었다. 하지만 하치훈은 어려운 소송이라고는 생각하지 않았다.

"특별검사가 되긴 했지만, 쉽지는 않을 거야. 그걸 어떻게 입증하겠나. 어림없는 소리지."

"하지만 전혀 가능성이 없어 보이던 사건을 여기까지 끌고 온 것만 해도 대단한 것 아닙니까? 이번에도 무슨 수가 있지 않을까요?"

"사실 다른 변호사였다면 같지도 않은 짓을 하고 있다고 무시했을 거야. 그만큼 고소인이 불리한 소송이니까. 민사든 형사든 말이야."

하지만 신경이 쓰였다. 정혁민이기 때문이었다. 또 어떤 기발한 방법으로 난관을 뚫어낼지가 기대되었다. 이건 순수한 법조인으로서의 호기심이었다.

하치훈은 자신이 이 사건을 맡았더라도 중도에 포기했을 거라고 생각했다. 자신은 저런 방법은 생각지도 못했을 것이다. 언제나 권력에 가까이 있었고 그걸 활용하는 쪽이었으니까.

그래서 더 기대가 되었다. 그런 힘을 사용하지 않고서도 문제를 해결하는 능력이 탁월했으니까. 아니. 그런 힘을 가지고 철벽을 치고 있는 자들을 하나씩 무너뜨린 게 바로 정혁민이었으니까.

"어디까지 할 수 있을지가 정말 궁금하군. 그리고 앞으로 뭘 할지도 말이야."

"한번 연락해 봐야겠습니다. 오랜만에 얼굴이라도 볼 겸해서 말이죠."

강윤태의 말에 하치훈은 자신도 연락해 볼까 하다가 그만두었다. 혁민이 어떻게 할지 궁금하고 그가 뛰어난 인재인 건 맞지만, 이 고비를 넘기기는 어려울 것 같아서였다.

이 싸움에서 패한 쪽은 치명상을 입게 된다. 그런 싸움이니 상대도 쉽게 물러서지 않을 것이고, 패하는 쪽은 혁민이 될 가능성이 높다는 게 하치훈의 결론이었다. 물론 지금과 같은 방법을 찾아내서 반격하는 건 정말 대단하긴 했지만.

'그래 봤자 그저 작은 몸부림에 불과하지. 거미줄에 걸리면 발버둥 쳐 봐야 소용없어. 손이 하나 떨어졌다고 해도 몸은 대부분 거미줄에 붙어 있으니까.'

하치훈은 그런 생각을 하면서 혹시 모르는 일이니 대비는 철저하게 해야겠다고 생각했다. 이번 일이 잘못되기라도 한다면 자신도 무사하지 못할 것이다. 그걸 너무나도 잘 알고 있으니 대비를 단단히 해두려고 계속 움직이고 있는 거였다.

'일단은 진윤상에게 그놈들 주변을 좀 더 파보라고 해야겠어. 뭐라도 하나 나오기만 하면 아주 쉽게 이길 수도 있을 것 같은데 말이지.'

진윤상은 쓸모가 제법 많은 자였다. 특히 혁민의 일이라고 하면 물불을 가리지 않고 열성적으로 덤벼들었다. 혁민과 진윤상의 악연을 잘 알고 있는 하치훈은 그런 점을 잘 이용했다. 이번에도 혁민의 이름을 대니 진윤상은 정말 미친 듯이 일하고 있었다.

'그래. 일단 어떻게 되는지 지켜보지. 대비는 단단히 하고 있으면서 말이야. 하지만 어차피 제대로 된 공격을 하지도 못할 거야. 너무나도 차이가 크니까.'

하치훈은 결과는 보지 않아도 뻔하다고 여기고 있었다.

하지만 혁민은 전혀 그렇지 않게 생각하고 있었다.

"사건 진행은 잘되고 계신가요? 특별검사님!"

위지원 변호사가 혁민에게 다가오면서 물었다. 특별검사라는 단어에 강하게 힘을 주어 말했는데, 생글생글 웃고 있었다.

"검사 권한 갖고 있으니 편하긴 하더라. 그런데 일각에서는 공소권을 변호사에게 맡기는 건 잘못된 거라는 말이 나온다면서?"

"저도 들었어요. 정말 웃기지 않아요? 자기들이 일을 제대로 못 하니까 이런 제도도 있는 건데 말이에요."

위지원 변호사는 코를 찡그리면서 투덜거렸다. 자기가 가지고 있는 권한을 빼앗기지 않으려는 검찰의 모습이 마치 어린아이 같다면서.

"손에 쥔 사탕 빼앗기지 않으려고 막 떼쓰는 그런 것처럼 보여요. 유치하게 뭐예요? 그래도 엘리트라고 하는 사람들이."

혁민은 법이 바뀐다는 사실을 알고 있었다. 언제인지는 모르겠지만, 공소 유지를 검찰에서 하도록 법이 바뀌었다.

'언제 바뀌었더라? 바뀐 것만 알고 언제 그렇게 되었는지는 기억 안 나네.'

바뀐 내용이야 알고야 있지만, 언제 바뀌었는지까지 누가 기억을 하겠는가. 사실 재정신청에 관해서 공소 유지를 검찰이 하도록 바뀐 건 2007년이었다.

대한민국은 원칙적 기소편의주의이다. 기소와 불기소를 검사가 재량에 따라서 하는 걸 뜻하는 말이다. 재정신청을 해서 검찰에서 공소를 유지하게 하는 건 예외적인 기소 강제주의. 재판상 준기소절차라고도 한다.

하지만 혁민이 과거로 돌아오면서 예전의 미래와는 조금씩 달라진 것들이 있었는데, 이 법도 그중 하나였다. 2012년이 막 시작된 지금까지도 법이 바뀌지 않은 상태로 있어서 검사가 아닌 변호사인 혁민이 그 역할을 하고 있었으니까.

"예상했던 대로 비협조적으로 나오기는 하지만, 그런다고 조사를 못 하는 건 아니지. 그것 말고도 증거들이 있으니까."

"그래요? 정말 다행이네요. 그리고 증인도 찾으셨다면서요?"

"그건 약간 우연이라고 해야 하나? 연락이 왔더라고. 당시에 같이 근무했던 사람인데 지금은 그만둔 사람이 말이야."

얼마 전에 그만둔 전직 요원 한 명이 연락을 해왔다. 자신이 윤 팀장의 일에 관해서 잘 알고 있다면서. 그는 한 실장이 직접 지시한 걸 들었다고 했다.

"이중첩자라고 해서 당연한 일이라고 생각했다는 거야. 요원이 이중첩자라는 게 발각되면 죽는 건 당연하다고 생각했다더라고. 그 세계에서는 그게 상식이라는 거야."

"그래서 거리낌 없이 생각했다는 거군요. 그런데 사실을 알고 나서 생각이 변했나 보죠?"

혁민은 그렇다고 했다. 같은 요원으로서 참을 수가 없었다는 거였다.

"생각해 보니까 이상한 점이 한두 개가 아니었다는 거야. 그 당시에는 이중첩자라는 생각이 워낙 강하게 박혀 있어서 무조건 응징해야 한다는 생각만 있었는데, 지금 돌이켜 보니 그게 아니었다는 거지."

"정말 다행이네요. 그래도 증인이 없는 것보다는 있는 편이 더 좋잖아요. 그리고 한 실장이라는 사람은 밀항하려다가 잡혔다면서요?"

위지원 변호사는 그 말을 하면서 크게 웃었다. 그래도 요원이기도 하고 지위도 상당히 있던 사람인데 중국으로 밀항하려다가 발각되어서 붙잡혔다니 말이다. 게다가 실컷 두들겨

맞아서 얼굴이 알아보기도 어려울 지경이었다고 했다.

"내 생각인데 한 실장의 움직임을 감시하고 있다가 제거하려고 한 것 같아. 사실 한 실장이 책임자이기는 하지만, 캐면 그 배후가 있거든. 그런데 그만 제거되고 나면 모든 걸 덮어씌우는 게 가능하잖아."

죽은 자는 말이 없는 법이다. 모든 죄를 한 실장에게 덮어씌우면 배후 세력은 안전하게 된다. 그런데 한 실장도 죽으란 법은 없었는지 용케 살아남았다.

"근처에 있던 경찰이 빨리 온 덕에 살았다고 봐야지."

"정말요? 와, 진짜 이 사건만 보면 여기가 대한민국이 아니라 첩보 영화에 나오는 그런 세상인 것 같아요. 사람 목숨을 너무 쉽게 생각하는 것 같다니까요?"

"원래 그쪽 바닥이 그런 거야. 보통 사람들이 상상하지도 못하는 세상이지. 알게 모르게 사라지는 사람들이 얼마나 많은 줄 알아?"

가진 것이 많은 자들의 싸움은 일반인이 상상하는 것 이상으로 무섭다고 말했다. 그런데 그런 말을 하고 있을 때 놀라운 소식이 전해졌다. 보람이 연락을 받고는 혁민에게 이야기를 하러 온 것이다.

"뭐? 증인이 죽어? 어떻게 죽었는데?"

"실족사 같다는데요? 산에서 발견이 되었다고……."

혁민은 갑자기 서 기자가 생각났다. 서 기자도 산에서 죽지 않았던가.

"우연이라고 하기에는 너무 공교로워. 말이 안 되지. 무슨 일만 있으면 갑자기 다들 산에 가는 것도 아니고."

혁민은 조사를 해보아야겠다고 생각했다. 하지만 한계가 있었다. 이 사건에 관해서는 검사와 똑같은 권한을 가지고 있지만, 다른 사건까지 그럴 수는 없었으니까. 그리고 검찰에서 약간 따돌림 같은 걸 하는 분위기였다.

변호사가 검사의 권한을 가지고 휘두르는 게 꼴 보기 싫은 사람들이 많은 모양이었다. 그래서 더욱 조심해야 했다. 무슨 꼬투리라도 잡히면 애써 얻은 걸 망칠 수도 있었으니까.

"선배님, 이거 단순한 실족사가 아닐 것 같죠? 어쩐지 그쪽에서 손을 쓴 것 같은 느낌이……."

"알아는 봐야겠지만, 나도 비슷한 생각이야. 하지만 운신의 폭이 너무 좁아."

절대로 꼬투리를 잡혀서는 안 된다. 법원의 지정을 받은 변호사가 그 직무를 행함에 있어서 부적당하다고 인정하거나 기타 특수한 사정이 있을 경우에는 언제든지 그 지정을 취소하고 다른 변호사를 지정할 수 있다.

부적당이나 특수한 사정. 필요하다면 얼마든지 그런 걸 만들어낼 수 있는 자들 아닌가. 일부러라도 만들어낼 놈들이니 그런 면에 바짝 신경을 썼다. 아예 그런 거리를 주지 않기 위해서.

'장중범이나 백 선생 같은 경우에는 워낙 주목을 많이 받고 있는 상황이니까 손을 쓰기가 좀 부담스러웠을 거야. 그랬다가는 오히려 사건을 덮으려는 음모라고 역풍을 맞을 수도 있으니까. 하지만 전직 요원이라면 이야기가 다르지.'

그래서 손을 쓴 게 분명했다. 그런데 실족사라는 게 걸렸다. 조사를 해봐야겠지만, 서 기자의 경우에도 특별한 단서가 없었다.

'산이라서 CCTV나 블랙박스 같은 게 없기 때문인가? 아니면 무슨 다른 이유라도?'

등산로 초입이나 주차장 같은 곳에는 CCTV가 있기도 하지만, 산에 오르는 방법이 보통 등산객이 다니는 코스로 가는 방법만 있는 건 아니다. 그러니 사람들의 눈에 띄지 않고 처리하기 좋을 것 같기도 했다.

혁민은 일단 증인의 가족부터 위로해야겠다고 생각했다. 갑자기 멀쩡했던 사람이 시체가 되었으니 얼마나 큰 슬픔에 빠져 있겠는가. 혁민은 공연히 자신 때문에 애꿎은 사람 한 명이 또 죽게 된 것은 아닌가 하는 생각마저 들었다.

하지만 이내 마음을 다시 먹었다. 그렇기 때문에라도 이번 사건은 꼭 제대로 수사하고 법정으로 가지고 가리라 다짐했다. 그렇지 않으면 언제까지나 이런 피해자들이 계속해서 나올 테니까.

"그리고 저들은 계속해서 군림하겠지. 사람들을 착각 속에

살게 하고 자신들의 권세는 계속해서 이어지도록 할 거고. 그걸 방해하는 것들은 싸그리 제거하고 말이야."

지금까지 그래왔다. 그리고 앞으로도 계속 그럴 것이다. 지금 막지 않는다면 영원히 그렇게 될지도 몰랐다.

"아무래도 속도를 좀 높여야겠어. 어차피 뭘 해도 저쪽에서 방해할 테니 지금 상황에서 조금만 더 보강하고 법정에서 싸우는 수밖에."

"선배님, 괜찮으시겠어요? 법정에서도 쉽지 않을 텐데요……."

혁민은 괜찮다고 이야기했다.

"어떤 판사가 맡느냐에 따라서 다르긴 한데, 상관없어. 따로 생각해 둔 게 있으니까."

"정말요? 어떤 건데요?"

혁민은 두고 보면 알 것이라고 말했다. 다만 준비해 둔 카드가 하나만 있는 건 아니라고 이야기했다.

"상대가 상대이니 쉽게 생각할 수는 없지. 나도 내가 할 수 있는 최대한의 준비를 했으니 쉽지만은 않을 거야."

혁민은 곧바로 기소를 결정했다. 시간을 더 끌어봐야 유리할 게 없다는 생각에서였다. 그리고 민사소송도 같이 진행시켰다. 이제는 피할 수도 도망칠 수도 없는 상황. 법정에서 치열하게 싸우는 것만 남아 있었다.

*   *   *

"대단하기는 하군. 상황을 이렇게까지 만들다니 말이야."

한 실장은 자조 섞인 웃음을 지으면서 힘없이 말했다. 이제는 모든 것이 끝났다는 걸 인정하고 많은 걸 내려놓은 듯한 표정이었다.

"그러니까 협조하시죠. 그러면 제가 최대한 배려해 드리죠."

"배려? 자네는 참 재미있는 친구야. 어떨 때는 이루 말할 수 없이 노련한 모습을 보이는데, 또 어떨 때는 아주 신출내기 같은 그런 면이 보이거든."

혁민의 말에 한 실장은 피식 웃었다. 잘 알면서 왜 그런 말을 하느냐면서. 그는 그랬다가는 당장 죽을 것이라며 고개를 저었다.

"내가 협조를 하면 어떻게 될 것 같나? 아마 법정에서 판결을 듣지 못할 거야. 그 전에 땅속에 묻히겠지."

"그럴지도 모르죠. 하지만 가만히 있다고 해서 안전할 것 같지는 않은데요. 어차피 그쪽에서는 이미 제거하기로 마음먹은 거 아닙니까?"

혁민은 결과는 비슷할 거라고 말했다. 어차피 저쪽에서는 한 실장을 살려둘 생각이 없을 것이다. 한 실장이 살아 있으면 너무나도 큰 위험을 떠안게 되니까.

"어차피 죽을 거니 좋은 일이라도 하고 가시죠?"

"허허, 이봐. 이럴 때는 어떻게든 지켜줄 테니 진실을 말하라고 해야 정상 아닌가?"

"제가 어떻게 그 사람들 손에서 지킵니까? 제가 대단한 권력을 가지고 있는 것도 아니고. 저나 제 주변 사람들 지키기도 벅찹니다."

한 실장은 한숨을 내쉬었다. 그래도 감언이설로 어떻게든 꼬드기겠다는 사람보다는 솔직한 편이 나은 거라고 중얼거리면서.

"어차피 죽을 목숨이니 진실이나 말해라. 무척 냉정한 말이군."

"잘 알지 않습니까. 이 사건은 메인이 아닙니다. 메인은 그 배후에 있는 자들이 어떤 짓을 했는지를 밝히는 거죠."

"하기야 그렇겠지. 그쪽이나 그 뒤에 있는 사람들도 장중범이 누명을 쓴 거야 크게 상관하지 않겠지. 가장 큰 문제는 백 선생이니까."

장중범의 사건이야 권력자들과는 그렇게까지 큰 연관성이 없다. 하지만 백 선생의 사건은 다르다. 백 선생의 자금 세탁이나 탈세 관련된 내용이 들춰지기 시작하면 어마어마한 폭풍이 몰아칠 것이다.

거기다가 백 선생이 가지고 나온 자료 때문에 어떤 일이 벌어졌는가. 벌써 많은 사람이 목숨을 잃었다. 그리고 그런 일이 이전부터 계속되어 왔고.

겉으로는 사회의 지도층이니 고위층이니 하면서 그럴싸한 모습을 대중에게 보여주던 사람들. 그런 자들이 사리사욕을 위해서 이들을 지원했다는 사실이 밝혀지면 나라 전체가 삽시간에 용광로처럼 뜨겁게 끓어오를 것이다.

"그래서 말인데… 도대체 장중범과 윤 팀장은 왜 죽인 겁니까?"

혁민은 정말 궁금했다. 이런 인간들은 자신의 이익에 굉장히 민감하다. 아무리 권력자와 선이 닿아 있다고 해도 이런 짓을 함부로 하기는 어렵다. 잘못했다가는 자신이 파멸할 수도 있는데 그런 위험을 무릅쓰고 장중범과 윤 팀장을 제거한 것이다. 물론 장중범은 살아남았지만.

"이유가 있을 것 아닙니까. 그것도 아주 중요한 이유가. 그렇지 않고서야 이렇게 엄청난 일을 벌이지는 않았을 테니까 말입니다. 그래서 다시 묻겠는데 왜 죽인 겁니까?"

혁민은 차분한 어조로 이야기했는데, 듣고 있는 한 실장은 표정이 좋지 않았다. 그는 무언가 말을 하려고 했다가 고개를 저었다.

"그냥 모르는 게 자네에게도 좋을 걸세. 그걸 알게 되면 살지 못해."

"지금 상황을 제대로 모르는 건가? 나도 어차피 저 사람들을 잡지 못하면 살기 어려워요. 이렇게까지 되는 건 정말 싫었는데, 어쩌겠습니까. 운명이 상황을 이렇게 만들어 버렸는데."

이제는 화해나 타협을 하는 방법은 없다고 말했다. 정말로 죽느냐 아니면 죽이느냐. 둘 중 하나는 사라져야 끝나는 싸움이 되어버렸다.

"그렇긴 하군. 자네 말대로 그런 상황이긴 해. 그러면 자네는 죽게 되겠군."

"그럴 리가요. 세상이 어디 예상한 대로 흘러간답니까. 다 방법을 강구해 두었죠. 당신이 협조한다면 승산이 더 올라갈 것 같은데……."

한 실장은 혁민의 얼굴을 쳐다보면서 어떤 방법을 써도 저들을 이길 수는 없을 것이라고 이야기했다. 만약 불리하게 돌아가면 꼬리를 끊어버리고 몸통은 구경도 하기 어려울 것이라고도 했다.

혁민은 계속 그를 설득하려고 했지만, 쉽게 말을 꺼내지 않았다. 하지만 몇 차례 신문을 하지도 않았는데 쉽게 입을 열 것이라고는 생각지 않았다.

"그래도 자네가 그 사람들을 시원하게 몰아붙였으면 좋겠군. 혹시 아나. 정말로 자네가 그 사람들을 잡게 되면 내가 살 수 있을지……."

"뭐, 그럴 수도 있겠네요. 제대로 되기만 하면 가능할 것 같아요. 음… 그러면 더욱 협조해야겠는데요? 그게 본인이 살 수 있는 유일한 방법 아닙니까."

혁민은 처음부터 이런 말을 하면서 대화를 풀어나갈 수도 있었다. 하지만 그러지 않았다. 배후 인물들을 잡기만 하면 너는 살 수도 있다. 그러니 협조해라. 이런 말을 먼저 하면 한 실장은 쉽게 넘어오지 않을 것이다.

그래서 오히려 어차피 죽을 목숨이라는 걸 강조했다. 세상에 죽고 싶은 사람이 어디 있겠는가. 그런데 그런 말을 자꾸 하면 불안해지고, 불안해지면 살 수 있는 방법이 뭐가 있나 생각하게 된다.

'그런 생각을 스스로 하고 자기 입으로 말하게 하는 게 가장 좋은 방법이지.'

혁민의 말에 한 실장도 꽤 갈등하는 것처럼 보였다. 살 방법이 없다고 포기하고 있었는데, 실낱같은 희망이 보였으니까.

"그럴지도 모르지. 흠… 그런데 어떤 방법으로 상대하려고 하는 건가? 어차피 저들이 손을 다 쓸 것인데……."

"방법이야 있지만 지금 이야기를 할 수는 없다는 거 잘 알 텐데요. 그런 건 보안이 생명 아닙니까."

"그건 잘 알지만 나도 어느 정도는 확신이 있어야 결단을 내릴 것 아닌가."

한 실장은 어떤 거라고 좋으니 이길 수 있다는 확신을 갖도록 해달라고 말했다. 혁민은 웃으면서 고개를 저었다. 그 방법을 지금 이야기해 줄 수는 없다면서. 그리고 한 실장이 보통 능구렁이가 아니라는 생각도 했다.

'죽은 목숨이라고 체념한 척하더니 아직도 꿍꿍이가 있는데? 진짜 징한 놈이다.'

한 실장은 아직도 노림수를 가지고 있었다. 혁민은 한 실장이 끝까지 포기하지 않을 거라는 걸 알았다. 그렇다면 그를 벼랑으로 몰아야 했다. 그래야만 제대로 된 정보를 말할 것이고, 제대로 된 협조를 할 테니까.

"일단 오늘은 여기까지 하죠. 잘 생각해 보세요. 어떻게 하는 것이 자신에게 가장 도움이 될 것인지. 답은 쉽게 알 수 있을 겁니다."

신문을 마치고 사무실로 돌아오는 길에 위지원 변호사가 물었다.

"선배님, 전략을 조금 말해주면 한 실장이 협조할 것 같은데요?"

"그래? 그렇게 보였나?"

위지원 변호사는 당연한 것 아니냐고 했다.

"살 방법이 그거 하나잖아요. 그러니까 당연히 이길 수 있다는 어느 정도의 확신만 있으면 협조를 하겠죠."

위지원 변호사는 아주 당연한 일이라면서 이야기했지만, 혁민은 고개를 저었다.

"아직 사람에 대해서 잘 모르네, 위 변호사는……."

"예? 어떤 것 때문에 그러시는데요? 저는 아주 당연한 거라고 생각했는데."

혁민은 한 실장이 지금 살기 위해서 줄타기를 하고 있었다고 이야기했다.

"아마도 나랑 밀고 당기기를 좀 하다가 협조한다고 할 거야. 그러면서 내 정보를 빼내려고 하겠지. 그리고 그걸 가지고 상대편과 거래를 하겠다는 속셈인 것 같아."

"정말요? 이런 상황에서도 그럴 수가 있어요?"

"어떻게 보면 그게 한 실장에게는 최선의 방법이니까."

위지원 변호사는 지레짐작이 아니냐면서 너무 앞서 나가는 것 같다고 했다. 그러자 혁민은 부드럽게 미소 지으면서 이야기했다.

"사람은 말이야, 자신이 정말 절박한 심정이 되면 조건 같은 거 생각하지 못해. 그런 적 없었어? 살다 보면 그런 경험 종종 있잖아. 아주 대단한 사건이 아니더라도."

위지원 변호사는 생각을 하더니 맞는 말 같다고 했다.

"아, 정말 그런 것 같네요. 그런 상황이면 이거저거 잴 여유가 없죠."

"그런데 한 실장은 어떻게 했지? 자신이 확신을 가져야 하니 뭐라도 말을 해달라고 하면서 자꾸만 무언가를 요구했어. 그건 그만큼 절박하지 않다는 거야."

혁민은 자신의 생각이 100% 옳은 것이라고 생각지는 않았다. 세상 모든 일을 전부 꿰뚫고 있는 사람이 어디 있겠는가. 하지만 지금까지 한 실장의 태도나 행동으로 보아 그럴 가능성이 높다고 보았다.

그리고 그런 걸 가정하고 미리 대비하는 편이 안전했다. 공연히 이길 욕심에 폭탄을 끌어안고 갈 이유는 없었다.

"그러면 조심해야겠네요. 아우, 정말 흉악한 사람이네. 그러니까 그런 짓을 했지."

위지원 변호사는 인간이 안 되었다면서 상종하지 못할 사람이라고 말했다. 그러면서 한 실장에게 정보를 얻지 못하면 아무래도 쉽지 않을 것이라며 안타까워했다.

"무슨 소리야? 당연히 한 실장에게서 정보를 얻어야지."

"예? 한 실장이 꿍꿍이가 있으니 아예 상종을 하지 않을 것처럼 말하셨잖아요."

"그건 그거고 이용할 건 이용해야지."

혁민은 한 실장과 협력할 것이라고 말해서 위지원 변호사를 놀라게 했다. 하지만 곧바로 표면적으로는 그렇고 아마도 서로 상대를 이용하려고 치열한 머리싸움을 할 것이라고 말했다.

"나는 한 실장에게 거짓 정보를 줘서 상대방을 혼란스럽게 하고 한 실장에 대한 신뢰가 떨어지게 할 생각이거든. 필요한 정보는 빼내면서 말이야."

"우와, 선배님. 무언가 굉장히 악당스러워 보이는데요?"

위지원 변호사는 좋은 방법이기는 한데 꼭 악당들이 하는 것 같은 방법이라고 했다.

"악당을 상대하는데 신사처럼 굴 필요가 있나? 그런 자들을 상대할 때는 그들에게 걸맞은 방법을 사용하면 되는 거야."

혁민은 상대가 반칙을 하더라도 공명정대하게 싸워야 한다는 사람도 있지만, 자신은 그렇지 않다고 말했다.

"그런 사람의 의견도 존중은 해. 그런 사람은 자신의 의지와 신념대로 하면 되는 거야. 하지만 그게 절대적인 진리 같은 건 아니거든. 나는 내가 옳다고 생각하는 방법으로 싸워."

"하긴 그래요. 그런 거 강조하잖아요. 결과보다는 과정이 중요하다. 정직해야 한다. 좋은 말이기는 하죠. 하지만 경우에 따라서는 다를 수도 있는 것 같아요."

혁민은 맞는 말이라고 했다. 힘과 권력을 가지고 있는 자들이라 가뜩이나 상대하기가 어려운데 페널티까지 떠안고 싸운다? 혁민은 미친 짓이라고 생각했다.

"그 사람들은 그런 걸 오히려 이용하거든. 나는 거기에 놀아날 생각이 없고. 무조건 이겨서 그자들을 잡을 거거든."

"그런데 정말 어떻게 할 건지는 이야기 안 해주실 거예요?"

혁민은 잠시 생각하다가 주섬주섬 자료를 꺼냈다. 위지원 변호사는 관심을 가지고 서류에 뭐가 적혀 있는지 보았다.

"이게 뭐예요? 무슨 비리 장부 같은 건가?"

서류에는 사람 이름과 숫자가 적혀 있었다. 혁민은 지금 정부에 있는 사람 중에서 백 선생과 연관된 사람들이라고 했다. 그리고 이 내용은 아직 공개하지 않은 거였다.

"여기에 보면 지금 장관을 하고 있는 사람도 있지."

"어, 그러네요. 그런데 이게 어떤 건지……."

이런 내용이 있다는 거야 위지원 변호사도 알고 있었다. 그런데 이게 자신의 질문과 어떤 연관이 있는 건지는 잘 모르겠어서 고개를 갸웃거렸다.

"현직에 있는 사람들이니까 이걸 터뜨리면 사건을 쉽게 접지 못할 거라는 건가요?"

"여기저기서 난리가 날 테니까 그럴 수도 있지. 하지만 그건 내가 노리는 두 번째 효과."

혁민의 말에 위지원 변호사는 더 모르겠다는 표정이 되었다.

"이건 숙제. 이것과 지금 진행하는 사건과 법적으로 어떤 연관이 있는지 찾아봐."

"음… 지금 진행하는 사건이라고 하셨죠? 그러면 형사하고 민사 모두 해당하는 거죠?"

"그렇지. 둘 다에 해당해. 당연히 백 선생의 사건은 아직 시작하지 않았으니까 제외해도 좋고."

위지원 변호사는 여전히 감을 잡지 못하겠다는 얼굴이었

다. 혁민은 복잡한 과정을 거치는 일이고, 전제 조건도 필요한 경우니까 잘 연구해 보라고 했다.

"그나저나 배 실장이 자료를 보낼 때가 되었는데……."

혁민은 그렇게 말하면서 민사소송과 관련된 서류를 꺼내 검토하기 시작했다. 형사소송도 중요했지만, 민사소송도 그에 못지않게 중요한 소송이었으니까. 그리고 그 옆에는 얼굴을 잔뜩 찌푸린 채 고민하는 위지원 변호사가 있었다.

*   *   *

미국 드라마를 보면 굉장히 극적인 장면이 연출된다. 갑자기 새로운 증거를 들이밀면서 지금까지의 진술이 거짓임을 밝힌다거나 의뢰인이 무죄라는 결정적인 증거를 제시한다거나 하는 장면이다.

상대편 변호사나 검사는 무척이나 당황하고 증거를 제시한 변호사는 의기양양한 표정이 된다. 하지만 대한민국의 법정에서는 그런 장면이 거의 나오지 않는다. 쟁점에 관해서도 미리 이야기하고 증거도 모두 제시한 상태에서 진행되기 때문이다.

물론 새로운 증거가 나올 경우 추가하기도 하지만, 그것 또한 많지 않다. 검사나 변호사는 현장을 돌면서 증거를 수집하고 그러지 않기 때문이다. 법리적인 부분만 가지고 다투어서 일반인들은 지루하게 느끼는 사건이 대부분이다.

"그렇다면 이 사건에 정보기관이 조직적으로 개입하지는 않았다는 말입니까?"

"그렇습니다."

혁민의 말에 한 실장은 그렇다고 대답했다. 세간의 이목이 쏠리는 사건이지만 법정 안은 횡했다. 국가 기밀을 다루는 사건이라 비공개로 재판이 진행되었기 때문이다.

"그렇다면 피고인이 명령한 겁니까?"

"그렇습니다. 하지만 그런 일이 벌어질 줄은 모르고 있었습니다. 세상에 어떤 사람이 부하 요원을 사지로 밀어 넣겠습니까. 불행한 일이 벌어진 것은 저도 가슴 아프지만 그건 우연한 사고였습니다."

"분명히 그런 일이 벌어질지 모른다고 하셨습니까?"

한 실장은 그렇다고 대답했다. 혁민은 판사들과 한 실장의 변호사를 한번 처다보았다. 한 실장과 태경에서 나온 그의 변호사는 여유가 넘치는 표정이었다.

그들의 전략은 단순했다. 모르쇠로 일관하는 거였다. 그러면 당연히 혁민이 한 실장이 고의로 윤 팀장을 사지로 내몰았다는 사실을 증명해야 한다. 그런데 그런 증거가 어디 있겠는가. 국정원 내부에 있는 자료를 요청했지만, 아주 당연하게도 거절당했다.

"그렇군요. 그리고 중국에서의 작전과 관련해서 제출한 내용이 모두 맞습니까?"

"그렇습니다. 모두 틀림없습니다."

한 실장 쪽에서는 윤 팀장이 죽게 된 사건의 경위를 제출했다. 중요한 부분은 제외하고 어떤 명령을 했고, 윤 팀장이 그에 따라서 어떻게 움직이고 어떤 행위를 했는지에 관한 거였다.

그들은 아주 자신만만했다. 혁민이 증거라고 하면서 내민 증거가 있지만, 그거야 혁민이 일방적으로 주장하는 것이었다. 한 실장은 변호사가 한 이야기가 생각났다.

'그래, 윤 팀장의 수첩이라는 건 증거로서 효력이 없다고 했지. 사실 그게 윤 팀장의 수첩인지 아닌지도 모르는 거 아냐. 게다가 거기 적힌 내용이 사실이라는 보장도 없고.'

한 실장은 이제 어떻게 할 것이냐는 눈빛으로 혁민을 쳐다보았다. 하지만 혁민은 침착한 태도로 제출한 서류가 모두 사실이냐면서 되물었다. 한 실장은 당연히 그렇다고 대답했고.

"그렇습니까? 제가 알고 있는 사실과는 많이 다르군요."

정보기관에서 자료만 받을 수 있었어도 이렇게까지 힘들지는 않았을 것이다. 마음 같아서는 압수 수색이라도 하고 싶지만, 현행법상 불가능했다. 그래서 혁민이 선택한 방법은 윤 팀장의 유품과 중국 측의 자료를 가지고 고의였다는 걸 증명하는 방법이었다.

"윤 팀장은 평소에도 메모를 아주 꼼꼼하게 하는 사람이었습니다. 이미 제출한 증거 중에서 수첩을 보면 이미 위험성에 대해서 보고를 했지만, 의견을 무시한 채 명령이 떨어졌다고 적혀 있습니다."

혁민은 윤 팀장의 유품인 수첩의 복사본을 흔들면서 이야 기했다.

"중국에 가서 진행한 일에 관해서 아주 자세하게 적혀 있 습니다. 이걸 보면 피고인이 한 말과는 상당한 차이가 있다는 걸 알 수 있습니다. 이건 어떻게 보십니까."

"글쎄요. 저는 잘 모르겠습니다."

한 실장은 그런 게 거기 왜 적혀 있는지 자신은 모른다고 대답했다. 그러자 한 실장의 변호인 그 증거는 신뢰하기 어렵 다고 이야기했다.

"그 증거가 윤 팀장의 것이라는 사실도 불명확합니다. 설 사 윤 팀장의 물건이 맞는다고 하더라도 거기에 적힌 내용이 사실이라는 증거가 없습니다."

변호사는 혁민이 제시한 증거보다는 정보기관에서 제출한 증거가 더 공신력이 있다고 이야기했다. 그러자 혁민은 곧바 로 맞받아쳤다.

"그렇지 않습니다. 이 자료야말로 진실이 무엇인가를 이야 기해 주고 있습니다. 공신력이 없다고 하니 여기에 적힌 내용 이 사실이라는 증거를 새로 제출하겠습니다."

혁민은 서류를 집어 들고 이야기했다.

"이 서류는 윤 팀장의 사망 사건과 관련해서 중국의 수사 기록과 수첩에 적힌 윤 팀장의 동선과 행동이 모두 사실이라는 걸 증명하는 자료입니다."

혁민의 말에 한 실장과 변호사는 물론이고 판사까지 당황한 표정이 되었다. 외국의 자료를 증거로 제출하는 경우는 극히 드물기 때문이었다. 한 실장의 변호사는 곧바로 이의를 제기했다.

"사전에 이야기되지 않은 증거입니다. 그리고 신뢰할 수 없는 증거입니다."

변호사는 중국에서 가져온 서류가 진짜인지도 의심스럽고, 문제가 있을 수 있다고 이야기했다. 하지만 변호사는 당황해서인지 말을 조금 버벅거렸다.

사실 외국의 자료를 국내 재판에서 증거로 사용하는 경우는 아주 드물다. 경험한 적이 없는 케이스라서 어떤 식으로 대처해야 할지 몰라 당황을 한 거였다. 당황스러운 건 판사도 마찬가지였다. 지금까지 한 번도 이런 적이 없었기 때문이었다.

원래 외국의 서류를 증거로 사용하려면 법원에 사실조회 신청을 하거나 문서송부촉탁을 하게 된다. 그러면 법원이 외무부를 통해서 해당 국가로부터 자료를 넘겨받게 된다. 일반적인 사건에서는 거의 없고 외국에서의 인지, 이혼과 같은 가정 사건에서 주로 일어난다.

"그리고……."

변호사는 일단 시간을 끈 다음 혁민의 자료를 쓱쓱 넘겼다. 무언가 꼬투리를 잡을 걸 찾기 위해서였다. 그러다 갑자기 생각이 났는지 다급하게 이야기했다.

"법원에 타국의 증거자료를 제출할 때에는 아포스티유공증을 받아야 하는데, 중국은 협약에 가입하지 않은 국가입니다. 따라서 이 증거는 효력이 없습니다."

한 국가의 문서가 다른 국가에서 인정받기 위해서는 문서의 국외 사용을 위한 확인을 받아야 한다. 아니면 그 문서가 정말 그 국가의 문서인지 어떻게 알겠는가. 그래서 문서가 사용될 국가가 자국의 해외 공관에서 '영사 확인'의 방식으로 문서의 신뢰성을 확인했다.

그런데 이 과정에서 발생하는 시간과 비용 면에서 불편이 생겨나서 아포스티유 협약이란 것이 체결되었다.

아포스티유 협약은 문서 발행국의 권한 당국이 자국의 문서를 확인하면 아포스티유 협약 가입국들은 자국의 해외 공관이 현지 국가가 발행한 문서에 대한 추가적 확인 없이 자국에서 직접 사용할 수 있도록 인정하는 것이다. 즉 외국 공문서에 대한 인증 요구 폐지 협약.

우리나라에서는 외교부와 법무부가 아포스티유 권한 기관으로 지정돼 있다. 외교부와 법무부에서 아포스티유 협약 규정에 따라 문서의 관인 또는 서명을 대조하여 확인, 발급하는 것을 '아포스티유 확인' 이라 한다. 아포스티유 확인서를 받은 우리나라 공문서는 한국에 있는 외국 공관의 영사 확인 없이 협약 가입국에서 공문서의 효력을 인정받을 수 있다.

"중국은 아포스티유 협약의 가입국은 아니지만, 이 서류는 신뢰할 수 있습니다."

혁민은 곧바로 반박했다. 중국에 있는 영사가 이 서류가 사실임을 확인했다는 부분을 내보였다.

"이 서류를 보시면 아시겠지만, 실제 윤 팀장의 동선과 행동은 한 실장이 제출한 서류에 나와 있는 내용이 사실과 다르다는 걸 확인할 수 있습니다."

서류에는 중국에서 윤 팀장의 행적을 뒷받침할 수 있는 여러 증거가 있었다. CCTV나 증언도 있었는데, 자료는 한 실장이 제출한 서류는 사실과 다르며, 윤 팀장의 수첩에 적힌 내용이 맞는다는 걸 보여주고 있었다.

변호사와 한 실장은 다급하게 무언가를 속삭이면서 이야기를 나누고 있었는데, 표정이 가관이었다. 지금까지의 여유롭던 표정은 사라지고 당황해서 어쩔 줄을 모르는 얼굴이었다.

'당황스럽겠지. 내가 이렇게 나올 거라는 걸 말해주지 않았으니까. "

혁민은 속으로 한 실장을 비웃었다. 한 실장은 협조하겠다고 나왔는데, 혁민은 알았다고 하면서 중요한 정보는 감추고 엉뚱한 정보를 알려주었다. 혁민은 오늘 한 실장의 표정으로 보고 그 정보를 배후 인물에게 알려주었다는 걸 짐작할 수 있었다.

그렇지 않았다면 이렇게까지 평온한 표정을 하고 있지는 못할 것이다. 재판과는 별개로 자신의 목숨을 노리는 자들이 있는데 어떻게 편안할 수 있겠는가. 그런데 한 실장은 안심하는 표정이었다. 그렇다는 건 어떻게 된 것인지 뻔했다.

하지만 그게 오히려 독이 될 것이다. 가짜 정보라는 걸 알게 되면 배후 세력이 더욱 분노할 테니까.

"다음 기일은……."

재판은 일단 거기서 마무리되었다. 혁민이 제출한 증거는 인정되었다. 영사의 확인까지 받은 정상적인 서류였고, 사실 관계를 확인할 수 있는 중요한 내용을 포함하고 있었으니까. 한 실장의 변호사는 재판이 끝나자마자 후다닥 뛰어 나가면서 어디론가 전화를 걸었다.

아마도 하치훈에게 연락을 하는 게 아닐까 싶었다. 하지만 그래 봐야 소용이 없을 것이다. 이 증거를 뒤집을 수는 없을 테니까.

"아, 중국 얘기를 많이 하신 게 바로 이거였구나. 아니, 중국에는 언제 사람을 보내셨대요?"

위지원 변호사가 신기하다는 표정으로 혁민을 쳐다보았다.

"그래서 시간이 필요하다고 하신 거구나. 이걸 받기 위해서."

"그렇지. 법원에 신청해서 받을 수도 있는데, 그러면 손을 탈 수도 있으니까."

혁민은 아마도 제대로 된 서류를 받지 못했을 것이라고 이야기했다. 영사에게도 연락이 갈 텐데 제대로 협조를 하겠는가. 그리고 지금 제출한 것같이 소상한 자료를 첨부할 수도 없었을 것이고.

"이제는 한결 유리하겠네요. 그런데 정말 수첩이 없었더라면 큰일 날 뻔했어요. 증명할 방법이 없었을 테니까요."

"그게 없었으면 다른 식으로 전략을 세웠겠지. 사실 이걸 숨기려고 다른 쪽으로 움직이고 있는 것처럼 보이게 한 것도 있지."

요원들을 만나고 다니거나 다른 증거를 수집하는 척했다. 그렇게 해서 증거가 나오면 좋고, 아니더라도 별 상관 없다는 마음가짐으로. 하지만 상대는 혁민의 그런 움직임에만 신경을 썼다. 정작 중요한 건 다른 데 있다는 걸 모르고.

"그런 지나간 이야기는 나중에 하고 이제는 변호사 일을 해야지."

혁민은 곧바로 민사소송 준비를 해야 한다고 말했다. 혁민은 형사소송에서는 검사의 역할을 대신하고 있고, 민사소송에서는 변호사의 역할을 하는 아주 희귀한 경험을 하고 있었다.

"정말 이런 건 법조계 사상 처음 있는 일이고 앞으로도 없을 거예요. 하기야 변호사가 검사 역할을 하는 것 자체가 아주 희귀한 일이니까."

재정신청을 통해서 처음으로 변호사가 검사 역할을 하게 된 것이 저 유명한 부천서 성고문 사건이다. 그러나 그 이후로는 거의 사문화된 조문이었다.

"그런 거야 뭐가 중요하겠어. 준비나 빨리 하자고. 민사소송은 태경의 하치훈이 직접 나와. 거물 중의 거물이라고. 그러니 정신 바짝 차려야지."

혁민은 그동안 피해당한 걸 제대로 보상받아야 한다고 이야기했다.

"모든 법리와 증거를 동원해서 받을 수 있는 최대한의 금액을 받아낼 거야. 그러기 위해서는 준비가 철저해야지. 태경에서 얼마나 많은 자료를 준비하겠어? 정말 어마어마한 자료와 증거를 들이밀 거라고."

"거기야 인력도 풍부하니까 그렇겠죠."

"게다가 노련하기 이를 데 없는 인물이지. 그러니 형사소송보다는 민사소송에 정신을 바짝 자려야 해. 잘못하면 누명을 썼다는 걸 밝혀내고도 보상은 별로 받지 못하는 경우가 생길 수도 있어."

혁민은 보통 사람들이 생각하는 것보다도 훨씬 더 큰 배상을 받아내야 한다고 누누이 강조했다.

"이제는 보여주어야 해. 국가를 상대로 한 손해배상에서도 승리할 수 있다! 배상도 어마어마하게 받아낼 수 있다! 그게 당연한 거라는 걸 보여줘야지. 억울하게 당하더라도 어쩔 수 없다는 말만 들었잖아, 지금까지는."

"맞아요. 맨날 말로만 국민을 위한다고 하고는 정작 그런 모습은 전혀 볼 수 없었잖아요."

혁민은 당연한 권리를 찾아와야 한다고 이야기했다. 국가가 그런 것도 책임지지 않으면 도대체 왜 존재하는 거냐고 강조하면서.

"있는 사람들만 보호하는 게 법이 아니라는 걸 이번에 보여주자고. 그런 놈들도 된통 당할 수 있다는 걸 이번에 확실하게 증명하는 거야."

혁민은 오늘 일은 시작에 불과한 것이라고 말하면서 스산하게 웃었다. 앞으로 준비된 카드가 하나씩 열릴 때마다 훨씬 더 큰 일들이 벌어질 것이라면서.

*　　　*　　　*

혁민은 상대가 이상하게 조용하다는 생각이 들었다. 벌써 무슨 수작을 부려도 부렸어야 하는 데 별다른 움직임이 느껴지지 않았기 때문이었다.

"이거 참. 소송이 정상적으로 흘러가는 걸 좋아해야 하는 건가?"

너무나도 당연한 일이지만, 혁민은 오히려 불안했다. 절대로 정상적으로 진행될 수 없는 소송이라서 그랬다. 혁민은 한숨을 내쉬었다. 정상적인 걸 이상하게 생각하는 상황이 정말 한심하게 느껴졌기 때문이었다.

그래도 가슴 뿌듯한 일도 있었다. 이번 사건을 진행하면서 정말 많은 사람의 지지를 받은 점이었다. 얼굴은 본 적 없었지만, 수많은 사람이 그를 지지한다는 의견을 표현했다.

그리고 사법개혁 모임의 지지도 혁민의 어깨를 가볍게 했다. 차동출을 비롯한 사람들이 도움을 주겠다고 연락을 해왔는데, 정중하게 거절했다. 아직은 자신의 힘으로도 버틸 만하니 나중에 필요할 때 도와달라고 했다.

"한 실장이 배후를 불기만 하면 거의 끝난 게임이나 마찬가지인데… 그런데 정말 이상하네. 가만히 있을 놈들이 아닌데."

아쉬운 건 한 실장의 배후를 밝히지는 못했다는 거였다. 사실 한 실장이 고의로 요원들을 죽이려 했다는 걸 증명하는 것도 거의 불가능한 일이었다. 그걸 함정을 파서 기다리고 있다가 새로운 증거를 내밀면서 간신히 유리하게 끌어가고 있었다.

왜 미리 제출하지 않았느냐는 질문도 있었지만, 중국에서 증거를 가져오느라 늦었다는 핑계를 댔다. 사실은 혁민이 시간을 적당히 조절한 거였지만. 원래는 모든 증거는 미리 제출해야 한다.

그런데 가지고 있다가 나중에 내면 여러모로 골치가 아파지니 재판이 시작한 이후에 도착하도록 한 것이다. 그래서 한 실장은 상당한 곤경에 처해 있었다.

그리고 혁민의 생각처럼 상대는 가만히 있지 않았다.

"이거 실망이 이만저만이 아니군요. 이러다가 불똥이 더 번지기라도 하면 집이 탈 수도 있겠어요."

선생님은 아주 난감한 표정이 되었다. 자신과 연관이 있던 권력자들이 직접 움직이기 시작했기 때문이었다. 눈앞에 있는 이 사람이 자신을 직접 찾아왔다는 것이 바로 그 증거였다.

이자 역시 자신의 일을 여러 번 처리해 준 사람 중 한 명이었다. 그리고 지금 정부 요직에 있는 인물이기도 했고. 그런 자가 사람들을 대표해서 자신을 찾아왔다.

"어떻게든 구속되는 걸 막고 처리하겠습니다."

"그거야 당연한 일이고 그것보다는 백 선생의 사건이 문제가 아닐까 하는데……."

그들은 장중범의 일은 크게 신경 쓰지 않았다. 선생님이 배후라는 게 밝혀져서 조사를 받게 되는 것만 꺼림칙했다. 그렇게 되면 자연스럽게 많은 비리가 드러나게 될 테니까.

그것보다는 백 선생의 문제에 다들 신경이 곤두서 있었다. 선생님은 가능하면 법정에 가기 전에 처리하겠다고 했지만 실패했다. 선생님은 위기감을 느끼고 있었다. 여기서 조금만 잘못하면 자신에게 엄청난 일이 닥칠 것이라는 걸 잘 알고 있었으니까.

"문제없도록 하겠습니다. 이중 삼중으로 대비책을 마련했으니까 말입니다."

민사소송이 문제였다. 혁민은 형사소송은 따로따로 진행했지만, 민사소송은 따로 진행할 듯하다가 전부 병합해서 진행하고 있었다. 정보기관의 잘못된 행위로 인해서 피해를 본 사람들을 모아서 진행하고 있었다. 거기에는 백 선생도 있었다.

이제 조금만 더 시간을 끌면 모든 것이 자신의 손에 떨어질 것이다. 이 사람들도 자신에게 함부로 할 수 없는 그런 세상이 올 것이다. 하지만 아직은 아니었다. 아직은 자신이 약자였고, 저들은 강자였다.

그는 자신이 준비한 걸 모두 이야기했다. 어떻게든 자신의 뒤를 봐주는 사람들을 설득해야만 했으니까.

"잘 아시겠지만, 하치훈 대표가 잘 처리를 할 겁니다. 혹시나 1심에서 문제가 생기더라도 상급심으로 가면 절대로 통과될 수 없습니다."

"1심에서 끝을 내는 게 좋지 않겠나? 이게 자꾸만 사람들의 입에 오르내리는 것만 해도 상당히 불편해서 말이야."

남자는 짜증스럽다는 듯 이야기했다. 일반인은 다른 인종과 같이 생각하는 자였다. 자신들은 귀족이고 일반인은 평민이라는 식으로 생각하고 있었다. 그런데 그렇게 같은 사람 취급도 하지 않던 자들에게 손가락질을 받으니 불쾌했던 것이다.

"이게 컴퓨터가 배정하는 바람에… 예전 같았으면 어떻게 해보겠지만, 지금은 그게 좀 어렵습니다. 하지만 걱정하실 것 없습니다. 잘 아시지 않습니까."

결국에는 모든 게 덮일 것이니 조금만 참아달라고 이야기했다. 하지만 평소 같으면 넘어갔을 상대가 이번에는 단단히 작정하고 왔는지 그냥 넘어가지 않았다.

"지금까지 그런 식으로 이야기한 게 몇 번이냐고. 그래서 우리도 자네만 믿고 일을 진행할 수만은 없을 것 같아."

"이거 왜 이러십니까. 제가 문제없이 해결할 수 있습니다. 전보다는 깔끔하지 못하게 진행되고 있는 거 저도 압니다. 하지만 아직까지 결정적인 건 드러나지 못하게 하고 있지 않습니까. 그러니 믿어보시죠."

선생님은 이자들이 무언가를 눈치챈 것 같다고 생각했다. 이런 식으로 나오는 건 핑계에 불과하고 자신을 견제하기 위함이 아닌가 하는 생각이 들었던 것이다.

'다 된 밥에 코를 빠뜨릴 수는 없지.'

이들의 약점도 모두 정리했으니 다음 선거와 총선에서 승리하기만 하면 모든 것이 자기 뜻대로 된다. 그때가 되면 누구도 자신을 건드릴 수 없게 된다.

겉으로 드러나지는 않지만 모든 권력을 사실상 손에 쥔 존재가 되는 것이다. 그런데 그런 걸 눈앞에 두고 몰락할 수는 없는 일이다. 그래서 강하게 반발했다. 지금 밀리면 다시는 이런 기회를 잡을 수 없을 테니까.

"제 목이라도 내놓겠습니다. 그러니 잠시만 더 지켜보시죠. 민사와 형사 진행되는 걸 보면 아마도 만족하실 겁니다."

그는 소송 관련해서도 그렇고 언론 플레이도 전부 준비해 놓았다고 이야기하면서 이번에 실패하면 어떤 일도 감수하겠다고 목소리를 높였다.

"그래? 그런데 자네도 알다시피 지금은 그런 말만 믿고 가기에는 상황이 워낙 험악해서 말이지. 그러니 자네가 협조를 좀 해주어야겠어."

"그건 좀 곤란합니다. 제가 일하는 스타일이 있어서 말입니다. 아시잖습니까, 이런 일은 굉장히 민감해서 작은 변화에도 혼선이 생길 수 있다는 거 말입니다."

선생님은 그런 혼선이 오히려 문제를 일으킬까 걱정이 된다고 이야기했다. 걱정이라고 말은 했지만, 자신을 건드리지 말라는 협박이나 마찬가지였다. 그러자 남자의 표정이 살짝 굳었다. 이렇게까지 강하게 반발할 줄은 몰랐기 때문이었다.

"자네가 지금 자네 상황을 잘 모르는 것 같은데. 자네가 지금 이런 식으로 나오면 안 되는 상황이야. 잔말 말고 받아들여. 별것도 아니야. 그냥 사람 몇 명 자네 곁에 두면 된단 말이야. 힘든 일도 아니라고."

사람 몇 명을 집어넣겠다는 말. 그건 사실상 조직을 저들이 통제하겠다는 것이나 마찬가지였다. 선생님은 직감했다. 저들이 무언가를 알고 있다는 사실을.

"그건 곤란합니다. 저도 지금 상황은 잘 알고 있지만, 지금이 가장 중요한 타이밍입니다. 문제 해결에 전력을 다해도 모자랄 판국에 새로운 사람이라니요. 그래서 만약 무슨 문제라도 생기면 책임지실 수 있습니까?"

문제가 생기면 책임을 질 수 있겠느냐는 말은 일부러 문제가 생기도록 할 수도 있다는 말이다. 남자는 선생님이 너무 강하게 버티자 상당히 불쾌한 표정이 되었다. 자신에게 이렇게 나오는 게 가당치 않게 보였기 때문이었다.

"책임이라… 그런 건 자네 같은 사람들이나 신경 써야 하는 거야. 왜 그런지 아나?"

남자의 질문에 이번에는 선생님이 당황했다. 도대체 무슨 이야기를 하려고 저런 이야기를 꺼냈는지 짐작이 되지 않았기 때문이었다. 남자는 피식 웃으면서 말을 이었다.

"권력이란 건 말이야, 언제나 도전을 받아. 하지만 결과는 항상 비슷해. 권력을 놓고 벌어지는 전쟁에서의 패자는 항상 작은 권력을 가진 자들이야. 그들의 몰락으로 끝이 난다는 말이지. 그리고 그들이 가졌던 권력은 큰 권력으로 합쳐지고."

남자는 권력이나 이익을 자신들이 전부 가지지 않는 건 그런 이유가 있기 때문이라고 이야기했다.

"그래야 세상이 평등하고 공정한 것처럼 보이지 않겠나. 그리고 적당히 커진 놈들을 우리가 요리하는 거지. 굳이 우리가 힘들게 움직일 것도 없이 말이야."

선생님은 등골이 서늘했다. 모르는 건 아니었지만, 이자들은 정말 위험한 놈들이었다. 권력을 가지고 그걸 유지한다는 것. 그건 평범한 사람들이 할 수 있는 게 아니었다.

'분명히 내가 저들을 노린다는 걸 알고 있어. 하지만 지금까지는 이용 가치가 있으니 놓아둔 거겠지. 그러다가 이제 시기가 무르익어서 열매를 딸 때가 되니까 나를 제거하고 과실만 자기들 손에 넣겠다는 것이고.'

선생님은 마음을 단단히 했다. 여기서 밀리면 자신은 끝이었다. 그리고 저들이 아무리 뒷조사를 하고 조심했다고 하더라도 알 수 없는 부분도 있다. 자신은 그걸 가지고 저들을 상대하면 되는 것이다.

"돌연변이라고 혹시 아십니까. 예전에는 돌연변이라고 하면 무척이나 이상한 것으로 생각했는데, 알고 보니 그게 세상을 발전시키기도 하고 뜻밖의 변화를 만들어내기도 한다더군요."

선생님은 그렇게 운을 떼고는 자신이 준비한 패를 하나 더 이야기했다.

"일전에 세상을 떠들썩하게 만들었던 사이코패스를 아실 겁니다. 그런데 그자가 지금 도망 중이라는 거 혹시 아십니까?"

"뭐? 그런 이야기는 듣지 못했는데? 그런데 그게 무슨 상관이란 말이지?"

남자는 선생님이 무슨 이야기를 하려는지 알 수 있었다. 하지만 태연한 척했다. 자신들을 건드릴 수는 없다고 생각했으니까.

"처리할 자들이 생기면 이용하려고 빼내고서는 소문이 퍼지지 않게 했습니다. 제가 그 정도는 할 수 있습니다. 그런데 이자가 워낙 피를 좋아해서 골치가 아픕니다."

그를 통제하기가 어려워서 걱정이라고 거듭 강조하자 남자는 확실하게 깨달았다. 여기서 더 자극하면 극단적인 방법도 사용하겠다는 뜻이었다.

"조만간 한 실장이 그자와 만날 겁니다. 그러면 아무런 문제가 없게 될 겁니다. 혹시라도 문제가 되더라도 사이코패스가 모든 걸 안고 가면 되는 거고 말입니다. 한 실장이라는 꼬리를 자르고 거기서 끝나는 걸로 하겠습니다."

한 실장이 많은 역할을 했으니 모든 걸 그가 한 걸로 하고 사건을 마무리하겠다는 거였다. 흔하게 사용하는 꼬리 자르기. 남자는 일단은 사람들과 상의를 해봐야겠다고 생각했다.

여기서 더 자극하는 건 좋지 않다는 게 그의 판단이었다. 상대의 반발이 너무나도 거셌기 때문이었다. 피해가 있을 수 있는데 굳이 난타전을 할 이유는 없다. 그럴 때는 거리를 두고 있다가 상대가 허점을 보일 때를 기다리는 게 좋았다.

어차피 자신들의 힘이 훨씬 우세하다. 일부러 위험을 감수하는 건 도전자들이 사용하는 전략이다.

"재미있군. 좋아. 일단 사람들과 이야기를 해보지. 하지만한 가지만 명심하라고. 꼬리 자르기가 좋은 방법이기는 하지만, 그 꼬리가 어디까지일지는 모르는 거야. 자네가 꼬리가되지 않게 조심하라고."

남자는 단단히 경고했다. 이 정도면 그가 생각을 바꿀 수도있다는 생각이 들었다. 그렇다면 기회를 조금 더 줄 수도 있었다. 어쨌거나 그는 지금까지 자신들의 뒤처리를 잘해왔고유능한 인물이었으니까.

하지만 오래 쓰지는 않을 생각이었다. 많은 것을 안다는것. 그건 여러모로 부담스러운 일이다. 그러니 적당한 시기에물갈이를 해야겠다고 남자는 생각하고 있었다.

"충고는 명심하겠습니다. 모든 게 잘될 테니 걱정하지 말라고 전해주시면 감사하겠습니다."

"그렇게 이야기는 하지. 사람들이 어떻게 받아들일지는 모르겠지만."

반응은 제각각일 것이다. 당장 제거하자는 자도 있을 것이고, 조금 더 두고 보자는 자도 있을 것이고. 자신은 당장 제거하자는 쪽에 표를 던질 것이다. 그가 얼마나 위험한 인물인지 오늘 확실하게 보았으니까.

남자가 나가자 선생님은 확실하게 준비를 해야겠다고 생각했다.

"여기서 먹힐 수는 없어. 어떻게 이 자리까지 올라왔는데……."

그는 전화기를 들고 통화를 했다.

"그래, 나야. 준비는 끝났겠지?"

―물론입니다. 명령만 하시면 바로 움직일 수 있게 만반의 준비를 해놓았죠.

핸드폰 너머에서 낄낄거리며 웃는 소리가 들렸다. 선생님은 굳은 표정으로 이야기했다.

"한 실장부터 따버려. 그리고 그다음에는 정 변호사도."

―오호, 변호사까지요? 저야 좋지만, 그러면 말들이 많이 나올 것 같은데 말입니다.

"그거야 자네가 신경 쓸 게 아니야. 그렇게 진행하라고."

―뭐, 저야 피를 많이 보는 거야 언제든 환영이니까요. 그 녀석도 마찬가지고.

선생님은 잠깐 생각을 하다가 말을 이었다.

"그리고 흔적은 내가 이야기한 사람하고 연결이 되도록 신경을 좀 써봐."

　─누군지만 알려주시면 해보기는 하겠습니다. 하지만 제대로 준비하려면 시간이 상당히 걸릴 텐데요?

　"거칠어도 상관없어. 그냥 의심이 생길 정도면 충분해."

　─그런 정도라면야… 알겠습니다. 한 실장하고 그 변호사의 간을 조만간 구경하실 수 있으실 겁니다.

　전화기 너머에서는 또다시 킥킥대는 소리가 들렸다.

Chapter 3
대형 사고

부스럭.

한 실장은 잠결에 무슨 소리가 들리는 것 같자 바로 자리에서 일어났다. 최근에 워낙 정신적으로 스트레스를 많이 받고 있는 터라 숙면을 취한 게 언제인지 생각이 나지 않을 정도였다.

그는 자리에서 일어나서 어디서 난 소리인지 고개를 돌려보았다. 스탠드의 불빛이 방을 비추고 있었지만, 별다른 게 보이지는 않았다. 하기야 외부인의 출입을 엄격하게 통제하고, 보안 시스템이 잘 갖추어진 아파트 아닌가.

"후우… 잘못 들었나? 어우… 잠결이라 그런지 눈이 좀 침

침한데?"

한 실장은 눈을 비비면서 중얼거렸다. 하지만 대수롭지 않게 여겼다. 나이는 속일 수 없는 법 아닌가. 노안이 온 지는 이미 오래되었고, 시력도 점점 안 좋아졌다. 그는 더 잘까 생각하다가 갑자기 갈증을 느끼고는 물을 마셔야겠다고 생각했다.

한 실장은 냉장고가 있는 거실로 나가려고 자리에서 주섬주섬 일어나려 했다. 하지만 무언가 이상했다. 몸이 잘 움직이지 않았던 것이다. 그리고 그때, 방의 구석에서 소리가 들렸다.

"잘못 들은 거 아니야."

한 남자가 히죽 웃으면서 이야기했다. 그는 교도소에서 이송 중에 탈출한 사이코패스였다. 남자는 시계를 쳐다보면서 중얼거렸다.

"약효가 나타나기 시작해서 그런 거야. 음… 이제는 슬슬 마비가 오겠네. 아마 말도 할 수 없을걸?"

한 실장은 깜짝 놀라 소리를 지르려고 했지만, 어쩐 일인지 말을 할 수가 없었다. 그리고 몸도 움직이지 않았다. 하지만 놀랄 일은 그뿐만이 아니었다. 방문을 열고 누군가가 또 들어온 것이다.

"빨리 움직이자고. 시간이 없어."

"알았어. 이제 나무토막 같을 테니까 옮기기만 하면 된다고."

한 실장은 어떻게 된 상황인지 알았지만, 어찌할 방법이 없었다. 몸도 움직이지 않고 소리도 나오지 않았다. 그저 읍읍하는 소리 정도만 약하게 날 뿐이었다. 하지만 입에 테이프를 붙이자 그마저도 잘 들리지 않게 되었다.

그리고 그날 한 실장은 실종되었다.

"아니, 그러니까 영장이 떨어졌어야지. 아니, 도망치다가 잡힌 사람한테 왜 영장을 내주지 않았는지……."

혁민은 한 실장이 없어졌다는 소식을 듣고는 혀를 찼다. 도무지 이해할 수 없는 일이어서 더욱 분통을 터뜨렸다. 이제 조금만 더 몰아붙이면 배후에 어떤 자가 있는지도 알아낼 수 있었는데 이제는 그럴 수가 없어져 버렸다.

"또 도망친 거예요? 저번처럼 밀항이라도 한 건가?"

옆에 있던 위지원 변호사가 물었다. 혁민은 한숨을 내쉬면서 고개를 저었다. 그건 아니라고 생각했으니까. 한 실장이 지금 어디로 도망을 친단 말인가.

"그건 아닐 거야. 아마도 상대편에서 손을 쓴 거겠지."

"정말요? 아니, 그래도 정보기관 요원인데 그럴 수가 있어요?"

"요원이 무슨 대수라고. 그자들은 그보다 더한 사람이라도 자기들 안전을 위해서라면 제거할 수 있을걸?"

혁민은 아쉬움에 입맛을 다셨다. 한 실장은 위기에 몰리자 갈등하다가 혁민에게 거의 넘어오기 직전이었다. 자신이 살길은 혁민이 빨리 배후에 있는 자들을 공격하는 길밖에 없다는 생각을 해서 그런 거였다.

그래서 정보를 제공하는 대신 자신을 좀 봐달라고 이야기했다. 혁민은 먼저 정보를 주면 확인해 보고 생각하겠다고 이야기했고. 그래서 거의 토설하기 직전이었다. 그렇게 되면 만사 오케이.

"고구마 줄기 캐듯 줄줄이 캘 수 있었는데……."

하지만 사실 이렇게 될 수도 있다는 사실을 알고 있었다. 영장이 거부되었을 때 대충 짐작이 갔다. 구속되어 마땅한 경우인데도 영장이 거부되었을 때 이유는 딱 한 가지밖에 없다. 외부 압력이 작용했다는 거다.

"그러면 이제는 어떻게 된 거예요?"

"형사소송은 중단이지. 피고소인의 행방을 알 수 없는데 어떻게 진행을 하겠어."

도망을 친 경우든, 납치된 경우든 마찬가지다. 당사자가 없는데 어떻게 소송을 할 수 있겠는가. 하지만 좋지 않은 점만 있는 건 아니었다.

"이제는 어쩔 수 없이 민사소송을 진행할 수밖에 없지."

"아, 그렇겠네요. 형사소송 결과 보고 진행하려고 했는데, 형사소송이 중단되었으니까. 하지만 한 실장이 없으면 민사소송도 쉽지 않은 거 아니에요?"

혁민은 어차피 쉽지 않은 거라고 했다.

"상대는 그런 행위 자체를 인정하지 않을 거라고. 그런 적이 없었으니 배상을 할 필요도 없다고 하겠지. 하지만 여기는 백 선생이 포함되어 있어서 문제가 다르거든."

위지원 변호사는 고개를 끄덕였다. 백 선생의 경우 고위층의 자금 세탁이나 탈세 관련해서 작업했고, 그 작업에 한 실장도 관련되어 있었다. 장중범이나 윤 팀장의 경우에는 이유가 불분명하지만, 백 선생은 다르다.

"어? 혹시 그래서 백 선생은 형사소송을 진행하지 않은 거예요?"

위지원 변호사는 혁민이 애초부터 형사소송이 아니라 민사소송에 초점을 맞추고 있었다는 생각이 들었다. 지금까지는 소송을 좀 이상하게 진행한다고 생각했었는데, 민사소송이 진짜라고 생각하고 그림을 맞추다 보니 딱 들어맞았다.

"설마 이렇게 되실 줄 알았던 거예요? 그래서 일부러 백 선생의 소송은 빼고?"

"정보를 미리 보여줄 필요는 없으니까. 어차피 민사에 들어가면 보게 되겠지만, 형사를 들어가서 대비할 수 있게 할 이유는 없거든."

형사소송에 들어갔어도 지금처럼 한 실장이 사라지면 미

리 정보만 보여주는 꼴이 된다. 그걸 방지하기 위해서 백 선생의 소송은 일부러 진행하지 않은 거였다. 하지만 민사소송은 다르다.

민사소송은 국가를 상대로 한 손해배상 소송이다. 국가는 사라질 수 없으니 뭐가 어떻게 되든 간에 소송은 진행될 것이다. 그러니 진검승부는 애초부터 민사소송에서 겨룰 생각이었다.

*　　　*　　　*

"제가요? 아니, 왜죠?"

이채민 판사는 갑작스럽게 자리를 옮기라는 명령에 부장판사에게 따지듯 물었다. 의도가 뻔히 보이는 명령이었기 때문이었다.

"나라고 어쩔 수 있겠나. 그리고 자네도 이번에는 따르는 게 좋아."

"부장님, 이거 이번 사건 때문에 그런 거 아닌가요?"

부장판사는 곤혹스러운 표정이었다. 그도 이번 소송을 맡게 되고는 엄청난 압력을 받고 있었다. 어지간한 압력이라고 하면 그도 신경 쓰지 않을 것이다. 하지만 지금까지 듣도 보도 못한 선에서 압력이 들어왔다.

그리고 그런 압력을 행사하는 사람들은 이채민 판사 대신

다른 판사를 배석판사로 앉힐 생각인 듯했다. 이채민 판사가 법조계에서도 유명한 가문 출신이고 상당히 진취적인 사고방식을 가진 인물이었기 때문이었다.

쉽게 이야기하면 약이 잘 먹히지 않을 인물이고 골치 아플 확률이 높으니 미리 빼버리겠다는 거였다. 사실 부장판사에게 결정권이 있다고 봐도 무방하니 배석판사까지 신경을 쓸 필요는 없을 수도 있겠지만, 조금의 문젯거리도 만들지 않겠다는 생각인 것 같았다.

"그리고 자네는 정혁민 변호사와도 잘 아는 사이 아닌가."

"부장님, 그런 경우가 어디 한두 번입니까. 재판하다 보면 친했던 동기나 선배가 변호사인 경우도 허다하고 친척인 경우도 있었습니다. 하지만 문제가 된 적은 단 한 번도 없었습니다. 저는 제 소신에 의해서 판결을 내리니까요."

부장판사는 잘 알고 있다며 잠시 흥분을 가라앉히라고 이야기했다.

"사실 이런 이야기는 하면 안 되지만……."

부장판사는 혹시라도 밖에 소리가 들릴까 조심하면서 나지막하게 이야기했다.

"이번 사건은 정관계는 물론이고 재계까지 흔들릴 수 있는 어마어마한 사건이야. 자네는 내가 이 사건을 맡게 되고 누구한테 전화를 받았는지 알면 아마 놀랄 걸세."

부장판사는 그 사람들을 열거하지는 못했다. 전화를 한 사람 중에는 대법관과 대통령 비서실장도 포함되어 있었다. 그 외에도 자신이 지금까지 얼굴도 본 적이 없는 높은 분들의 전화를 몇 차례나 받았다.

평소에 올곧은 판결을 하기 위해서 노력하는 판사라고 자부했지만, 이번만은 자신의 생각대로 되지 않을 수도 있다는 걸 느꼈다. 의지가 강하다고 해도 버티는 데는 한계가 있는 것이다. 의지보다 강한 압력이 들어오면 어쩌겠는가.

"내가 자네에 관해서 그래도 잘 안다고 할 수 있지. 하지만 이번에는 참게. 인생 선배의 부탁이라고 생각하고 그래주게. 자네는 앞으로도 할 일이 많은 사람 아닌가. 굳이 이런 일에 휘말려서 망가지지 않았으면 하는 게 내 바람일세."

부장판사의 말에 이채민은 조금 망설이게 되었다. 어차피 자신이 여기서 반항을 해도 결국에는 다른 곳으로 옮겨야 할 것이다. 그녀는 잠시 고민하다가 생각해 보겠다고 대답했다.

이채민은 혁민과 이야기를 할까 하다가 고개를 저었다. 평소라면 별다른 문제가 없겠지만, 지금은 소송 때문에 만나는 것이 적절하지 않겠다는 생각이 들어서였다. 그 소송을 자신이 맡게 되든, 그렇지 않든 말이다.

"선배, 이거 정말 문제 아니에요? 이러면 안 되는 거잖아요."

"왜? 세상이 이딴 식인 거 이제 알았냐? 정말 더러운 건 아직 시작도 하지 않았다."

차동출은 옆에 앉아서 술을 마시는 사람들을 부러운 눈으로 쳐다보면서 투덜거렸다. 이채민이 연락한 사람은 차동출 검사였다. 친한 사이이기도 했고, 의견도 잘 맞는 선배였으니까. 혁민과 이야기를 할 수 없다면, 차동출 검사가 가장 좋았다.

"선배는 제가 어떻게 했으면 좋겠어요?"

"그걸 왜 나한테 물어? 나도 지금은 모르겠다. 뭘 어떻게 해야 하는 건지."

차동출은 옴짝달싹할 수 없는 게 어떤 거라는 걸 이미 경험했다. 아무리 뭘 해보려고 해도 할 수가 없었다. 자신이 이렇게 무기력하다는 걸 처음으로 느끼고 그는 상당한 충격을 받았다.

"저도 답답해요. 어떻게 할 수 있는 게 없으니까."

그것이 옳지 않다는 걸 알면서도 어찌할 방법이 없다. 부당하다고 이야기하고 그걸 고치려고 할 수는 있을 것이다. 하지만 그 결과가 어찌 될지 뻔했다. 바뀌는 건 없고 자신만 찍히게 될 것이다.

"판결이나 제대로 나오겠어? 벌써 판결은 난 거나 마찬가지일 텐데."

"무슨 소리를 하는 거예요? 대한민국 판사들이 전부 권력의 노예인 줄 알아요?"

이채민은 발끈해서 소리쳤다. 차동출은 아차 하면서 곧바로 사과했다. 그런 뜻이 아니었다면서. 이채민은 부장판사님은 그런 분이 아니라고 두둔했다.

"부장님은 그런 분 아니에요. 얼마나 소신이 강한 분인데요."

"그래? 하지만 나는 소신 같은 것도 임계점이 있는 거라고 생각한다. 자신이 버틸 수 있는 한계를 넘어선 힘이 가해지면 부러지지."

그 말에는 씁쓸함이 배어 있었다. 이채민도 더는 이야기를 꺼내지 않았다. 차동출에게 큰 상처가 있다는 걸 알고 있었으니까.

"아무튼, 부장님은 공정한 판결을 내리실 거예요."

"좋은 분인가 보네. 너한테 그런 믿음을 줄 수 있는 분이라니 말이야."

차동출은 의외라는 듯 이채민을 바라보았다. 이채민은 쉽게 누군가를 인정하는 사람이 아니었다. 자존심도 강하고 눈도 높았다. 보통 높은 게 아니라 어마어마하게 높았다. 당연한 일이다. 우리나라에서도 알아주는 법조계 가문의 일원이었으니 안 그러겠는가.

그런데 그런 이채민이 지금 정도의 믿음을 보인다는 건 지금 부장판사가 상당한 사람이라는 뜻이었다. 차동출은 여전히 옆 테이블에 있는 술을 힐끔거리면서 이야기했다.

"그래? 그러면 이번 재판은 재미있을 수도 있겠는데?"

이채민은 이야기를 하다가 차동출이 자꾸만 시선을 돌린다는 걸 알고는 어디를 쳐다보나 보았다. 그랬더니 옆에 있는 술을 자꾸만 쳐다보는 게 아닌가.

"그렇게 마시고 싶으면 마셔요. 그렇게 힐끔거리지 말고."

"아니야. 이번 달에는 더는 마시지 않기로 해서……."

차동출이 술을 너무 많이 마신다고 생각한 오혜나는 한 달에 여덟 번만 마시라고 이야기했다. 일주일에 두 번이니 그 정도면 충분하지 않으냐고 했고, 차동출도 그 정도면 괜찮다고 이야기했다.

그런데 월초에 갑자기 이런저런 일이 몰려서 조금 자주 마시게 되었다. 그래서 여덟 번을 모두 마시게 되었고, 그래서 이번 달에는 마실 수가 없다는 거였다. 이채민은 픽픽 웃으면서 참 재미있는 커플이라고 이야기했다.

"내가 혜나한테 얘기해 줄게요. 오늘 같은 날은 마셔도 되는 거 아니에요?"

"아니야. 그럴 거면 약속은 왜 하겠어. 약속한 건 지켜야지. 혜나한테 한 약속이기도 하지만, 스스로 다짐한 거기도 하니까."

차동출은 원칙은 한번 깨지면 계속해서 깨지는 거라면서 그럴 수 없다고 이야기했다. 이채민은 오늘따라 차동출이 제법 멋있어 보인다는 생각을 했다. 그리고 차동출과 같은 사람이 많으면 세상이 지금보다는 훨씬 좋아지지 않을까 하는 생각도 했다.

*　　*　　*

민사소송도 비공개로 진행되었다. 기밀이 다루어진다는 이유에서였다. 혁민은 그런 이유보다는 비리 관련 내용이 알려지는 것을 우려해서 그런 거라는 생각이 들었다. 그렇지만 기밀이 다루어지는 것도 사실이라 어쩔 수는 없었다.

소송은 대부분 혁민이 예상한 대로 진행되었다. 하치훈도 장중범이나 윤 팀장의 사건에 관해서는 그런 사실이 있었다는 점은 인정했다. 그러나 어디까지나 정보기관의 요원으로서가 아니라 한 실장의 개인적인 일탈이라는 점을 강조했다.

하지만 그 부분에 관해서는 크게 신경 쓰지 않는 모양새였다. 어차피 그 부분에 관해서는 어쩔 수 없다고 생각하는 모양이었다.

"윤 팀장의 수첩 내용을 반박할 만한 증거가 없는 이상에는 어렵겠지."

"혹시 영사의 확인이 잘못되었다거나 하는 식으로 나오지 않을까요?"

위지원 변호사는 상대가 그런 짓을 하고도 남을 만한 자들

아니냐면서 걱정했다. 하지만 그 점은 걱정하지 말라고 이야
기했다.

"그건 이중 삼중으로 대비해 놓았으니까 괜찮아. 그것보다
이번 재판장이 잘 걸려서 다행이야. 그러지 않았으면 조금 어
려운 코스로 갔어야 했는데."

"어려운 코스요? 어려운 코스는 어떤 거고 쉬운 코스는 어
떤 건데요?"

위지원 변호사는 도무지 알 수가 없다면서 물었다. 그러나
혁민은 이것도 숙제니까 스스로 풀어보라며 고개를 저었다.
그러면서 적어도 1심은 제대로 된 판결이 나올 수도 있겠다
고 중얼거렸다.

"아무리 생각해도 모르겠어요. 도무지 무슨 연관이 있는
지."

"잘 생각해 봐. 남이 풀어주는 것만 보고 있으면 실력 늘지
않는다고. 그러니까 고생이 되더라도 스스로 풀어보는 게 좋
아."

혁민의 말에 위지원 변호사는 입을 삐죽 내밀었다. 하지만
맞는 말이라는 걸 알고 있어서 알려달라고 하지는 못했다. 그
러면서 1심만 이기면 뭐하느냐고 투덜거렸다. 어차피 올라가
면 질 텐데 1심 판결이 무슨 소용이냐면서.

"결과보다는 과정이라는 말도 있기는 하지만, 재판에서는
그런 게 소용없잖아요. 아니면 올해 있을 선거하고 무슨 연관

이 있는 건가?"

"전혀 없다고는 볼 수 없지. 아마도 조금만 지나면 알 수 있을 거야."

혁민은 우려했던 것보다는 순조롭게 진행되는 것 같다고 안도하는 기색이었다.

그리고 같은 시각, 비슷한 이야기를 나누는 사람들이 있었다.

"일단 형사소송은 해결되었으니 조금은 편하게 되었습니다."

"그거야 우리와 무슨 상관이 있었나. 어차피 자네에게까지 손길이 오느냐 아니냐 차이였지."

남자는 대수롭지 않은 걸 가지고 호들갑 떨지 말라는 투로 이야기했다. 그 말을 들은 선생님은 얼굴빛이 변했다. 자신이 이런 식의 대접을 받을 위치는 아니라고 생각했기 때문이었다. 그런 걸 알면서도 이 남자가 계속해서 자신을 자극하는 이유가 뭔지 궁금하기도 했고.

하지만 남자는 슬그머니 화제를 돌렸다.

"그것보다 이번에 소송을 한 사람들이 150억 원이 넘는 배상금을 요구했다면서? 그것들 미친 거 아닌가? 아니 무슨 억이 애들 장난감도 아니고."

"저도 얼토당토않은 금액이라고 생각합니다. 아마도 화제가 되는 걸 노리고 책정한 금액인 것 같습니다."

남자는 사람들을 한몫 챙기려고 눈이 시뻘게진 인간들로 매도했다.

"내가 그런 것들 잘 알지. 거지처럼 살다가 뭔가 건수만 있으면 어떻게든 팔자 고치려고 하는 것들. 그런 것들은 제대로 응징을 해주어야 해."

"어차피 흐지부지될 겁니다. 지금 판사가 좀 말을 듣지 않는 편이기는 한데 당근을 적당히 주면서 말하면 알아듣겠죠."

선생님은 그동안 불이익을 받았으니 그걸 보상하는 차원에서 승진을 보장하면 이야기가 될 것 같다고 말했다. 만약 거절하더라도 어차피 2심에 올라가면 승소할 수 있다고 하면서.

"민사소송에서 승소 여부를 따지는 게 좀 그렇긴 하지만, 꼭 인정되는 금액만 최소한으로 받게 될 겁니다. 그리고 후회하겠죠."

"돈이야 나라에서 내는 거니까 얼마이든 상관없는 일이고 마지막이 중요한 거야. 후회."

남자는 그걸 일종의 가르침이라고 표현했다.

"가르침을 내려주어야지. 그런 교훈이 없으면 사람들은 깨닫지를 못한단 말이야. 그러니 이번에 확실하게 교훈이 되도록 하라고."

"알겠습니다. 지켜보시면 아마도 만족하시게 될 겁니다."

남자는 소송 이야기를 조금 더 하다가 슬그머니 다른 이야기를 꺼냈다.

"그건 그렇고 사람을 몇 명 보내는 이야기인데… 사람들이 다들 조금 불안해하고 있어. 자네 능력이야 잘 알지만, 지금까지와는 달리 이번에 실수가 좀 많았지 않나."

그래서 도움을 주려 한다고 이야기했다. 선생님은 도움이라는 말에 어처구니가 없었다. 자신을 감시하고 이곳의 정보를 모두 빼내려고 오는 것이다. 그런데 도움이라니.

'누굴 바보로 아나. 그런 조건은 절대로 받아들일 수 없지.'

선생님은 이번에 새로 사람들 보강해서 문제없다고 이야기했다. 그리고 이번에 일처리가 잘되는 거 보지 않았느냐면서 굳이 이런 상황에서 변화를 줄 필요는 없을 것 같다고 했다.

"변화! 그거 신중하게 해야 한다는 거 누구보다 잘 아시지 않습니까."

"그렇긴 하지. 하지만 자네가 그런 말을 할 처지는 아닐 텐데… 지금까지 변화가 거의 없는 조직 아니었나?"

남자는 계속해서 자신의 제안을 받아들이라며 압력을 넣었다. 하지만 선생님은 들은 척도 하지 않았다. 이제는 자신도 힘을 가졌다고 생각하고 있었으니까. 물론 상대가 더 강했

다. 하지만 조금만 지나면 자신이 이길 수 있으리라 생각하고
있었다.

"자네, 이렇게 나오면 분명히 후회할 텐데?"

남자는 어처구니가 없다는 표정을 지으면서 말했다. 하지
만 선생님은 절대로 물러서지 않았다. 제안을 받아들이는 순
간 자신은 끝이라는 걸 알고 있었으니까. 남자는 불쾌하다는
감정을 숨기지 않고 드러내 보였다.

"지금 우리 말고 이 사건을 제대로 처리할 수 있겠습니
까?"

약하게 보이면 더 문제가 커질 수도 있다고 생각한 선생님
은 오히려 강하게 나갔다. 사실 같이 죽자고 나오면 저쪽도
곤란하기는 마찬가지였다. 남자는 다음에 다시 이야기하자
고 하고는 자리를 박차고 나가 버렸다.

"괜찮겠습니까? 저들에게 찍혀서 좋을 게 없을 것 같습니
다만……."

"이제는 상관없어. 지금 우리가 가지고 있는 힘도 절대 허
술하지 않아. 저들도 이제는 우리를 무시하지 못해."

선생님은 그동안은 숙이고 지냈지만, 이제는 그렇지 않을
거라면서 자신감을 내보였다. 적어도 조직에 있는 사람에게
는 그렇게 보여야 했다. 그는 이곳에 있는 사람 중에서 일부
를 권력자들과 자폭시킬 생각이었다.

'그렇게 하면 함부로 건드리지 못할 테지. 본보기로 한둘

만 건드리면 되는 거야. 그러려면 이놈들이 나에게 충성을 다 해야지.'

선생님은 사람들을 불러 모으라고 덩치에게 이야기했다. 사람들이 모이면 자신이 얼마나 조직의 사람들을 위해서 노력했는지와 자신 말고는 믿을 사람이 없다는 걸 이야기할 것이다. 전부터 계속 그래왔듯이.

한편, 남자는 밖으로 나가 차를 타고 이동하면서 화를 삭이지 못해 연신 이를 갈았다.

"전부터 똥이나 치우던 새끼가 이제 조금 권력이랍시고 가졌다고 날뛰어?"

남자는 안 그래도 제거하려던 참이었는데, 이참에 아예 지워 버려야겠다고 생각했다. 그래서 어떻게 할까 생각하다가 좋은 방법을 떠올렸다.

*　　　　*　　　　*

혁민은 전에 위지원 변호사에게 보여주었던 자료를 뿌릴 시기를 가늠하고 있었다. 그리고 지금 뿌리는 게 가장 적기인 것 같다는 생각이 들었다.

민사소송에서 혁민은 조금씩 득점을 하고 있었다. 비리와 관련된 사람들을 소환해서 사실 여부를 확인했다. 하치훈은 이번 소송과는 관련이 없는 일이라며 반발했지만, 판사는 혁민의 손을 들어주었다.

혁민은 백 선생을 한 실장이 왜 죽이려고 했는지를 증명하는 중요한 증인이라는 주장을 받아들인 거였다. 하치훈은 나름대로 법리를 펼치면서 방어하고 있었지만, 어쩐 일인지 최선을 다하는 것 같지는 않다는 느낌이 들었다.

"내가 얘기했잖아. 그 인간이 그렇게 젠틀하게 플레이를 할 인간이 아니라고."

너무 얌전하다 했더니 역시나 꿍꿍이가 있었다. 가짜 증인을 내세워서 혁민의 주장이 거짓이라고 한 거였다. 하지만 많은 쟁점 중 하나에서 문제가 생긴다고 해서 대세에 영향이 있는 건 아니었다.

"아니, 그래도 그렇지. 그래도 우리나라 최고의 로펌, 거기 대표라는 사람이 어떻게 그럴 수가 있어요?"

"이게 중독 같은 거야. 거기에 한번 맛을 들이면 헤어 나오질 못하게 되지. 손쉽게 이길 방법이 있는데 뭐하러 고생하는 길을 가겠어?"

다 그렇게 시작하는 거다. 그 길이 잘못된 길이라는 걸 알면서도 유혹을 이기지 못하고 넘어가는 거다. 그런 식으로 발을 들이면 빠져나오지 못한다. 계속해서 자기변명과 합리화를 하면서.

"지금쯤은 아마도 잘못이라는 생각조차 없을걸? 당연한 걸로 생각할 거야. 자신은 옳은 일을 하고 있으니까 괜찮다고 생각할 거야."

"에이, 어떻게 그래요? 다들 머리도 비상하고 뛰어난 사람들인데. 그래도 잘못되었다는 생각 정도는 하고 있겠죠."

혁민은 내기를 해도 좋다고 이야기했다.

"내가 본 사람들은 전부 그랬어. 잘못된 일을 하고 있다고 자책하면서 계속 그런 일을 하는 사람은 없어. 어느 순간엔가는 자기 합리화를 하는 거야."

혁민은 자신도 그렇지 않은지 가끔 되돌아본다고 이야기했다.

"나도 편법을 자주 사용하거든. 그래서 혹시나 내가 가장 증오하는 사람처럼 변한 건 아닌지 조심하게 되더라고. 그건 그렇고 이제 슬슬 터뜨릴 시점이 되었는데……."

위지원 변호사는 갑작스러운 혁민의 말에 고개를 갸웃거렸다.

"뭘 터뜨려요?"

"저번에 내가 보여준 거. 기억나지 않아? 숙제 내준 그거 있잖아."

"아, 그 비리 자료. 그런데 그걸 지금 공개하려고요?"

혁민은 고개를 끄덕였다. 지금쯤 터뜨리는 게 좋을 것 같다는 생각이 들었다.

"무슨 이유라도 있는 건가요? 꼭 지금이어야 하는 이유 말이에요."

"지금 터뜨리면 빨리 수습을 해야 하거든. 선거가 몇 달 남지 않았으니까 이런 악재를 떠안고 갈 수는 없지."

혁민은 비리와 연관된 사람들은 진실 여부와 관계없이 일단 자리에서 물러나야 할 거라고 이야기했다. 선거를 앞두고 비리가 있는 공직자를 두둔한다는 모습을 보이는 건 선거에서 지겠다는 거나 마찬가지였다.

"선거에 나간 사람들은 죄다 한마디씩 할걸? 그러니 재빠르게 대처를 할 거야."

"그렇죠. 당연히 선거에서 이기고 싶을 테니까 그러겠죠. 그런데 그게 소송이랑 무슨 상관이 있는 거죠?"

"당연히 상관이 있지. 이제 한두 번 법정에 가고 나면 결심 공판이 열릴 거거든."

위지원 변호사는 전혀 알 수 없다는 표정이었다. 혁민이 이야기하는 내용을 연결하려고 애썼지만, 전혀 연결되지 않았기 때문이었다.

"자, 자. 그것보다는 이제 마지막으로 한 방 먹일 준비를 하자고."

혁민은 이번 1심에서는 이길 수 있겠다고 생각했다. 반드시 그렇다고 장담할 수 있는 건 아니었지만, 전체적인 분위기가 그랬다.

"적어도 100억 원 이상은 받아내야지. 사실 그것도 난 부족하다고 생각하기는 하지만."

"그렇죠. 사람들이 받은 고통에 비하면 그 정도는 아무것도 아니죠."

위지원 변호사는 다시는 이런 일이 일어나지 않게 하기 위해서라도 엄청난 금액을 배상하게 해야 한다고 이야기했다.

"선배님 그런데요, 자꾸 이런 질문 드려서 죄송한데 이게 의미가 정말 있는 건가요? 말씀하신 것같이 이번 1심에서는 이긴다고 쳐도 결국에는 지게 되어 있는 싸움이잖아요."

위지원 변호사는 마지막까지 가서 지게 된다면 그것이 과연 의미가 있는 것인지 잘 모르겠다고 이야기했다. 잘못하면 배상금을 하나도 받지 못할 수도 있고, 배상을 받더라도 아주 적은 금액이 될 거라면서.

"나는 말이야, 과정이 좋았으니 그걸로 됐다는 말은 개소리라고 생각하는 사람이야. 이길 수 없는 싸움은 하지 않는다."

"어? 그러면 이길 수 있는 방법이 있단 말이세요? 어떻게요?"

혁민은 위지원 변호사에게 그냥 알고만 있으라고 이야기하고는 귀에다 속삭였다. 위지원 변호사는 이야기를 들으면서 점점 눈이 커졌다.

"어? 어? 우와……."

그녀는 깜짝 놀란 표정을 지으면서 혁민을 쳐다보았다.

"선배님, 정말 천재! 우와. 정말… 와아……."

그녀는 정말 놀라고 흥분했는지 말을 제대로 하지 못하고 더듬었다.

"정말 그런 식으로 흘러가면 이길 수도 있겠어요. 이길 수 있어요!"

"그렇지? 지금 상황에서는 그게 최선의 방법이야. 상황이 달랐으면 다른 방법을 썼겠지만, 지금은 이 방법이 가장 확실하지."

그러니 어서 다음 단계로 넘어가자고 혁민은 웃으면서 이야기했다.

*　　　*　　　*

혁민은 기묘한 정보를 입수했다. 한 실장의 배후에 대한 정보였다. 출처를 알 수 없는 서류가 도착했는데, 제법 신빙성이 있어 보이는 내용도 있었다. 실명이 언급되지는 않았지만, 서류에 있는 정보를 바탕으로 조사하다 보면 배후의 정체를 알 수도 있을 것 같았다.

"어때? 이거 분명히 뭔가 있는 것 같지?"

"지금 언뜻 봐서 잘은 모르겠는데, 가능성은 충분한 것 같은데요?"

위지원 변호사는 좋은 기회라고 이야기했다. 민사소송과는 별개로 한 실장의 배후가 누구인지 밝히고 그를 단죄하는 것도 중요한 일이었다. 그를 제거해야 모든 것이 끝나는 거나 마찬가지다.

"한 실장이 사라져서 찜찜했는데… 이게 기회일 수도 있겠는데?"

배후가 누구인지 밝혀질 타이밍에 한 실장이 사라졌다. 그래서 너무나도 안타까워하고 있었는데, 이제 다시 방법이 생겼다. 물론 이 서류가 진짜라는 가정하에.

"그런데 이거 누가 보낸 걸까요?"

"흠… 그러게. 이렇게 미묘한 타이밍에 이런 걸 누가 보냈을까…….."

민사소송에서는 조금씩 승기를 잡아가고 있었지만, 한 실장의 배후와 관련된 연결선은 모두 끊어진 상태였다. 그런데 이런 정보가 도착했다. 마치 누군가가 한 실장의 배후가 밝혀지기를 바라는 것처럼.

'누군가가 그 배후를 제거하기 위해서 움직이고 있다. 한 실장과 같이 내부에서 권력 다툼을 하는 건가? 아니면 그 자리를 노리는 다른 사람?'

어떤 이유인지는 알 수 없었지만, 분명히 배후 인물을 제거하려는 거라고 생각되었다. 정의를 위해서 정보를 제공한다? 그런 일은 어린이들이 보는 만화에서나 나오는 거라고 혁민은 생각하고 있었다.

'어림도 없는 일이지. 인간은 누구나 자신의 욕망을 위해

서 행동한다. 그걸 그럴듯한 명문으로 포장하는 것뿐이지.'

그렇지 않은 사람이 전혀 없는 건 아니다. 혁민은 그런 사람이라면 정말 존경받을 만한 사람이라고 생각하고 있었다. 하지만 정말 극소수다. 없다고 생각해도 무방할 정도로.

"어쨌든 이걸 잘 활용하면 되는 거 아닌가요? 이렇게 되면 일이 한결 손쉬워질 것 같아요."

"글쎄? 좀 생각을 해봐야겠는데?"

위지원 변호사는 뭘 생각하느냐며 물었다. 하늘이 도운 거라고 생각하고 잘 사용하면 되지 않겠느냐는 거였다. 하지만 혁민의 생각은 달랐다.

"세상에 공짜는 없는 법이야. 누군지는 모르겠지만, 그 사람은 나를 이용해서 판을 흔들려고 하고 있다고. 이런 걸 보내면 당연히 받아들일 거라고 생각하면서 말이야."

혁민은 그 점이 마음에 들지 않았다. 다른 사람의 손에 의해서 조종당하는 것 같은 기분이 들어서였다. 상대도 어떤 목적을 가지고 이런 일을 벌였을 것이다. 과연 거기에 놀아나는 게 이득일지 아닐지는 모르는 일.

"일단은 가지고만 있자. 굳이 버릴 건 없겠지만, 그렇다고 누군지도 모르는 상대가 원하는 대로 움직일 필요는 없으니까."

"음… 저는 이런 거 잘 모르긴 하지만… 선배님 말씀도 일리가 있는 것 같아요."

혁민은 일단은 계획한 대로 움직이다가 필요한 때 이 정보를 써먹자고 이야기했다. 그리고 미리 준비한 내용을 뿌렸다. 자신이 뿌릴 수 있는 곳은 전부 뿌렸다. 기자에게도 주고, 인터넷에도 올렸고, 인터넷 방송도 활용했다.

*　　　*　　　*

쾅!!

집권당의 대표는 책상을 강하게 내려쳤다. 그는 정말로 화가 머리끝까지 난 상태였다.

"이게 도대체 무슨 소리야? 선거가 이제 넉 달 뒤야. 지금 상황이 어떤지 몰라서 그래? 안 그래도 아슬아슬한 판국에 지금 선거를 통째로 말아먹자는 거야?"

당 대표의 호통에 관계자들이 모두 난감한 기색을 보였다. 뭐 어쩌란 말인가. 일은 이미 터진 후인데. 그 상황을 보면서 자리에 앉아 있던 중진 의원 한 명이 입을 열었다.

"이미 엎질러진 물을 어떻게 하겠습니까. 지저분해진 걸 빨리 걸레로 닦아버리는 수밖에요."

"허허, 이거 이번 선거는 어쩌려고 계속 이런 일들이 터지는 거야?"

당 대표는 정말 왜 이렇게 일이 안 풀리는지 모르겠다면서 한숨을 내쉬었다. 이번 선거는 무척이나 중요한 선거였다. 이번 선거만 잘 풀리면 앞으로는 승승장구할 확률이 높았으니까.

출산율은 저조하고 평균 수명은 점점 늘어나고 있었다. 당연히 노령 인구의 비율이 점점 높아지고 있었다. 그렇다는 사실은 보수당이 선거에서 이길 확률이 점점 더 높아진다는 말과 똑같았다.

지역구야 편차가 있겠지만, 그래도 시간이 갈수록 점점 보수가 이기는 방향으로 흘러갈 것이다. 전국구야 두말할 것도 없고, 대선도 마찬가지다. 그래서 이번만 이기면 향후 몇십 년을 계속 집권할 수도 있다는 말이 공공연하게 돌고 있었다.

그런 판인데 계속해서 초를 치는 일들이 생겼다. 그러니 당 대표 입장에서 화가 나지 않을 수 있겠는가. 가만히만 있어도 잘될 수 있는데 스스로 깔아놓은 자리를 걷어차는 꼴이니 말이다.

"그래서 어떻게 하겠다는 거야? 뭐 얘기 나온 거 있어?"

당 대표는 정부의 반응을 물었다. 비리에 얽힌 사람 중 정부 관료가 다수이니 그와 관련해서 무언가 조치가 나와야 한다. 그래야 민심을 돌릴 수 있을 테니까.

"그나마 선거 코앞에서 이런 게 터지지 않은 걸 다행으로 생각합시다. 그랬다가는 정말 손도 쓰지 못하고 당했을 거 아닙니까."

"맞습니다. 지금이라도 잘만 처리하면 얼마든지 기회가 있습니다. 위기가 기회라고 하지 않습니까. 오히려 잘만 이용하면 점수를 딸 수도 있어요."

의원들은 각자 이번 사건이 자신에게 어떤 영향을 미칠지, 어떻게 해야 자신에게 유리할지를 놓고 계산기를 두드리고 있었다.

"왜 말이 없어? 정부 쪽에서는 별다른 말이 없는 거야?"

"저기… 지금 사태를 파악 중인데 신중하게 검토하고 나서 결정하겠다고⋯⋯."

보좌관의 말에 의원들의 눈초리가 심상치 않게 변했다. 지금 말은 대충 눈치 보다가 괜찮을 것 같으면 계속 끼고 있겠다는 소리였다.

사실 그런 일이 비일비재하다. 비리를 저질렀다고는 하나 자신의 사람. 가능하면 자신의 라인 관리를 위해서도 보호를 해줄 필요가 있다. 하지만 그건 평상시에나 가능한 일이다. 선거가 얼마 남지 않은 시점에서는 있을 수도 없는 일.

"이 사람, 이거 아직 정신을 못 차렸구만. 지금 상황이 어떤 상황인데 그런 한가한 소리를 하고 있어?"

"당장 물러나게 하고 책임을 물어야지. 그런 식으로 안일하게 대처해서 지금 민심을 잡을 수 있겠어? 그러니까 지금 우리가 고생하고 있는 거 아니냐고."

의원들은 불만 섞인 말을 내뱉었다. 이 일로 자신들의 선거에 악영향이 미칠까 짜증을 내는 것이다. 사실 오늘도 이곳에 있으면 안 되는 거였다. 다들 지역구에서 발에 땀이 나도록 돌아다녀야 하는 거였는데, 이런 대형 사고가 터져서 급히 모인 거였다.

"어차피 이 정도 상황이면 물러날 수밖에 없는 거 아닙니까. 그런 거 다 알면서도 저렇게 나온다는 건 보여주기 아닙니까."

조금은 순진한 편에 속하는 의원 한 명이 그렇게 말하자 다른 의원들이 피식거렸다. 누가 그걸 몰라서 이야기하지 않느냐는 듯이.

여기에 있는 의원들도 모두 알고 있다. 같은 당이라고 해서 모두가 같은 편은 아니다. 이익이 상충하는 경우도 허다하다. 그러니 파벌이니 계파니 모임이니 하는 것들이 생기는 것 아니겠는가.

"현직 장관도 두 명이나 포함이 되어 있어요. 이거 이대로 됐다가는 우리 망합니다. 그러니 의원들이 힘을 모아서 건의합시다."

상당히 큰 비리 사건이니 그대로 됐다가는 선거에서 참패할 수도 있다. 그러니 강력하게 건의하자. 그러면 대통령도 못 이기는 척하면서 해임할 것이라는 말이다.

당연히 해임해야 할 일이라도 자신의 사람들을 관리하기 위해서는 감싸주는 모습을 보여줄 필요가 있다. 상식보다 정치적인 논리가 앞서는 판이다. 그러니 누군가가 나서서 등을 떠밀어 줄 필요가 있는 것이다.

"앞으로 비리 척결에도 앞장서고 뭐 그런 것도 좀 하는 걸로 합시다."

"그런 거야 알아서들 하세요. 보좌관 시키면 잘하지 않습니까. 그것보다 이걸 잘 살리려면 지금 떨어져 나가는 장관 후임으로 좀 신선한 인물이 올라가는 게 좋지 않겠어요? 지역 안배도 좀 하고 젊고 그런 사람."

의원들은 어떻게 해야 선거에서 표를 조금이라도 더 얻을 수 있을지 머리를 굴렸다.

*   *   *

"무슨 일이야? 이렇게 심각한 표정을 하고."

"아닙니다. 그냥 생각할 게 좀 있어서요."

강윤태는 오랜만에 만난 작은형 윤철의 질문에 건성으로 대답했다. 작은형이 자신을 찾아올 일이야 뻔하다. 무언가 부탁할 게 있기 때문일 것이다. 그리고 그런 강윤태의 짐작은 맞았다. 그는 자문을 하러 온 거였다.

윤철은 여자 문제로 물어볼 것이 있어서 온 거였는데, 새삼스러운 일도 아니었다. 사법연수원을 졸업한 이후로 종종 이런 유의 자문에 도움을 줬으니까.

자문 변호사라고 하더라도 이야기하기 좀 민감한 것들. 윤

철은 그런 걸 윤태에게 이야기했다. 왜 그런 자문을 자신에게
하는지 정확하게는 알 수 없었다. 자신이 입이 무겁고 그런
내용을 알아도 자신에게 해가 되지 않는다는 점 때문이라고
짐작을 할 뿐이었다.

윤태는 언제나 그랬듯이 차분하게 법적인 권리와 내용에
관해서 설명을 해주었다. 알아듣기 아주 편하게 쉽게 풀어서.

"야, 역시 내 동생밖에 없다. 다른 변호사들은 무슨 말을
그렇게 배배 꼬아서 하는지 말이야. 이렇게 쉽게 설명해 주면
좋잖아."

윤철은 필요한 게 있으면 언제든 이야기하라고 말했다.

"제가 필요한 게 뭐 있나요. 돈이 부족한 것도 아니고 일도
그렇고."

"야, 그래도 그런 게 아니야. 살다 보면 다 필요한 때가 있
다니까?"

윤철은 너스레를 떨면서 이야기했다. 윤태는 정확하게 기
억하고 있었다. 자신의 배다른 형들인 윤수와 윤철이 언제부
터 자신에게 친절하게 대하기 시작했는지를. 자신이 법대에
진학하고 나서부터였다.

다시 말해서 그룹의 경영과는 전혀 무관한 사람이 되었다
는 게 확실해지고 나서부터 형들과 친해지게 되었다. 그래서
형들에 대해서는 별다른 감정이 없었다. 그저 인연이 있는 사
람들이라는 느낌 정도였다.

마음을 터놓고 이야기를 한다거나 같이 기뻐하고 슬퍼할 사람들은 아니었다. 처음에 그 집에 들어갔을 때부터 지금까지. 오히려 친밀한 것으로만 따지면 율희가 훨씬 가까웠다. 피를 나눈 건 아니었지만, 오누이 같은 느낌마저 들었으니까.

하지만 이제는 자주 만나지도 못했다. 다른 사람의 여자가 되어버렸으니까. 가끔 통화는 하고 있었지만, 그마저도 예전 같지 않았다. 그런데 율희의 생각을 하다 보니 혁민의 소송이 갑자기 머리에 떠올랐다.

강윤태는 미간을 찌푸리면서 중얼거렸다.

"그나저나 꼭 그런 방법까지 써야 했나?"

강윤태는 이번 소송에서 하치훈 대표에게 조금은 실망했다. 법리적인 부분이나 노련하게 소송을 이끌어가는 부분이야 인정할 수 있었다. 그것도 크게 배울 점은 없다고 생각했지만, 그래도 상당한 실력자임은 틀림없었다.

하지만 사람을 매수해서 거짓으로 증언하게 한 사실을 알고 나서 눈살을 찌푸렸다. 강윤태도 그런 수를 쓸 수도 있다고 생각은 했다. 하지만 태경의 대표 정도 되는 사람이 할 만한 행동은 아니라는 게 강윤태의 판단이었다.

윤태는 하치훈과 정혁민이 치열하게 공방을 펼치는 걸 보고 싶었다. 뛰어난 법조인들이 펼치는 법정에서의 검투. 보기만 해도 가슴이 뜨거워지는 그런 승부를 원했다. 하지만 그런 기대감에 하치훈이 찬물을 확 끼얹은 것이다.

"흥미롭지 않아. 여기는 뭔가 가슴을 뛰게 하는 게 없어."

강윤태는 멋진 승부를 하고 싶었다. 늘 그런 걸 원했다. 하지만 그런 걸 채워줄 수 있는 사람은 지금까지 정혁민밖에 없었다. 그와의 대결은 어떤 것과도 바꿀 수 없는 묘한 긴장감과 스릴이 있었다.

어떤 식으로 공격해 올지 알 수 없는 그런 변칙적인 파이터. 정통파인 자신과는 완전히 다른 스타일이었다.

"그 친구하고 붙어봤으면 좋겠는데……."

그래서 이번 소송에 참여하려고 했다. 하지만 하치훈은 정중하지만 단호하게 거절했다. 강윤태는 잠시 생각을 하다가 굉장히 엉뚱한 생각을 했다.

"내가 혁민이 사건을 도와준다고 하면 어떻게 나올까?"

자신이 지금까지 했던 생각 중에서 엉뚱하기로 손에 꼽을 발상이었다. 강윤태는 지금 자신의 생각이 아주 마음에 들었다.

"오케이. 옆에서 구경 좀 한다고 해야겠다. 설마 동기인데 그런 것까지 안 된다고 하지는 않겠지."

강윤태는 혁민을 찾아가기로 결심했다. 자신의 인생에서 이렇게 즉흥적인 결정을 한 게 언제 있었는지 기억도 나지 않았다. 하지만 그러고 싶었다. 이번 소송을 보고 있으니 더욱 그런 생각이 간절해졌다.

비리 스캔들이 터지면 가장 먼저 나오는 반응이 있다. 당사
자들이 자신의 무고함을 주장하면서 그런 일은 결단코 없었
다는 반응을 보인다. 자신은 모르는 일이며 진실이 밝혀질 것
이라고 말한다.

하지만 상당수는 비리가 사실로 드러나고 슬그머니 자리
에서 내려오거나 모든 활동을 접고 칩거하게 된다. 그런 사람
중에서는 적당한 시간이 지나고 나서 다시 활동하는 사람도
있다.

"드러나지 않은 사람들은 관리를 잘한 것도 있고, 그만큼
강하게 실드를 쳐 주는 세력이 있다는 거지."

"사람들도 이제는 별로 놀라지도 않아요. 원래 권력 있고
고위층에 있는 사람들은 다 그렇다고 생각하니까요. 너무 자
주 겪다 보니까 아예 포기한 것 같아요."

혁민은 이런 게 정상적인 일이냐고 되물었다. 중요한 결정
을 하는 위치에 있는 사람이면 그만한 능력과 도덕성을 갖추
고 있어야 정상이다. 그런데 사람들은 비리가 있는 걸 당연하
다는 듯 생각하고 있었다.

혁민은 오늘 증인으로 부른 사람들만 봐도 알 수 있다고 생
각했다. 고위 공직자라는 사람이 자신의 재산을 어떻게든 늘
리려고 수단과 방법을 가리지 않으니 정말 한심하다는 생각

이 들었던 것이다.

"증인은 정부에서 장관을 지낸 적도 있었지요?"

"예. 그렇습니다."

대머리에 퉁퉁한 몸집을 한 중년 남자는 이 자리가 상당히 거북하다는 표정을 한 채 대답했다. 혁민은 차분하게, 하지만 또박또박 단어 하나하나를 강조하면서 물었다.

"사회 고위층이라고 하면 국민들의 존경과 사랑을 받아야 한다고 생각하는데 본인의 생각은 어떻습니까?"

남자는 그렇다고 대답했다. 뭐라고 하겠는가. 다른 대답을 할 수 없는 질문이었다. 하치훈이 소송과는 무관한 질문이라면서 이의를 제기해서 혁민은 본론으로 바로 들어갔다.

"국민들의 존경을 받아야 하는 사람이 조세회피지역에 있는 페이퍼 컴퍼니를 이용해서 탈세하고 비자금도 조성하셨네요. 금액도 어마어마합니다. 여기 적혀 있는 금액 보이시죠? 어우… 이게 0이 몇 개야?"

"저는 모르는 일입니다."

남자는 딱 잡아뗐다. 지금까지 나왔던 증인들이 대부분 그랬던 것처럼. 아마도 하치훈이나 태경의 다른 변호사가 그렇게 이야기하라고 조언을 해준 듯했다.

"이 계좌의 돈을 모르신다는 말입니까? 이 계좌에 있는 돈은 이렇게 증인과 증인 가족을 위해서만 사용되었는데요?"

혁민은 계좌의 자금이 어떻게 사용되었는지가 나와 있는

종이를 거칠게 흔들었다. 하지만 남자는 그 사실을 부인했다.

"그건 자금 관리를 하는 사람이 알고 있을 겁니다. 저는 모르는 일입니다."

"자금 관리 담당이라. 그러면 증인은 자신의 돈을 자금 관리 담당에게 전적으로 일임해 놓고 전혀 신경을 쓰지 않는다는 말입니까?"

남자는 살짝 고민했다. 돈을 맡기고 담당자를 무조건 믿는다는 말은 그가 생각해도 이상했기 때문이었다. 그는 모호한 답변을 했다.

"전적으로 일임하는 건 아니고 살펴보기는 합니다. 하지만 제가 워낙 바빠서… 그냥 가끔 살펴보는 정도라서……."

"그렇습니까? 그러면 자금 세탁이나 탈세를 지시한 적은 없다는 말씀이군요."

"예. 그렇습니다. 저는 그런 것은 전혀 이야기한 적이 없습니다."

혁민은 고개를 과장되게 갸웃거리면서 이야기했다.

"이상하네요. 그렇다면 이 돈은 정체불명의 돈이었겠네요. 그런 걸 지시하지 않았으면 어떤 돈인지 몰랐을 테니까요."

혁민은 그런 자금이 계좌로 들어왔고, 그것도 외국에서 들어온 것인데 이상하게 생각하지 않느냐고 물었다. 남자는 기억이 잘 나지 않는다고 대답했다.

"그러면 기억하실 수 있게 좀 도와드리죠. 탈세하기 몇 달

전에 세무사를 만나서 세금 관련해서 상담을 받으셨더군요. 금액이 커서 놀랐다고 하시던데…….”

남자는 무어라 변명하려 했지만, 혁민은 빠르게 말을 이었다.

“그리고 자금 담당자는 해고하셨잖아요. 이 자금이 들어오기 몇 달 전에요. 그런데 새로 뽑은 자금 담당자에게 모든 것을 맡겼다? 게다가 증인의 집에서 일한 가정부가 종종 들었다고 하더군요.”

혁민은 증언이 적힌 종이를 증인의 눈앞에 흔들었다.

“세금이 왜 이렇게 많이 나오느냐. 일 똑바로 못 하느냐. 무슨 수를 써서든 줄여라. 그러지 않으면 너는 모가지다.”

혁민은 목을 치는 시늉을 하더니 얼마 후 자금 담당자가 해고되었다고 말했다. 그리고 그 자금 담당자의 증언도 계속해서 이야기했다.

“그 사람은 증인을 위해서 불법적인 방법을 동원해서 상당한 금액을 탈세했지만, 만족하지 못했다네요?”

혁민은 계속해서 증거를 들이밀었고, 증인의 말수는 점점 줄어들었다. 나중에는 기억이 나지 않는다는 말만 했다.

“최근에 한 실장과 통화를 한 기록이 상당히 많더군요. 무슨 이야기를 나누셨습니까?”

“그게…….”

“아, 기억이 나지 않으시겠군요. 그런데 평소에 집에서 큰 소리로 통화하시나 봐요? 증인 집에서 얼마 전까지 일하셨던 분이 최근에 부쩍 통화하면서 화를 많이 냈다고 하시네요?'

혁민은 곤란해하면서 어쩔 줄을 몰라 하는 남자를 쳐다보았다. 이런 자들의 특징 중 하나가 안하무인이라는 거다. 상류층 사람들과만 교류하고 자신보다 못한 사람은 인간 취급도 안 한다.

왕처럼 군림하고 행동하는 걸 좋아하는 부류. 그런 사람이니 당연히 자신의 집에서 일하는 사람의 눈치를 보면서 조용조용 통화를 하겠는가. 거기다가 사건이 이런 식으로 점점 커져서 불안하고 짜증이 나는 상황인데.

그래서 도대체 어떻게 된 것이냐며 한 실장에게 따진 것이다. 증인과 연결된 사람은 한 실장이었으니까.

'다른 인물하고 통화를 한 사람이 있는데 대포폰이라서 누구인지 알 수가 없단 말이야.'

혁민은 관련자들의 통화 내역을 전부 분석해서 한 실장 말고도 의심이 가는 번호를 찾아냈다. 지금 나와 있는 증인 같은 잔챙이가 아니라 거물들은 한 실장이 아닌 다른 사람과 통화를 했다.

하지만 대포폰이라 추적은 불가능했다. 그 폰을 가진 사람이 바로 배후의 인물일 것이다.

"잘 해결되었다고 하지 않았느냐, 어떻게 할 것이냐, 뭐 그런 얘기를 하셨네요."

남자는 대꾸하지 못했다. 하지만 이 자리는 중인의 탈세를 묻기 위한 자리는 아니었다. 혁민은 거기까지 하고는 백 선생의 증언이 사실이라는 걸 알 수 있다고 이야기했다. 지금까지 여러 증인과 증거들이 그걸 증명하고 있다고 했다.

그래서 한 실장이 백 선생을 죽이려고 했으며, 그로 인해서 백 선생 본인은 물론이고 그의 가족들까지 큰 고통을 받았다고 이야기했다. 혁민은 자신이 할 수 있는 데까지는 전부 쏟아부었다.

"피고는 아니라고 주장하고 있지만, 원고들은 지속적으로 불이익과 고통을 감수해야 했습니다. 본인은 언제 잡혀서 죽을지도 모른다는 공포에 떨며 도망자의 신분으로 하루하루를 살아가야 했고, 가족들은 궁핍한 생활을 연명해야 했습니다."

가족들은 태연한 듯 행동하려고 했지만, 정신적으로 엄청난 스트레스를 받고 있었다. 계속해서 감시당했고, 무얼 하려고만 하면 어떻게든 방해를 해왔다. 주변에서는 의혹의 눈초리로 가족들을 쳐다보았고 가족들은 화병이나 노이로제, 우울증 등에 시달리고 있었다.

"국가는 국민의 안전을 보호할 의무가 있음에도 국가 권력을 이용해서 원고들을 핍박해 왔습니다. 저는 이런 일이 일어났다는 사실을 아직도 믿을 수가 없습니다."

혁민의 또렷한 음성이 법정 안에 있는 사람들의 가슴에 꽂

혔다.

"잘못된 것은 바로잡아야 합니다. 거기에는 어떤 변명도 덧붙여져서는 안 됩니다. 국민은 당연히 보호받아야 합니다. 그게 정의이고 법이 존재하는 이유입니다."

*　　　*　　　*

"어떻게 생각하나?"

재판장은 배석판사들의 의견을 물었다. 그러자 이채민 대신 온 우배석 판사가 원고들의 청구 중 일부는 이유가 없으니 기각해야 하고, 극히 일부만 인정해야 한다고 대답했다.

'역시나 그래서 이리로 보낸 거로군. 아마도 지금 상황도 전부 다른 곳에 보고하고 있겠지?

좌배석 판사의 의견도 크게 다르지 않았다. 원래부터 성향이 그런 판사였으니 당연한 일이라고 재판장은 생각했다.

"판결문은 제가 작성을 하겠습니다."

우배석 판사가 먼저 나섰다. 재판장이 주심 판사이기 때문에 재판장이 판결문을 작성하는 경우도 있지만, 배석판사가 먼저 작성하고 재판장이 손을 보는 경우도 있다.

"아니, 내가 직접 작성하겠네. 작성하기 전에 충분히 이야기를 해보지. 무척이나 중요한 사건이니 말이야."

재판장은 원고들이 청구한 내용 중에서 어떤 청구는 인정하고 어떤 청구는 기각해야 하는지부터 하나하나 이야기를 나누었다. 하지만 이야기를 나눌수록 고민은 커져만 갔다. 그는 장시간의 토의를 하고 혼자 자신의 방에서 생각에 잠겼다.

"심란하군."

재판장은 어떻게 판결문을 써야 할지 난감했다. 사방에서 들어오는 압력이 그를 혼란스럽게 하는 이유 중 하나였다.

이 사건은 일반인의 관심도 많았지만, 권력자들이 특히 신경을 많이 쓰는 사건이었다. 대통령부터 각계의 고위층 인사가 지켜보는 그런 사건.

그리고 이번 사건을 잘 판결하면 앞으로 탄탄대로를 걷게 될 것이라는 제안도 있었다. 대법관까지 밀어주겠다는 말까지 들었다. 그도 사람인 이상 흔들리지 않을 수 없었다.

"대법관이라… 내가 이런 걸 가지고 고민하게 될 줄은 정말 몰랐는데……."

아예 포기하고 있었다. 지금의 자리에서 법복을 벗을 것이라고 생각하고 있었다. 법조계에 몸을 담았으니 기왕이면 대법관이라는 자리에 오르고 싶었다. 법조계에서는 정점에 있는 자리가 아닌가.

하지만 현실의 벽은 너무나도 높았다. 그 자리는 그냥 될 수 있는 자리가 아니었다. 인맥도 있어야 하고 운도 따라야 했다. 정치적으로 움직이지 않는 사람은 갈 수 없는 그런 자리였다.

그래서 자신과는 무관한 거라고 생각했다. 대법관은 고사하고 고등법원장만 될 수 있어도 좋겠다는 생각을 하고 있었다. 그런데 이 사건을 맡으면서 모든 것이 변했다.

하지만 그들은 당근만 보여준 것이 아니었다. 권력자들은 채찍도 함께 보여주었다. 그래서 재판장이 깊은 고민을 하고 있는 거였다.

"딸애가 고생이 심할 텐데……."

권력자들에게 밉보이면 교수가 되려고 하는 딸의 꿈은 박살 나는 거나 마찬가지다. 이번 사건에서도 볼 수 있지 않은가. 권력자들에게 어떤 사람이 무고한지 아닌지는 중요하지 않았다.

자신들에게 피해가 올 거라고 생각되면 가차 없이 뭉개 버리는 게 그들의 속성이었다. 지금까지 자신은 소신껏 판결해 왔다. 하지만 그럴 수 있었던 건 자신이 감당할 수 있을 정도의 사건이었기 때문이었다.

자신이 소신을 내세우면 가족 모두가 불행해질 수도 있다. 그런 상황에서 과연 자신의 소신을 지키는 것이 옳은 선택인지 혼란스러웠다. 게다가 어차피 2심이나 3심에 가면 결과가 뻔한 것인데 말이다.

그가 깊은 고민에 빠져 있는 사이 밖은 무척이나 시끄러웠다. 비리에 연루된 정부 관계자들에 관한 내용 때문이었다.

"결국에는 이렇게 되는구만. 하기야 버틸 수가 없었겠지."

"사표가 수리되었나 보죠?"

"당연한 일이지. 지금 상황으로 보면 당연히 이렇게 되어야 하는 거라고."

혁민은 생각대로 일이 진행되고 있다고 중얼거렸다. 위지원 변호사는 초롱초롱한 눈을 하고는 질문했다.

"보건복지부하고 법무부 장관 후임으로는 어떤 사람이 내정될까요?"

"글쎄? 상황이 상황이다 보니 누구를 임명하려고 해도 쉽지 않겠지."

혁민은 청문회를 통과하는 게 쉽지 않을 것이라고 이야기했다. 선거를 앞두고 있으니 야당도 결사적으로 흠집을 내려고 할 테니까.

"그렇겠죠? 쉽게 결정이 되지는 못할 것 같아요."

"그럼. 그런데 얼마 후면 판결이 나올 텐데 과연 어느 정도까지 인정을 해줄까?"

재판장의 평소 성향으로 보면 원고의 손을 더 들어줄 것 같았다. 하지만 이게 어디 일반적인 소송하고 같을 수가 있는가. 사방에서 어마어마한 압력과 청탁이 들어올 것이다.

"어떻게 나오는지 봐서 결정해야지. 가능하면 소신대로 판결을 내렸으면 좋겠는데. 그러면 정말 대형 사고가 터지는 거니까."

그렇게 되지 않더라도 방법을 마련해 두었지만, 불확실한 부분이 많은 방법이었다. 그래서 가능하면 많은 배상액을 인정해 주었으면 하고 바랐다. 비록 1심이긴 했지만 그런 판결을 받으면 확실한 수가 있었으니까.

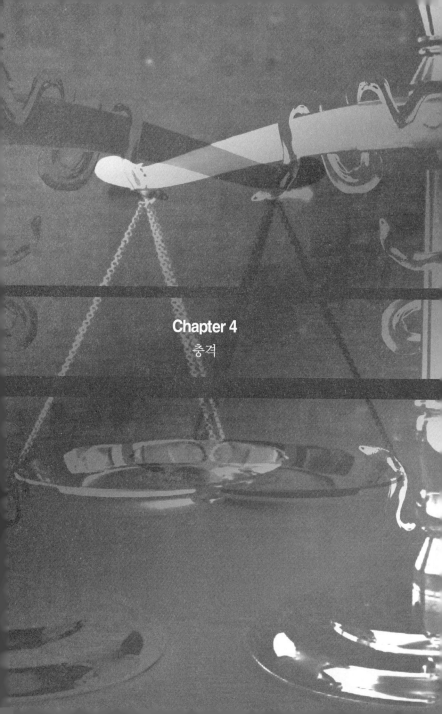

Chapter 4
충격

"아무렴요. 그렇습니다. 잘 해결되었으니 이제 마음 푹 놓으셔도 됩니다."

─이번에는 믿어도 되겠지?

"그렇다니까요. 오히려 반론을 펼치면서 역공을 할 수도 있으니 오히려 선거에도 도움이 될 겁니다."

선생님은 오늘 민사재판에서 자신들에게 유리한 판결이 내려질 것이라면서 호언장담했다. 이미 이야기가 다 되었기 때문이었다.

"역풍을 만드는 작업도 이미 다 준비해 놨습니다. 판결이 떨어지면 바로 진행할 겁니다."

—그래? 역시 이쪽으로는 경험이 많아서 그런지 빠르구만. 좋아, 이번 일만 잘 처리되면 그동안 있었던 일은 불문에 부치지. 다들 동의할 거야.

　"감사합니다. 그러면 그렇게 알고 일을 진행하겠습니다."

　선생님은 웃는 표정을 하고서는 통화를 마쳤다. 하지만 통화가 끝나자마자 전화기를 소파에 확 던져 버렸다.

　"거지 같은 새끼들. 지들이 뭔데 불문에 부치고 말고야!? 나를? 지금까지 개고생하면서 지들 똥 싼 거 처리해 준 나를? 아무것도 한 거 없이 그냥 말로만 떠들어댄 새끼들이."

　선생님은 방 안을 서성이면서 화를 억누르지 못한 채 계속 거친 말을 내뱉었다.

　"이런 썩을 새끼들. 하여간 내가 이번 선거만 끝나면 전부 잡아넣을 테니까 두고 보라고. 내 발밑에서 먼지 묻은 구두를 핥게 해줄 테니까."

　선생님은 한참을 그러다 조금 안정을 되찾자 사람을 불렀다. 잠시 후에 들어온 사람은 사이코패스를 빼낸 일을 맡긴 그 사람이었다. 선생님은 그자가 들어오자마자 버럭 소리를 질렀다.

　"왜 이렇게 일처리가 느린 거야? 일을 시킨 지가 언젠데?"

　"그러게 말입니다. 그런데 그 자식이 워낙 일을 꼼꼼하게 하는 스타일이어서 말이죠. 제가 손을 썼으면 벌써 끝나고도 남았을 텐데 말입니다."

남자는 느물느물하게 이야기했다. 그 모습에 선생님은 더욱 울화가 치미는 표정으로 말을 이었다.

"야! 그 새끼한테 일을 맡겼어도 그렇지, 니가 책임자 아냐! 그러면 빨리 일이 진행되도록 했어야지. 지금 상황이 어떤지 몰라서 그래?"

"우리 쪽으로 조금의 의심도 받게 해서는 안 된다고 하셨잖습니까. 지금이 아주 중요한 타이밍이라면서요. 그러니 늦을 수밖에요."

남자는 두 손을 들고 어깨를 으쓱하면서 대답했다. 선생님은 할 말이 없었다. 자신이 지시한 내용이기 때문이었다. 그리고 그 말이 맞기는 맞았다. 지금은 일을 처리하는 것도 중요했지만, 그에 못지않게 불똥이 튀지 않게 하는 것도 중요했다.

조금만 지나면 자신의 손에 모든 것이 들어올 텐데 공연히 꼬리를 밟혀서 화를 자초할 건 없었으니까. 경찰이나 검찰이 문제가 아니었다. 그쪽은 어떻게든 무마할 수 있었다.

정작 문제가 되는 건 자신이 뒤처리를 해주고 있는 자들이었다. 그들도 낌새를 알아챈 것인지 자신을 견제하고 있었다. 그러니 더욱 확실하게 방비를 하는 게 좋았다. 하지만 이렇게 화를 내놓고 그걸 인정하면 체면이 서질 않는다.

"당연히 중요하지. 신경 써야지. 그렇다고 하더라도 너무 늦잖아. 정도라는 게 있는 거야. 소송, 선거 다 끝나고 내년에 일할 거야? 그럴 거면 뭐하러 일을 맡겼느냐 말이야."

그럴듯한 질책이 이어졌지만, 남자는 그저 씩 웃고만 있었다. 왜 이렇게 나오는지 다 안다는 듯이. 원래 그런 놈이었다.

'빌어먹을 살인마 새끼. 이 자식도 이번 일만 끝나면 저 기분 나쁜 눈깔을 도려내 버릴 테니까 두고 보자고. 어쨌든 지금은 일을 마무리하는 게 중요하니까 참는다, 참아.'

선생님은 일단 말을 끊은 후에 심호흡을 하고는 가능한 한 빨리 일을 처리하라고 명령했다.

"알았어? 일단은 내가 이야기한 놈들부터 손을 보고 정 변호사하고 장중범 패거리도 싹 쓸어버려. 뒤는 내가 처리할 테니까"

"알겠습니다. 다른 자들은 문제가 되지 않는데 장중범과 민주엽은 좀 신중하게 접근해야 해서 말입니다. 워낙 능력 있는 자들 아닙니까."

남자는 씨익 웃더니 말을 이었다.

"하지만 그만큼 재미가 있는 일이죠. 게다가 그 자식은 민주엽에게는 원한도 있는 터라서 아주 이를 갈면서 준비를 하더군요."

남자는 이런 상황이니 곧 좋은 결과를 보고할 수 있을 것이라면서 대답했다. 선생님은 천천히 고개를 끄덕였다. 그렇게

만 된다면 모든 걱정거리가 한꺼번에 날아가는 것이니까.

＊　　　＊　　　＊

부장판사는 법정으로 걸어가면서도 고민에 고민을 거듭했다. 그가 가지고 있는 판결문에는 장중범을 비롯한 원고들에게 불리한 내용이 적혀 있었다. 배석판사들과도 상의한 부분이었고, 다른 사람들도 그렇게 알고 있었다.

하지만 여전히 고민이 되었다. 외압만 아니었다면 이런 판결문을 쓰지는 않았을 것이기 때문이었다. 그는 딸과의 대화가 생각났다.

"그래. 일하는 건 괜찮고? 교수는 될 수 있겠니?"

"아빠도. 일이야 내가 좋아서 하는 거지만 교수야 마음대로 되는 게 아니잖아."

딸은 갑자기 팔짱을 끼면서 애교를 부렸다. 이제는 다 커서 시집을 가도 벌써 갔어야 하는 나이이지만, 여전히 자신에게는 애처럼 보이는 딸이었다.

"교수 되는 거 어렵다고 하던데……."

부장판사의 말에 딸의 표정이 조금 어두워졌다. 부장판사도 딸의 일도 있고 해서 교수 임용과 관련된 이야기가 나오면 귀를 세우고 들었다. 하지만 아주 자세히 아는 건 아니었다.

"아빠. 나 교수 되는 거 생각 안 하고 있어."

"왜? 너 전부터 교수 되는 게 목표라고 그랬잖아? 무슨 문제라도 있어? 내가 좀 알아봐 주리?"

부장판사의 말에 딸이 피식 웃었다.

"아빠, 부장판사면 그래도 대한민국에서는 고위직에 속하지?"

"고위직? 뭐… 고위직이라고 하면 고위직이라고 할 수 있지."

딸은 자신도 그렇게 생각하고 있었다고 했다. 자신의 힘으로 어떻게든 해보겠다고 생각하고 있었지만, 그래도 아버지가 부장판사인데 좀 도움은 되지 않을까 하는 생각도 분명히 있었다. 하지만 실상은 그렇지 않았다.

"내 친구가 몇 년 전에 결혼했거든? 남편 집에 꽤 잘나가."

딸은 친구의 시아버지가 코스닥 등록 업체 회장이고 며느리를 예뻐해서 그렇게 교수를 시키려고 노력을 했다고 말했다.

"그런데도 안 되더라. 왜 그런 줄 알아?"

부장판사는 대답하지 못했다. 딸의 이야기를 듣고는 대충 짐작은 되었지만, 그걸 자신의 입으로 이야기할 수는 없었다. 딸은 심각해진 아버지의 표정을 슬쩍 보고는 웃으면서 이야기했다.

"뭘 그렇게 심각해? 나 괜찮아. 그런데 정말 우리나라에 대단한 사람들 많더라."

딸은 자신의 친구도 부족한 것 없어 보였다고 했다. 코스닥 등록 업체인 중견 기업의 회장이 밀어주고 있으니 돈이나 인맥이나 누가 부족하다고 생각하겠는가.

"그런데 아니더라고. 뭐 학교나 과에 따라서 조금 다른 것 같기는 하지만, 돈도 몇 억은 있어야 해. 그런데 돈은 그냥 당연한 거고 그것보다는 줄이 있어야 하거든."

인맥도 보통 인맥으로는 불가능하다고 했다. 그것보다 강한 인맥을 가지고 있는 사람들이 청탁을 하기 때문이다.

"졸업하고 얼마 지나지 않아서 철모를 때는 그래도 열심히 하다 보면 교수가 될 기회가 있겠거니 했는데, 정말 세상 물정 모르는 생각이었어."

일반인이 보았을 때 부장판사는 엄청난 사람이지만, 교수 임용을 놓고 벌어지는 힘 싸움에서 부장판사는 가장 밑바닥이나 마찬가지였다.

"그래도 괜찮아. 그냥 내가 하고 싶은 거 하면서 살면 되는 거지 뭐."

부장판사는 딸의 이야기를 듣고는 마음이 아팠다. 아버지 입장으로 당연히 그렇지 않겠는가. 교수가 되기 어렵다는 걸 알고는 있었지만, 이 정도인 줄은 미처 몰랐었다.

"부장님."

부장판사는 우배석판사의 말에 정신을 차렸다. 이미 자신은 중앙에 있는 판사석에 앉아 있었고, 사람들은 모두 자신을 쳐다보고 있었다. 그는 앞에 있는 판결문을 쳐다보았다. 거기에는 원고들의 주장을 대부분 기각하는 내용이 적혀 있었다.

그나마 일부를 받아들인 것도 자신이 강력하게 주장해서 그런 거였다. 그것도 어차피 상급심에 가면 뒤집힐 가능성이 높았지만, 그렇게라도 해주고 싶었다. 그렇게라도 하지 않으면 도저히 견딜 수 없을 것 같아서였다.

"판결을 내리겠습니다."

부장판사는 판결문을 쳐다보았다. 그런데 자꾸만 딸의 얼굴이 머리에 떠올랐다. 그리고 자신을 믿겠다고 하면서 다른 곳으로 떠난 이채민 판사도 떠올랐다. 부장판사는 잠시 말없이 판결문을 응시했다.

처음에는 조용했지만, 판결을 내리겠다고 하고는 아무런 말도 없자 사람들이 조금씩 웅성거리기 시작했다. 배석판사들도 어찌 된 영문인지 몰라 부장판사를 쳐다보았다.

'내가 지금 다른 판결을 내린다고 해도 어차피 세상이 변하거나 그렇지는 않겠지.'

부장판사는 판결문을 잡았다. 그러자 웅성거림도 멈추었고, 배석판사들의 표정도 다시 정상이 되면서 정면을 쳐다보았다. 하지만 판결문을 읽는 소리 대신에 부우욱 하는 소리가 배석판사들의 귀에 들렸다.

배석판사들은 놀란 토끼 눈이 되었다. 부장판사가 판결문을 찢는 걸 보았기 때문이었다. 그러더니 부장판사는 주머니에서 종이를 꺼냈다. 썼다가 지우기를 반복한 자필 판결문이었다. 어제 밤새 고민하면서 적은 판결문.

딸이 괜찮다고 이야기는 했지만, 얼마나 낙담했을까. 자신의 능력이 모자라서가 아니라 권력을 가진 아버지가 없어서 꿈을 이루지 못한다니. 그건 잘못된 일이다. 원래의 판결처럼.

그들은 당연히 배상을 받아야 한다. 국가는 파렴치한 짓을 저질렀고, 그 때문에 오랫동안 고통을 받아왔다. 부장판사는 자신의 행동으로 엄청난 변화가 일어나지는 않겠지만, 아무것도 하지 않으면 절대로 바뀌지 않을 거라는 걸 생각했다.

'용기는 내 안의 외침을 행동으로 옮기는 거라고 했지'

부장판사는 씨앗을 심는 일이라고 생각했다. 그는 문득 예전 시골에서 농사짓던 부모님을 도와서 일했던 때가 생각났다. 씨앗이 단단한 땅을 뚫고 올라오던 모습이. 그는 담담하게 판결문을 읽기 시작했다.

사건 번호 등을 절차대로 읽은 부장판사는 주문을 읽기 시작했다. 가장 먼저 나온 건 장중범과 윤 팀장의 부인, 그리고 그 자식들이었다.

"피고들은 각자 원고 장중범에게 5억 원, 원고 유선희, 원고 윤지후, 원고 윤성현에게 각 4억 원."

부장판사의 말에 배석판사들의 고개가 확 돌아갔다. 판결문을 찢을 때부터 불안했지만, 생각했던 것보다도 과하다는 생각이 들어 더욱 놀란 표정이 되었다. 원래 판결문에서는 각각 5천만 원 정도였다.

놀라는 건 혁민이나 판결을 기다리고 있던 원고들도 마찬가지였다. 그보다 더욱 놀란 건 하치훈이었다. 어떤 판결이 나올지 알고 있었는데, 자신이 생각한 것과는 전혀 다른 내용이었기 때문이었다. 하지만 부장판사의 판결은 계속되었다.

"원고 민주엽, 원고 민율희, 원고 오숙희, 원고 장보람에게 각 3억 원."

부장판사의 말이 나올수록 사람들의 웅성거림이 커지기 시작했다. 원고들은 기쁨을 나누느라 그런 것이었고, 하치훈을 비롯한 피고 측은 당황해서 어찌 된 일인지를 이야기하느라 그런 거였다.

"…갑 제41호증, 갑 제53호증의 1내지의 각 기재 및 변론의 전 취지를 종합하면 이를 인정할 수 있다."

부장판사는 기초사실에 관해 읽어나간 후 손해배상책임에 관해 언급했다.

"위 인정 사실에 의하면, 피고 대한민국은 국민의 안전을 보호할 의무가 있음에도 진실을 은폐, 조작하고……."

비교적 어려운 법률 용어가 없는 내용이라 사람들은 모두 어떤 내용인지 알 수 있었다. 사람들은 이런 판결이 나와야 한다고 생각은 했지만, 기대는 하지 않았기 때문에 더욱 감격스러워했다.

배상을 인정한다고 하더라도 일부만 인정될 것이고 금액

도 아주 적을 것이라는 게 대부분의 이야기였기 때문이었다. 사실 돈은 중요하지 않았다. 그들이 받은 고통과 진실만 인정받으면 그것으로 만족이라고 생각했다.

그런데 자신들이 예상한 것보다 훨씬 공정한 판결이 내려지고 있었다. 그걸 온몸으로 마주하는 감격은 당사자가 아니면 쉽게 느끼지 못할 감정이었다.

"…배신자의 가족이라는 이유로 지속적인 감시를 받았으며, 취업에도 불이익을 받아 대단히 궁핍한 생활을……."

판결문 낭독은 계속해서 이어졌다.

"피고 대한민국은 국민의 안전을 보호할 의무가 있음에도 조직적으로 국가권력을 이용하여… 불이익과 이에 따른 경제적 궁핍 및 원고들이 말로 다 표현할 수 없을 정도의 고통을 겪은 사정, 기타 이 사건 변론에 나타난 모든 사정을 참작해 볼 때, 위자료는 다음과 같이 정함이 상당하다."

이미 처음에 금액을 들어서 알고는 있었지만, 다시 한 번 확인하듯 자신의 이름과 배상액을 듣자 사람들은 뭉클해짐을 느꼈다. 장중범을 비롯한 원고들은 서로 손을 잡고 있었는데, 서로의 손에 힘이 들어가는 걸 느꼈다.

"이겼다!!"

판결이 내려지자 누군가가 외쳤다. 원고 측 사람들을 제외하고는 모두 얼굴이 딱딱하게 굳어 있었는데, 부장판사만이 유일하게 희미한 미소를 보이고 있었다. 그는 이번 일로 불이익을 받을 게 걱정되기는 했지만, 이 순간만큼은 더할 수 없이 마음이 편안했다.

*　　*　　*

"문제구만, 문제. 분명히 판결은 우리에게 유리하게 나온다고 하지 않았던가?"

"나도 그렇게 들었는데, 중간에 무슨 문제가 생긴 모양이지?"

테이블에는 대여섯 명이 앉아 있었는데, 가장 어리게 보이는 사람도 오십 정도는 되어 보였다. 모두 남자들이었는데 다들 얼굴에 불만이 하나 가득이었다.

"이거 그 인간도 예전 같지가 않으니 생각을 좀 해야겠어. 계속해서 이런 일이 벌어지는 걸 두고 볼 수만은 없으니까 말이야."

"그렇지. 그런데 그것보다 당면한 문제는 처리해야지. 이런 건 확실하게 밟아버려야 다시 기어 나오지 않는 건데 말이야. 쯧!"

한 사람이 혀를 차면서 이야기했고, 다들 그 말에 동의했다. 그들은 고작 이런 문제로 자신들이 곤란한 상황에 직면했다는 것 자체를 대단히 기분 나빠 했다. 고작 한 명이 죽은 것과 탈세 같은 아주 사소한 문제 때문에 말이다.

"세상이 이상해졌어. 이따위 일 때문에 우리가 신경을 써야 한다니 말이야."

"어쩌겠나. 세상이 그렇게 변했는데. 하지만 별일이야 있겠나. 이런 경우가 한두 번도 아니고. 그렇지 않나?"

다들 고개를 끄덕였다. 어차피 대응 방안이야 여러 가지 있었다. 자신들의 위치는 고작 이런 일로 흔들리지 않는다는 자신감도 있었다. 만약의 경우 상황이 좋지 않더라도 중간에 꼬리를 자르면 된다.

그 꼬리가 짧으냐, 아니면 조금 더 몸통 쪽으로 올라와서 잘리느냐의 차이일 뿐이라고 생각하고 있었다. 이미 이번 판결은 좌익 용공 세력의 술수에 놀아난 판사의 잘못된 판단이라고 떠들면서 물타기를 하고 있었다.

"지금은 대충 이렇게 넘어가고 상황 봐서 뭐 하나 터뜨리자고. 그러면 선거는 대충 넘어갈 수 있을 거야. 간첩 사건으로 적당한 거 하나 준비하면 될 것 같은데."

"요즘은 간첩이나 이런 게 약발이 예전처럼 잘 안 먹는데……."

"에헤… 모르는 소리. 그래도 이런 게 가장 잘 먹힌다고. 두고 보라니까."

그들은 지금 위기는 그렇게 정리하고 소송은 어차피 2심에 가면 뒤집을 수 있다면서 크게 걱정하지 않는 눈치였다.

"그때 가서 정의가 바로 섰다고 하면 되는 거야. 그러면 만사 오케이."

"시간이 좀 걸리긴 하겠지만, 이번에도 그렇게 마무리하는 걸로 해야겠군."

사람들은 앞으로 일어날 일을 이야기하면서 결정했다. 마치 자신들이 신이라도 되는 것처럼.

"그 인간은 이제는 정리해야겠지? 아는 것도 너무 많고 요즘 일하는 게 영 시원치 않으니까 말이야. 예전에는 그래도 깔끔하게 처리하더니 나이 먹더니 이상해졌어."

"나이가 어디 가겠나. 게다가 보아하니 간도 부쩍 커진 것 같더라고."

사람들은 그러는 게 좋겠다고 하면서 후임이나 잘 찾아보자고 이야기했다. 어차피 대신할 사람은 많으니 적당한 사람 중에서 상의해서 결정하자는 말도 했다.

"그것보다 항소를 빨리 진행하자고. 그리고 소송도 빨리 진행해서 선거 직전에 무죄 때리는 게 드라마틱하고 좋지 않겠어?"

"선거 직전에? 그렇게 된다면야 최고지. 그런데 시간이 될까?"

"아슬아슬하지만 빨리 진행하면 될 것도 같은데?"

사람들은 모두 그 방법이 더 좋겠다고 이야기했다. 기왕이면 효과가 뛰어난 방법이 좋은 거 아니겠는가. 일을 그렇게 만들 수 있는 역량은 충분했다.

"그러면 그렇게 진행하는 걸로 하지. 그편이 깔끔하겠어."

그렇게 그들은 일을 그들의 입맛대로 진행하는 것으로 결정했다.

*   *   *

"어머. 오랜만이에요. 그동안 잘 지내셨어요?"

배 실장이 사무실에 들어오자 보람이 먼저 알아보고 반갑게 인사했다. 한때 혁민의 운전기사 겸 경호원 역할을 하던 그였는데, 언제부터인지 보이지 않아서 조금은 섭섭했었다.

혁민이나 위지원 변호사야 보람하고 이야기할 게 뭐 그리 많겠는가. 그래도 배 실장이 보람과 이야기를 많이 했었다. 그런데 자신에게는 말도 하지 않고 사라져서 서운한 마음이 있었던 것이다.

그런데 이렇게 오랜만에 얼굴을 보니 섭섭한 마음보다는 반갑다는 마음이 먼저 들었다. 최근에 소송에서 이겨서 기분이 좋다는 점도 그런 마음이 드는 데 한몫했을 것이다.

"다른 데 다니다가 중국에 좀 다녀오느라고."

"와. 그러면 여행 다니신 거예요? 하긴 예전에도 여행 무척많이 다니셨다고 했죠?"

보람은 부럽다는 듯 배 실장을 쳐다보았다. 배 실장은 그저 가볍게 웃으면서 안에 혁민이 있느냐고 물었다. 보람이 그렇다고 하자 그는 노크를 하고는 안으로 들어갔다.

"어? 아니, 오늘 도착하는 거였으면 얘기를 하지 그랬어요."

"번거롭게 그럴 거 뭐 있습니까. 그나저나 가져온 게 있으니 좀 살펴보시죠."

배 실장은 마중 같은 건 나오지 않아도 상관없다고 하면서 서류를 한 무더기 혁민에게 내밀었다. 혁민은 눈빛이 달라지면서 그 서류를 받았다.

"흐음… 쉽지 않았을 텐데 용케 구했네요. 사실은 큰 기대는 하지 않았던 건데…….."

"그쪽 사정이 조금 특수해서 말이죠. 그래서 가능했습니다. 아니었다면 어림도 없는 일이죠."

배 실장은 이 자료를 어떻게 구했는지 이야기했다.

"중국에서 부패 척결이 아주 한창이더군요. 그런데 국내 인사하고 연관이 있는 자들도 몇 명 있더라 이겁니다. 직접적인 건 아니더라도 같은 페이퍼 컴퍼니를 이용했다거나 하는 사람은 수가 더 많았구요."

배 실장은 윤 팀장이나 장중범과 관련된 자료를 먼저 조사하고 이후로는 자금 관련 자료가 있는지 조사 중이었다. 하지만 비자금이나 탈세 관련된 자료는 설사 있더라도 구하기가 극히 어렵거나 까다로웠다.

혁민이 소개해 준 중국 관리가 고위직이기는 했지만, 그런 자료까지 넘겨줄 정도는 아니었다. 그런데 혁민이 가지고 있는 자료 중엔 중국의 부패 관리의 죄를 입증하는 데도 도움이 되는 게 있었다.

"백 선생이 작업할 때 이용한 페이퍼 컴퍼니를 그쪽 관리 중에서도 이용한 자들이 있더군요. 게다가 무역 관련해서 서로 자금을 빼돌리거나 한 경우도 있었구요."

그래서 배 실장은 거래를 했다. 자료를 제공하는 대신 중국 쪽에서 정보를 넘겨받기로. 중국 쪽에서는 거절할 이유가 없었다. 수사가 손쉬워지니 좋았고, 넘겨주는 자료가 중국에 해가 되는 내용은 전혀 없었으니까.

배 실장이 요구한 건 한국 고위직과 관련된 자료였다. 배 실장은 백 선생의 자료를 중국에 넘겼고, 중국에서는 그걸 바탕으로 페이퍼 컴퍼니를 털었다. 그리고 한국인 관련 자료를 다시 배 실장에게 준 것이다.

"영사는 내용은 대충 보고 중국 정부 관료 직인이 있으니 그냥 인증을 하더군요."

"우리나라 영사가 다 그렇죠. 아마도 골프 치러 갈 약속이라도 있었나 보네요. 빨리 도장 찍어준 걸 보면."

"골프인지는 모르겠지만, 바로 나가기는 하더군요. 영사관에 있는 시간도 그렇게 많지 않아서 만나는 게 쉽지 않았습니다."

혁민은 오히려 다행이라는 생각이 들었다. 만약 꼼꼼하게 일처리를 하는 사람이었다면 서류 내용을 보고는 보류했을 수도 있었다. 그래서 기쁘기도 하면서 씁쓸했다. 자국의 영사가 무능하다는 걸 기뻐해야 한다니 참 기막힌 일 아닌가.

"백 선생의 자료야 꾸며낸 거라고 버틸 수 있겠지만, 이 자료까지 무시할 수는 없을 겁니다. 이제는 꼼짝없이 걸려들었어."

올가미가 하나하나 완성되어 가고 있었다. 혁민은 중국에서의 일을 물었고, 배 실장은 자신이 겪은 일들을 하나씩 이야기해 주었다. 그렇게 둘이 이야기를 나누고 있을 때 위지원 변호사와 강윤태 변호사가 안으로 들어왔다.

"우와~ 이게 누군가요? 배 실장님, 어떻게 된 거예요?"

"여기저기 좀 돌아다녔습니다. 변호사님은 예전보다 더 아름다워지셨군요."

"어머, 어딜 다니셨길래 이렇게 농담이 느셨나 몰라."

위지원 변호사는 웃으면서 배 실장의 팔을 팍팍 때렸다. 혁민은 어리둥절한 표정을 하고 있는 강윤태에게 배 실장을 소개했다.

약간은 어색한 인사를 마친 후 배 실장은 밖으로 나갔고, 혁민은 두 변호사와 회의를 시작했다. 혁민은 강윤태가 처음 찾아왔을 때가 떠올랐다.

'다짜고짜 찾아와서는 이 사건 관련해서 옆에서 지켜보고 싶다고 하니까 의심을 하지 않을 수가 있나.'

태경에 있던 변호사가 찾아와서 그런 소리를 하니 의심 안 할 사람이 누가 있겠는가. 하지만 혁민은 이야기를 나눠보고 윤태가 진심이라는 걸 알았다. 하기야 그가 뭐가 부족해서 스파이 노릇을 하겠는가.

돈이라면 평생 써도 없어지지 않을 만큼 있다. 인맥? 권력? 하치훈이 대단하기는 하지만, 윤태의 집안이라면 그보다 더 하면 더했지 못하지는 않다. 그러니 굳이 스파이 노릇을 하면서 하치훈에게 잘 보이려고 노력할 이유가 없었다.

게다가 강윤태의 스타일은 자신이 잘 안다. 강윤태는 유혹에 흔들리거나 압력에 굴복하는 성격이 아니었다. 예전에도 그랬고 지금 자신이 본 모습도 그랬다.

'그래서 찜찜하기는 했지만, 일단 두고 보기로 했지.'

그래서 지금은 사건을 돕고 있었다. 중요한 정보는 아직 보여주지 않았지만, 믿을 만한 사람이라는 게 혁민의 판단이었다.

"일단 사람들은 긍정적이야. 이번 소송의 결과를 보고 다들 희망을 갖게 된 것 같더군."

"맞아요. 유족 중에는 굉장히 적극적으로 나오는 사람도 많았어요."

혁민은 이번에 승소한 걸 바탕으로 배후에 있는 권력자들을 곧바로 노릴 생각이었다. 아무리 단단한 방벽도 한곳이 무너지면 다른 곳도 위태로워지는 법이다. 그래서 승소한 여세를 몰아 이제 머리를 잡을 생각이었다.

성 상납 사건과 탈세에 직접적인 연관이 있는 당사자들. 그
들을 잡으려고 준비를 하는 거였다. 그리고 모든 준비가 착착
진행되고 있었다.

"그런데 말이야, 이번 소송도 항소심에 가면 판결이 뒤바
뀔 수 있어. 그러면 사람들 마음이 또 어떻게 바뀔지 모른다
고."

강윤태는 지금이야 사람들이 용기를 얻어서 나섰지만, 상
황이 바뀌면 다시 뒤로 물러설지 모른다며 걱정했다. 혁민은
웃으면서 대답했다.

"그럴 일 없으니까 걱정하지 않아도 된다고. 항소심까지
가지도 않을 테니까."

"그게 무슨 얘기야? 당연히 항소하겠지. 혹시나 거기서도
자신들에게 불리한 결과가 나오면 대법원까지 갈 테고. 그거
야 당연한 수순 아닌가?"

강윤태는 이해할 수 없다면서 말했다. 하지만 혁민과 위지
원 변호사는 슬며시 웃기만 했다. 계속해서 갸우뚱거리고 있
는 강윤태에게 혁민이 단서를 던져 주었다.

"국가 상대 소송이잖아. 그러면 대충 알 것 같은데?"

"국가 상대 손해배상 소송에 뭐가 있나? 가만, 항소심까지
가지도 않을 거다? 항소심까지 가지 않는다는 건 항소를 하지
않는다는 건데……."

강윤태는 잠시 생각을 하더니 갑자기 고개를 들었다.

"이 소송은 소송 가액이 10억 원이 넘는 소송이지."

"역시 사시 수석은 다르네. 바로 알아챘어."

혁민은 윤태가 어떻게 된 건지 알아차렸다는 걸 느꼈다. 위지원 변호사도 강윤태가 이렇게 빨리 파악할지 몰랐기 때문에 무척 놀라고 있었다.

"우와. 선배님도 정말 대단하시네요. 그걸 어떻게 아셨어요? 원래 국가 상대 소송은 잘 다루지 않는 분야라서 해본 사람이 아니면 거의 모르는데."

"소송 가액이 10억 원이 넘으면 법무부 장관이 승인을 해야 하지."

혁민은 고개를 끄덕였고, 위지원 변호사가 말을 받았다.

"그런데 지금은 법무부 장관이 공석이죠. 스캔들로 낙마했거든요."

"그러니까 지금 승인을 하는 건 법무부 장관 대리인 법무부 차관이지."

위지원 변호사와 혁민이 번갈아 이야기를 하자 강윤태가 감탄했다는 듯 탄성을 내면서 말을 이었다.

"이야. 대쪽 같기로 유명한 고인수 차관이 그 자리에 있으니 항소를 포기하겠군. 고인수 차관님이라면 그러고도 남을 만한 분이지."

위지원 변호사는 자신은 힌트를 주어도 몰랐는데 정말 대단하다면서 강윤태를 쳐다보았다. 놀랍다는 표정으로. 하지만 위지원 변호사가 느끼는 놀라움은 강윤태의 감정에 비하면 아주 미약한 것에 불과했다.

강윤태는 정말로 놀라고 있었다. 그는 혁민이 이 모든 것을 계산하고 움직였다는 걸 알 수 있었다. 아마도 스캔들을 터뜨려서 법무부 장관을 낙마하게 만든 것도 혁민의 솜씨일 것이다.

강윤태는 그런 걸 나쁘게만 보지는 않았다. 뭐가 어떻단 말인가. 죄지은 사람이 벌을 받아야 하는 건 당연한 일이다. 그걸 선의로 이용하는 정도는 그가 생각하는 허용 범위 안에 있는 행위다. 자신이야 그것보다는 법리적인 걸로 승부를 하는 걸 더 즐겨 했지만.

"대단해. 정말 대단해. 어떻게 그걸 전부 예상하고 판을 짤 수가 있는 거지?"

강윤태는 혀를 내둘렀다. 자신은 죽었다 깨나도 할 수 없는 일이다. 이건 법정에서의 싸움이 문제가 아니라 사건을 둘러싼 수많은 변수와 힘의 역학 관계를 모두 알아야 쓸 수 있는 방법이었다.

아니, 안다고 해도 모두가 이렇게 판을 짤 수는 없다. 이건 정말 특별한 사람만이 할 수 있는 일이다. 강윤태는 혁민 말고는 아무도 이런 걸 할 수 없으리라 생각했다. 강윤태는 경외의 시선으로 혁민을 바라보았다.

하지만 혁민은 별거 아니라는 듯 위지원 변호사에게 이야기했다.

"그럼 다음 소송 준비해야지. 그건 더 재미있을 거야."

강윤태는 고개를 저었다. 혁민이 자신이 도저히 오를 수 없는 곳에 이미 올라간 사람이라는 생각이 들어서였다.

*   *   *

자신들의 뜻대로 일이 진행되지 않자 사람들은 당황했다. 그들은 선생님을 제거하는 걸 잠시 미루고 사람을 보내 사건을 해결하도록 종용했다. 더러운 방식으로 처리해야 할 수도 있는데 자신들의 손을 더럽히기는 싫었으니까.

물론 그렇게 일을 시켜놓고 일이 끝나거나 중간에 문제가 생길 걸 대비는 할 것이다. 잠시 효용 가치가 있으니 살려두는 것뿐이지 어차피 제거해야 할 인물이라는 결정에는 변함이 없었다.

그래서 몇 차례 선생님을 찾아갔던 남자가 이번에도 찾아가 거친 말을 내뱉었다.

"고인수 그 새끼는 뭔데 말을 듣지 않는 거야? 그리고 그런 새끼 하나 컨트롤하지 못하면서 지금 뭐하자는 거야?"

이름 대신 선생님이라고 불리는 자. 최고위층 인사들의 구린 곳을 청소해 주는 일을 도맡아서 했던 자는 끓어오르는 분노를 꾹 참았다. 지금 화를 내봐야 아무런 소용이 없다는 걸 잘 알기 때문이었다.

"고인수는 쉽게 다룰 수 없는 인물입니다. 아시잖습니까. 그가 어떤 성격이라는 건 법무부나 그전에 검찰에서 일할 때도 유명했습니다."

"그래서? 그래서 그냥 지금 손 놓고 있자는 거야, 뭐야?"

남자는 막무가내로 몰아쳤다. 어차피 일을 처리해야 하는 건 자신이 아니었다. 방법이 무엇이든, 수단이 무엇이든 자신은 상관없었다. 오로지 일만 확실하게 처리되면 되는 것이다.

그리고 이자는 어차피 오래가지 못할 인간이다. 그러니 지금은 좋은 말로 달래는 것보다는 쥐어짜야 할 타이밍이다. 마지막까지 쪽쪽 빨아먹고 버리면 되는 그런 존재다.

"고인수 차관을 어떻게 하는 것보다는 장관을 빨리 임명하는 게 더 현명한 선택일 겁니다. 그러니 방향을 그쪽으로 잡으시죠."

선생님은 바통을 상대에게 넘겼다. 어차피 고인수는 손을 써도 안 될 사람이라고 판단한 데다가 혹시나 된다고 하더라도 자신에게 득이 될 게 별로 없었다. 잘해야 본전인 일. 그러니 상대에게 넘기는 게 더 현명한 방법이었다.

"장관 임명? 장관 임명하는 게 어디 쉬운 일인가. 그게 하루 이틀 사이에 될 일이 아니지."

"알지만 그래도 그 방법이 더 확실합니다. 여당 쪽에 협조를 부탁하면 될 일 아닙니까."

선생님은 이번 사건에 비록 소수이기는 하지만 여당과 관련된 인물들도 포함되어 있다는 점을 강조했다. 그러니 이야기만 잘되면 임명되는 데는 큰 문제가 없을 거라는 말도 했다.

"자격 검증을 하겠다고 하겠지만, 어차피 다 쇼하는 거 아닙니까. 적당히 하다가 넘어갈 겁니다. 합의만 된다면 말입니다."

"그건 그렇지. 하지만 선거를 앞두고 이런 좋은 기회를 여당에서 날릴 리가 있다. 분명히 강하게 나올 거야. 그러니 고인수를 어떻게 해보라고."

"고인수에 대해서 듣지 못하셨습니까? 검찰에 있을 때 아버지가 지인의 사건 때문에 봐달라고 간곡하게 부탁하는 일도 법대로 처리한 인간입니다. 돈이든 압력이든 먹히지 않아요."

일화는 많았다. 재벌과 관련된 사건에서 무마를 부탁하는 청탁이 들어오자 청탁을 한 정부 인사도 기소하겠다고 난리를 친 사람이 고인수였다. 덕분에 단단히 찍혀서 한직을 돌다가 최근 몇 년 사이에 뒤늦게 빛을 보고 있는 사람이었다.

"아니, 어떻게 그런 인간을 그런 자리에다가 올려? 다들 정신 나간 거 아냐?"

"그 당시에 분위기가 좀 그랬지 않습니까. 뇌물과 비리 관련해서 문제가 많아서 다른 사람은 올리기가 좀 그랬던 걸로 압니다. 원래는 잠깐 자리에 앉혀놨다가 선거 끝나면 교체할 생각이었다고 하던데…….”

“하아… 어떻게 일이 꼬이려니 이렇게 꼬이나. 하필 사건이 이런 식으로 진행되지만 않았더라도 이렇게 복잡하지는 않았을 건데… 에잉…….”

남자는 사건을 해결하기 위해서는 장관을 새로 임명하는 쪽이 더 좋겠다는 판단을 했다. 워낙 청렴하고 고지식한 인물이다. 그래도 혹시 몰라서 무슨 약점 같은 게 없는지 물었다.

“없습니다. 일처리도 원리 원칙대로만 하고 아침에 가장 먼저 출근해서 가장 늦게 퇴근합니다. 뇌물 같은 건 쳐다보지도 않습니다. 아직 자기 집도 없더군요. 자그마한 전셋집에서 살고 있습니다.”

“뭐? 나 참. 아니, 지가 무슨 조선 시대 청백리야? 별 그지 같은 게 다 있네.”

남자는 입맛을 다셨다. 털어서 먼지 안 나오는 사람이 어디 있겠는가. 그래서 보통은 살살 털다가 뭐 좀 나오면 그거 가지고 자리에서 물러나게 하곤 한다. 그런 약점이 전혀 없는 사람이 있다는 건 믿을 수가 없었다.

원래 다 그런 거 아닌가. 진급하려면 상사에게 적당히 잘 보여야 하고 오가는 것도 있어야 한다. 그렇지 않아도 되는 케이스도 있기는 하다. 집안이 빵빵한 금수저들은 잘 보이려는 행동 같은 건 하지 않아도 된다.

그래도 성의 표시는 해야 한다. 그렇지 않고 윗자리로 올라가는 케이스? 자신은 지금까지 그런 사람은 본 적이 없었다.

"저도 그쪽으로 작업하겠지만, 아무래도 장관 임명 같은 건 저보다는 위쪽에서 움직이는 게 좋지 않겠습니까. 대신에 심부름 같은 건 이쪽에서 전부 처리하겠습니다."

선생님은 일이 점점 이상하게 진행되고 있다고 생각했지만, 그래도 아직은 버틸 만하다고 판단했다. 위험한 지점까지 파도가 넘실대기는 했지만, 아직 방벽은 튼튼하고 높았다.

혁민을 비롯한 사람들이 아무리 떠들어도 시간이 조금만 지나면 다 묻히게 된다. 계속 떠드는 인간은 처리해 버리면 그만이고. 아직은 괜찮았다. 하지만 여기서 조금만 더 치고 들어오면 누군가는 피를 봐야 한다.

꼬리가 아니라 이제는 팔이나 다리 하나 정도는 잘릴 생각을 해야 하는 것이다. 그런 상황은 선생님도, 그를 다그치고 있는 권력자들도 원하지 않았다.

"일단 가서 품신을 해보지. 어르신께서 괜찮다고 하시면 진행하는 거고, 아니라고 하시면 고인수를 어떻게든 해봐야 할 거야."

남자는 지금 자신이 판단할 수 없는 상황이라고 생각하고는 그렇게 말을 맺었다. 그리고 장관을 새로 임명하는 방향으로 결론이 내려졌다.

하지만 고인수 차관에게 압력이 가해지지 않는 건 아니었다.

"죄송합니다. 제가 법무부 차관으로서 올바르게 판단하겠습니다."

고인수는 그렇게 이야기하고는 전화를 끊었다. 정부 요직에 있는 사람의 비서관이 한 연락이었다. 고인수 차관은 지금까지 일하면서 이런 종류의 전화를 수도 없이 받아봤다.

"어림도 없는 소리지. 그런데 뻔히 알면서도 왜 전화를 자꾸 하는지 모르겠네. 항상 대답은 똑같은데 말이야."

언제나 같은 대답을 했다. 법과 사회 정의, 그리고 건전한 상식에 근거해서 판단하겠다. 하지만 그래도 연락을 해서 자꾸만 이상한 소리를 하는 사람들이 있었다. 이번에는 정도가 심각했다.

연락을 한 사람 중에서는 협박도 서슴지 않는 자가 있었으니까. 이해는 되었다. 상대가 얼마나 궁지에 몰리고 있는지 자신도 느낄 수 있었으니까. 하지만 그런 말에 굴할 고인수 차관이 아니었다.

"그나저나 이 자식 정말 용하단 말이야."

고인수 차관은 혁민이 전에 찾아왔던 걸 떠올렸다. 그 당시에는 왜 찾아왔을까 싶었다. 갑자기 연락하고 찾아와서는 이런저런 이야기를 나누다가 갔으니 뭔가 했던 것이다.

이야기도 별거 없었다. 요즘 돌아가는 이야기. 어떤 것이 올바르고 그른지에 대한 원론적인 이야기만 하다가 돌아갔다. 그런데 지금 돌이켜 보니 혁민이 왜 찾아와서 그런 이야기를 했는지 알 수 있을 것 같았다.

"가만히 두면 점점 더 썩는 부위만 커지니 분명히 어떻게든 손을 봐야 한다고 했지?"

혁민은 분명히 그렇게 이야기했다. 그리고 자신과 부패 관련 문제에 관해서 다양한 이야기를 나누었다. 이야기는 생각보다 길어졌다. 평소에도 그 문제에 관심이 많았기 때문이었다.

그런 문제를 척결하고 싶은 마음이 왜 없겠는가. 반드시 해결해야 한다고 생각은 하고 있었지만, 현실적인 문제 때문에 그러지 못하고 있었을 뿐이다.

자신이야 올바르게 행동했지만, 그렇지 못하게 넘어가는 사건은 수도 없이 많았다. 자신이 하는 행동은 바닷물을 바가지로 퍼 나르는 거나 마찬가지인 듯했다. 아무리 해도 바닷물은 줄어들지 않았다.

"하지만 이제는 무언가 바뀔 수 있을 것 같단 말이야. 확실하지는 않지만 그런 기미가 보여. 무언가 될 것 같은 느낌, 무언가 꿈틀거리다가 팍 터질 것 같은 그런 느낌이 들어."

고인수 차관은 다시 한 번 자신의 생각을 정리했다.

잘못된 건 잘못된 거니까 바로잡아야 한다. 거기에 이런저런 핑계를 붙이는 건 하고 싶지 않다는 뜻이다. 진리는 아주 단순한 것이다. 거기에 자꾸만 이유가 붙고 사정이 연결되고 하면서 본질이 흐려지는 것이다.

"지금 당장 하면 되는 거야. 망설일 이유가 없지. 왜냐하면, 그것이 옳은 길이니까."

고인수 차관은 마음을 굳혔다. 그는 국가 상대 손해배상 소송의 항소를 포기하기로 했다.

*　　　*　　　*

"우와, 정말 신기해요. 어떻게 이런 자료가 가능한 거죠? 이런 건 우리나라에서도 정보를 얻기 어려운 거잖아요."

위지원 변호사는 배 실장이 가져온 자료를 보면서 놀라워했다. 국내에서도 알아내기 어려운 자료인데 외국에서 가져왔으니 말이다.

"상황이 좀 특수해서 그 덕을 많이 본 거야. 거기도 지금 권력 다툼이 아주 치열하게 벌어지고 있거든. 원래 그런 상황이면 평소에는 어려웠던 일도 쉽게 되는 경우가 많지."

"권력 다툼이요? 아까는 부패 척결을 하고 있는 거라서 가능했던 거라고 하셨잖아요."

위지원 변호사는 이상하다는 듯 물었다. 분명히 혁민이 조금 전에는 그렇게 이야기했기 때문이었다.

"그러니까 부패 척결을 하고 있는 게 권력을 놓고 벌이는 치열한 싸움이라는 거야."

혁민은 어디까지나 개인의 견해라는 걸 전제로 이야기를 해주었다. 지금 중국의 주석이 벌이고 있는 부패 척결은 적의 세력을 쳐내려는 거라고.

"지금 주석은 세력이 약해. 반면에 기득권 세력은 어마어마한 세력을 가지고 있다고. 그러니까 그걸 가만히 두면 아무것도 할 수가 없지."

"그래서 부패 척결이라는 걸 내세워서 기득권 세력을 압박하고 제거하는 거라는 말씀이세요? 정말 그럴 수도 있겠는데요?"

위지원 변호사는 그럴듯한 이야기라며 수긍했다.

"그런데 상대가 가만히 있겠어? 자기들이 가지고 있는 권력과 돈을 다 빼앗기게 생겼는데 말이야. 그러니 저항도 만만치 않을 거라고."

"그렇긴 하겠네요. 거기는 돈이 많은 사람은 정말 어마어마하더라고요. 그리고 얘기를 들어보니까 정말 부정부패가 심각했다고 그러긴 하더라고요."

혁민은 고개를 끄덕였다. 그게 사실이었기 때문이었으니까. 그리고 대한민국도 차이는 조금 있겠지만, 본질적으로는 많이 다르지 않다고 생각했다.

"온갖 수단을 동원해서 방해하고 있겠지. 자기들 권력과 재산을 지키려고 별짓을 다 했을 거 아냐. 그러니 우리가 준 자료가 얼마나 꿀이었겠어. 그런 상황이니까 거래를 할 수 있었던 거지."

위지원 변호사는 정말 세상일은 보이는 게 전부가 아니라는 걸 다시 한 번 느꼈다고 이야기했다. 그리고 이번 사건을 겪으면서도 많이 깨달았다고 했다.

"정말 세상은 쉽지 않은 것 같아요. 저는 언제나 선배님처럼 될 수 있을까요?"

"내가 뭐 대단한 사람이라고. 너도 이미 훌륭한 변호사야. 네 나이에 이 정도 일처리 잘하고 법리적으로 단단한 사람 거의 없을걸?"

혁민은 그동안 사건 처리하는 걸 보니 많이 성장했다고 칭찬을 해주었다. 하지만 위지원 변호사는 만족하지 못하는 표정이었다. 하기야 혁민이 보이는데 자신의 성장이 만족스러울 리가 있겠는가.

그런데 둘이 이야기를 하는 도중에 보람이 들어오면서 이야기했다.

"떴어요. 기사가 떴어요."

호들갑을 떨면서 말하는 보람에게 혁민이 무슨 소리냐고 물었다.

"기사? 무슨 기사가?"

"법무부에서 항소를 포기한 게 기사로 떴어요. 방금요."

"그래?"

혁민은 바로 인터넷을 확인했다. 법무부 장관 대행인 고인수 차관은 아예 기자회견까지 해버렸다. 웃기는 건 덕분에 정부에 대한 여론이 좋아졌다는 점이다.

"압력이 장난이 아니었을 텐데 정말 용하시네. 그나저나 좀 걱정이네. 사방에서 어떻게든 보복을 하려고 달려들 텐데……."

혁민은 고인수 차관이 걱정되었다. 하지만 속은 정말 시원했다. 이런 식으로 하나씩 무너뜨려 나가면 꼬리가 아닌 몸통이 곧 드러날 것이라고 생각했다.

"그나저나 골치가 무척 아픈 사람들이 많겠는데? 그럼 앞으로는 어떻게 나오려나?"

혁민의 예상대로 엄청나게 분노하고 있는 사람들이 있었다. 그들의 분노는 정혁민과 장중범을 비롯한 여러 사람에게 돌아다니다가 일의 처리를 맡았던 선생님에게 향했다.

"어허. 내가 진짜 살다 살다 이런 꼴을 다 보다니."

"이렇게 엉망으로 일처리를 하니까 다시 소송을 건다고 하는 거 아닙니까. 이제는 우리들을 직접 노리고 있어요. 이게 말이 되는 겁니까."

사람들은 버럭 화를 내면서 마구 떠들었다. 그러다 한 사람이 의견을 꺼냈다.

"이제 정리할 때가 된 것 같습니다. 어차피 지금 상황을 정리해야 하니 그를 처리하죠."

"흠… 그를 처리하고 그에게 모든 걸 전가한다? 하기야 그것 말고는 방법이 없겠군."

사람들은 모두 의견에 동의했다. 많은 일을 진두지휘한 사람이니 조사하면 그와 연관된 증거가 분명히 나올 것이다. 그러니 그에게 모든 걸 덮어씌우고 처리하면 깔끔하게 정리가 된다고 생각했다.

"그럽시다. 꼬리가 좀 크게 잘리긴 하는 거지만, 그렇다고 팔다리가 다치게 할 수는 없는 거니까."

사람들은 그렇게 이야기하고는 곧바로 자리에서 일어났다. 이런 일은 상대가 대비하기 전에 빨리 처리할수록 좋은 일이었으니까.

*   *   *

"이런 개새끼들!"

선생님이라 불리는 자는 발로 책상을 세차게 걷어찼다. 바로 앞에 있는 덩치가 깜짝 놀랐다. 평소에는 볼 수 없는 모습이었기 때문이었다.

"이용해 먹을 때는 언제고 인제 와서 이런 식으로 나와?"

선생님은 덩치가 있다는 사실을 깨닫고 흠칫했지만, 그런 걸 신경 쓸 상황이 아니었다. 평소라면 이미지 관리를 위해서 이런 행동을 절대로 하지 않았을 것이다.

뒤로야 비열하고 지저분한 일을 무수하게 했지만, 언제나 사람들의 존경을 받고 싶어 하는 그였기 때문이었다. 하지만 지금은 상황이 너무나도 좋지 않았다. 자신이 뒤처리를 해주던 자들이 이제는 자신을 제거하려 하고 있었다.

그자들 주변에 이런 일을 알려줄 자를 심어놓지 않았더라면 정말 큰일 날 뻔했다. 영문도 모른 채 당할 뻔했으니까. 하지만 알고 있어도 사실 대책을 세우기는 만만치 않았다. 저들이 마음먹고 움직이면 그걸 막아내는 건 불가능했다.

"그래도 다른 사람들의 이목을 끌기는 싫을 테니까 시끄럽게 일을 처리하지는 않을 거야."

선생님은 저들이 어떤 방식으로 나올 것인지 생각하다가 결론을 내렸다.

"이곳을 저들도 알고 있으니 급습을 하겠지? 어때, 니 생각은?"

"저라도 그럴 것 같습니다. 이곳은 외딴 지역이라 일을 벌이기에도 좋고 말입니다."

선생님은 고개를 주억거리면서 눈을 가늘게 떴다. 다른 방법도 있겠지만, 시간도 촉박하고 하니 급습해서 처리하는 게 가장 확실한 방법이었다. 상대가 어떻게 나올지를 판단했으니 이제는 대응 방법을 생각할 차례였다.

"하아… 어쩔 수 없어. 지금은 맞서기에는 힘이 모자라."

시간이 조금만 더 있었더라도 한판 붙어볼 수 있었을 것이다. 하지만 아직 준비가 되지 않았다. 선생님은 어쩔 수 없이 피하는 쪽으로 마음을 굳혔다.

"일단 인원을 전부 불러들여. 오늘 준비해서 내일 바로 아지트로 옮겨야겠어."

"알겠습니다. 그런데… 그러면 지금 하고 있던 일은 전부 중지하는 겁니까?"

덩치의 말에 선생님은 고민했다. 그리고 조금 다른 생각이 떠올랐다.

"일단 피하면 잠깐은 안전하겠지만, 점점 수세에 몰리겠지? 그렇게 되면 말라 죽기 딱 좋은 상황이야. 그럴 수는 없지."

위험을 회피하는 건 나쁘지 않았지만, 그렇게 되면 미래가 없었다. 그렇다고 저들과 충돌할 수는 없었다. 그렇다면 다른 수를 찾아야 했다.

"뭔가 역전할 수 있는 카드를 하나 가지고 있어야 하는데. 역전할 수 있는 카드…….."

그런 카드라고 한다면 저들에게 심각한 타격을 줄 수 있는 것이어야 한다. 하지만 이 나라를 쥐고 흔드는 권력자들에게 타격을 줄 방법은 거의 없었다. 한참을 고민하던 선생님은 갑자기 왜 그 생각을 하지 못했나 하면서 책상을 때렸다.

"아니지. 저들에게 심각한 피해를 줄 카드가 하나 있지."

항상 적이라고 생각해서 아예 생각지도 않았는데, 적의 적은 아군이라는 말도 있지 않은가. 정 변호사와 장중범 일당이 바로 그 카드였다. 그들이라면 충분히 위협적인 카드가 될 수 있었다.

"이봐, 덩치. 지금 정 변호사가 또 소송을 준비하고 있다고 했지?"

"그렇습니다. 그 사람들이라면 그분들도 상당히 껄끄러워할 겁니다."

덩치는 체구와 외형에서 풍기는 이미지와는 달리 머리가 무척 좋았다. 어떻게 돌아가는 판인지를 알고 맞춰서 대답을 했다. 그러자 선생님은 눈매가 날카로워졌다.

"밖에서 준비하는 애들을 움직여? 아니야. 아니지. 담그려고 준비하는 놈들이었는데 지금 그런 식으로 건드렸다가는 오히려 화만 키우는 꼴이야."

"그분들이 오히려 좋아할 겁니다. 저희 쪽에 죄를 뒤집어씌우기 좋으니까요."

"그분들이라는 호칭은 이제 버려. 그분들은 무슨. 그냥 그놈들이라고 해!"

선생님은 심기가 불편했는지 화를 버럭 냈다. 덩치는 조용히 알았다고 하면서 고개를 살짝 끄덕였다.

"그러면 그 팀은 바로 불러들이고, 어떻게 하는 게 좋으려나…….."

"저기… 선생님, 이렇게 하면 어떻겠습니까."

덩치가 눈치를 살피다가 조심스럽게 말을 꺼냈다. 선생님은 나서는 사람을 좋아하지 않았다. 본인의 실수나 의견에 반대하는 사람은 반드시 대가를 치르게 해주었다. 자신이 항상 존경받아야 하고 그렇지 못한 상황을 참지 못하는 사람이었다.

그래서 조심스럽게 이야기를 꺼낸 거였다. 평소라면 마뜩잖아했겠지만, 상황이 상황인지라 선생님은 어서 이야기를 해보라고 이야기했다.

"뭔데? 좋은 생각 있으면 빨리 이야기를 해보라고."

"사실 저들을 이끄는 건 정 변호사 아닙니까. 그가 사실상 저들의 우두머리라고 해도 과언이 아니죠."

덩치의 말에 선생님은 호기심을 드러냈다. 덩치가 무언가 괜찮은 방법을 찾은 것 같아서였다. 덩치는 여전히 조심스럽게 이야기를 이어나갔다.

"정 변호사를 우리가 원하는 대로 움직일 수 있으면 그게 가장 좋은 방법 아니겠습니까. 우리 손을 사용하지 않고도 그놈들을 상대할 수 있으니까요."

"하기야 그럴 수만 있다면 좋겠지. 둘이 박 터지게 싸우도록 붙어놓고 우리는 숨을 좀 고를 수도 있고 말이야."

하지만 그게 어디 쉬운 일이겠는가. 혁민은 보통내기가 아니라서 어설픈 속임수는 통하지도 않을 것이다. 선생님은 궁리를 해보았지만, 딱히 좋은 방법이 떠오르지 않았다.

"무슨 방법이 있지? 몸을 통 사리는 바람에 어떻게 손을 쓰기도 쉽지 않다고 하던데……."

"방비가 강한 곳을 군이 노릴 이유가 없죠. 허술한 곳을 노리면 됩니다."

덩치는 주변을 살펴보니 통할 만한 곳이 한 군데 보인다고 이야기했다. 덩치는 귓속말로 이야기했고, 선생님은 눈을 번득였다. 그 방법이라면 효과 만점일 것이라는 생각이 들어서였다. 그는 덩치에게 바로 이야기했다.

"좋아. 그렇게 진행하자고. 지금 바로."

*　　*　　*

소송 준비는 순조롭게 진행되었다. 사무실 사람들 모두가 기운이 넘치는 듯했다. 보람은 아버지와 함께 살게 된 데다가 소송 결과도 좋아서인지 매일 환하게 웃는 얼굴이었다.

위지원 변호사는 주로 강윤태 변호사와 함께 다녔는데, 위지원 변호사가 워낙 친화력이 좋아서 금방 친해졌다. 강윤태도 밝은 성격에 호기심 많은 위지원이 싫지 않은 듯했다.

혁민은 주로 장중범이나 민주엽과 함께 다녔는데, 그러는 편이 안전하다는 장중범의 주장 때문이었다. 그래서 소송과 관련된 사람을 만나러 갈 때도 거의 그 둘과 동행했다.

"배 실장님은 통 보이질 않네요?"

"어딜 또 돌아다니는 모양이야. 하여간 그 친구 역마살은 말릴 수가 없다니까."

혁민의 질문에 장중범이 고개를 내저었다. 같이 있을 때도 어디를 그렇게 쏘다니는지 자주 밖으로 나돌았다. 그러고도 흔적을 잘 남기지 않으니 참 용하다는 생각을 하고 있었다.

"그런데 이번 소송이 진짜라고 할 수 있겠구만. 그놈들을 직접 법정에 세울 거니까 말이야."

"그렇죠. 지금이 딱이에요. 전 같았으면 어림도 없는 일입니다. 고소나 고발을 해도 묵살당했을 테니까요. 하지만 지금은 다르죠."

장중범과 백 선생의 민사소송이 승소로 마무리되었다. 특히나 백 선생의 케이스가 주목을 받았다. 정보기관에서 백 선생을 살해하려 한 이유가 바로 고위층의 불법 자금을 관리했고, 그 자료를 가지고 도망쳤기 때문이었다.

그리고 백 선생이 자금을 관리해 준 사람 중에는 성 상납 사건과 연관이 있는 자들이 있었다. 혁민이 자료를 가지고 있는 바로 그 사건이었다.

"전에는 다들 겁을 먹고 나서지 않았어요. 분을 참지 못하고 소송하려던 사람 중에 살해당한 사람도 있었거든요. 하지만 이제는 상황이 많이 달라졌습니다."

"워낙 어수선한 상황이라 저들도 정신이 없을 거야. 이 문제도 처리해야 하고 선거도 신경 써야 할 테니까."

게다가 이번 사건으로 인해서 전반적인 분위기도 많이 바뀌었다. 검찰이나 법원에서도 자성의 목소리가 나오고 있었고, 피해자나 그 가족들은 이길 수 있다는 마음을 갖게 되었다.

"지금 아니면 힘들어요. 이번에도 흐지부지 끝나면 어쩌면 영원히 그놈들 세상이 될 겁니다. 그러면 지금처럼 계속해서 뒤에서 자기들 마음대로 하면서 살아가겠죠."

차 안에 잠시 진한 침묵이 머물렀다. 그들이 얼마나 악독한 인간인지 잘 알고 있었기 때문이었다. 자신들의 이익을 위해서라면 무엇이든 하는 놈들이었다.

그것도 자신들은 모습을 드러내지 않고 앞잡이들을 내세워서 움직였다. 지금 이 사회에는 그들의 꼭두각시 역할을 하는 자들이 수두룩했다. 다들 이렇게 계속 되어서는 안 된다는 생각을 했다.

하지만 그런 생각은 오래 이어지지 않았다. 민주엽에게 전화가 왔기 때문이었다.

"그래, 보람이구나. 어쩐 일이야?"

―아저씨, 이상해요. 율희가 없어진 것 같아요.

"뭐? 율희가? 그게 무슨 소리야?"

민주엽이 화들짝 놀라면서 소리를 질렀다. 운전을 하던 장중범이 깜짝 놀라서 움찔했을 정도였다. 그리고 민주엽의 말에 혁민의 눈도 더할 수 없이 커졌다.

"율희요? 무슨 일인가요? 예? 무슨 일이에요?"

"잠깐만 있어 봐. 얘기를 좀 들어보고."

민주엽과 혁민은 당황해서는 허둥지둥거렸다. 둘에게 있어서 율희는 세상에서 가장 소중한 존재라고 할 수 있었다. 그런데 그런 율희가 사라졌다니.

─분명히 만나기로 했는데 늦어서 이상하다고 생각하고 있었어요. 톡을 보냈는데도 연락도 없고. 처음에는 무슨 바쁜 일이 있나 보다 했죠. 그런데 한 시간이 지나도 연락도 없어서…….

보람은 거의 울먹이면서 이야기했다. 민주엽이 스피커폰으로 바꾸어 차 안에 있는 사람 모두가 들을 수 있었는데, 셋 모두 굉장히 심각한 표정이 되었다.

"바로 차 돌리지. 지금 누구 만나고 그럴 계제가 아닌 것 같으니까."

장중범은 바로 차를 돌렸다. 그리고 보람이 있는 장소로 향했다. 가는 내내 차 안에 있는 사람 누구도 입을 열지 않았다. 무거운 공기가 차 안을 가득 채우고 있었다.

＊　　　＊　　　＊

"어디서 어떻게 실종되었는지도 모르겠어. 이거야 원······."

민주엽은 불안함을 감추지 못한 채 정신없이 서성거렸다. 그건 혁민도 마찬가지였다. 그는 여기저기 전화를 걸어서 도움을 요청하고 있었지만, 별다른 성과는 없었다. 혁민은 거칠게 통화 종료 버튼을 누르고는 보람에게 물었다.

"핸드폰은? 핸드폰은 아직도 받지 않아?"

"계속 착신으로 넘어가요. 핸드폰을 가지고 있지 않은가 봐요."

사람들은 불안한 마음을 달래려고 했지만, 점점 더 좋지 않은 상상만 머리에 떠올랐다. 누가 이런 짓을 했겠는가. 보지 않아도 뻔한 일이었다.

"이런 썅. 이 새끼들을 내가 그냥······."

민주엽이 버럭 화를 내면서 주먹을 꽉 쥐었다. 걸리기만 하면 뼈마디를 잘게 부수어놓겠다는 듯이. 장중범도 안타까운 듯 한숨을 내쉬며 이야기했다.

"실종 신고라도 해야 하는 거 아닌가?"

"소용없어요. 성인은 실종된 지 24시간이 지나지 않으면 실종 신고를 받아주지도 않아요. 어차피 24시간이 지나도 별 소용 없겠지만."

혁민은 허 대리가 빨리 CCTV 자료를 보내주기만을 기다리고 있었다. 그녀가 움직였을 시간과 동선을 생각해서 해당 CCTV 자료를 해킹해 달라고 부탁했다.

"일단 근처 편의점이나 CCTV가 있을 만한 곳에 가서 찍힌 게 없나 찾아보죠."

"그래. 일단 무슨 증거라도 있는지 한번 찾아보자고. 각자 흩어져서 알아보고 뭐라고 발견하면 바로 연락하는 걸로 하지."

혁민은 개인적으로 움직이면 위험할 수도 있니 세 명씩 다니자고 이야기했다. 민주엽과 장중범, 장보라, 혁민에 강윤태와 위지원 변호사까지 합류했으니 셋씩 두 팀으로 나누는 게 좋다고 생각되어서였다.

"그런데 배 실장은 어디 간 거야?"

"어? 그리고 보니 배 실장님이 보이지를 않네?"

정신이 없다 보니 배 실장은 누구도 신경을 쓰지 않았던 것이다. 혁민은 바로 배 실장에게 전화를 했다. 하지만 전화를 연결할 수 없다는 메시지만 들렸다.

"아니, 이렇게 중요한 때에 어디 있는 거야?"

이런 상황에서 아주 유용한 전력이었는데 자리에 없고 연락도 되지 않으니 짜증이 확 치밀었다. 하지만 짜증만 내고 앉아 있을 수는 없는 일. 혁민은 모두에게 틈나는 대로 연락을 해보자고 하고는 밖으로 나갔다.

'제발, 살아만 있어. 살아만. 내가 어떻게든 당신은 살릴 테니까.'

혁민은 제발 율희에게 아무 일 없기를 간절히 기원했다.

Chapter 5
마지막 결심

"부탁할게. 소송 준비를 좀 맡아줘."

"아니, 나도 찾겠어. 율희는 내 동생이나 마찬가지라고. 그런데 한가하게 소송 준비나 하고 있으라고?"

혁민은 강윤태에게 소송 준비를 맡기고 자신은 율희를 찾으려고 했지만, 강윤태는 전혀 그럴 마음이 없었다. 강윤태는 평소와는 달리 무척 흥분한 모습으로 자신도 율희를 찾겠다고 말했다.

어떤 일이 있어도 항상 차분한 모습을 유지하던 강윤태여서 그가 지금 어떤 마음인지 알 수 있었다. 이렇게까지 흥분하는 모습은 혁민도 오랜만에 보는 것 같았다.

'아무래도 무리였나? 하기야 이 친구도 율희를 아끼는 게 보통이 아니었지.'

예전에도 그랬다. 강윤태는 율희를 챙겨주지 못해서 안달이 난 사람 같았으니까. 오죽하면 이상한 관계가 아닌지 의심까지 했었겠는가. 하지만 강윤태와 율희는 정말 오누이 같은 사이였다.

"흐음… 어쩔 수가 없네. 그러면 일단 부탁 좀 할게."

혁민은 위지원 변호사를 쳐다보면서 이야기했다. 일단 소송 관련해서 준비해 달라고 했는데 상황이 어떤지 아는 그녀는 걱정하지 말라고 대답했다.

"네, 제가 준비하고 있을게요. 맡겨주세요."

위지원 변호사는 작은 주먹을 꼭 쥐면서 야무지게 말했다. 강윤태도 위지원 변호사라면 믿고 맡길 수 있다고 거들었고.

"그러면 나는 일단 CCTV하고 주변 주차된 차량 블랙박스나 그런 것부터 찾아볼 테니까."

"나는 형님 도움을 좀 받아야겠어. 이런 쪽으로 특화된 사람들에게 선을 넣어보지."

그렇게 혁민은 혁민대로, 윤태는 윤태대로 율희를 찾기 시작했다. 하지만 막막했다. 율희가 납치된 건 집 근처인 것 같은데, 어떻게 한 것인지 흔적을 찾을 수가 없었다.

허 대리가 보여준 CCTV 화면으로는 어느 부근에서 사라졌겠구나 하는 추측 정도만 가능했는데, 그것도 범위가 제법 넓었다. 그 부근에서 혹시 주차되어 있던 차량이 없을까 찾아보 았는데, 거기서도 별다른 소득은 없었다.

시간을 들여 계속 조사하다 보면 무언가 나올 수도 있겠지 만, 혁민은 지금 속이 타들어가는 것 같아서 미칠 지경이었 다. 한시가 다급한데 아무런 단서도 없었기 때문이었다.

"어떻게 뭐 좀 찾으셨어요?"

사무실로 돌아온 혁민에게 위지원 변호사가 조심스럽게 물었다. 혁민은 천천히 고개를 내저으며 한숨을 크게 내쉬었 다.

"아직은… 그래도 일단 시간대하고 장소는 대충 알았으니 까 어떻게든 찾아봐야지."

"저기… 제가 준비하면서 생각을 해봤는데요……."

위지원 변호사는 머뭇거리다가 말을 꺼냈다.

"저번에 받았던 거 있잖아요? 배후에 관해서 제보가 온 것 말이에요."

"아, 그거? 그래, 생각나네. 일단은 두고 보자고 했었지."

위지원 변호사는 확실한 건 아니지만, 율희가 납치된 게 아 무래도 그쪽하고 연관이 있지 않겠느냐고 이야기했다. 혁민 은 그 말을 듣고는 벌떡 몸을 일으켰다.

"그래, 그쪽에서 한 일이지. 가만, 그 서류가 어디 있더라?"

왜 그 생각을 하지 못했는지 혁민은 자책했다. 당연히 그쪽 에서 움직인 것이니 그쪽을 찾으면 거기에 율희가 있을 것 아닌가. 혁민이 두리번거리자 위지원 변호사가 재빨리 서류를 가져다주었다.

혁민은 재빨리 서류를 넘기면서 전에 본 내용을 찾았다. 분명히 주소가 두 개 있었다. 하나는 백 선생이 잡혀 있던 안가의 주소였고, 다른 하나는 장중범이나 백 선생도 모르는 주소였다.

"그래, 일단 안가하고 이 새로운 주소부터 가봐야겠어. 일단 다른 사람에게도 연락을 하고……."

혁민은 곧바로 다른 사람들에게 연락을 돌렸다. 민주엽과 장중범이 얼마 지나지 않아 달려왔고, 강윤태도 덩치가 좋은 남자 몇 명을 데리고 도착했다. 다들 도착하자마자 단서라도 찾은 것이냐면서 물었다.

"무슨 일이야? 뭐 좀 찾았어?"

"윤태, 너도 일단 앉아서 좀 들어봐. 전에 제보를 받은 게 있는데 말이죠."

혁민은 제보받은 내용 중에서 주소가 두 개 있다는 걸 이야기했다. 그리고 한 곳은 백 선생이 잡혀 있던 안가의 주소라는 것도 확인했다고 말했다.

"아마도 이놈들이 한 짓일 겁니다. 그러니 이들이 있는 곳을 뒤지다 보면 무언가 나오겠죠."

"그래. 그편이 더 나을 수도 있겠군. 근데 안가야 그렇다 치고 다른 한 곳은 어딘가?"

장중범이 다급하게 장소를 물었다. 장중범은 왜 안가 생각을 하지 못했는지 모르겠다면서 자신의 머리를 때렸다. 다른 한 곳은 안가와 서울의 중간쯤에 위치한 곳이었는데 그 부분과 관련해서 이야기하려다 혁민은 잠시 말을 멈추었다.

강윤태와 같이 온 사람들 때문이었다. 세 명의 남자는 다들 한가락 하게 생겼는데, 어떤 사람들인지 모르니 이야기를 꺼내기가 좀 그랬던 것이다. 혁민이 자신의 뒤에 있는 남자들을 쳐다보는 것을 본 윤태는 어떤 사람인지를 설명했다.

"아, 날 도와주실 분들이야. 공식적으로는 아무 데도 소속되어 있지 않은 분들인데, 일처리는 확실한 분들이라고 하더군."

혁민은 아마도 그룹의 지저분한 일을 처리하는 사람들일 것이라고 추측했다. 혁민은 남자들을 힐끗 보고는 사람들에게 이야기했다. 지금까지야 경황이 없어서 계속 이야기를 했지만, 굳이 저 사람들 앞에서 이야기할 건 없지 않은가.

"일단 얘기는 안에 들어가서 하는 게 좋을 것 같네요? 그게 괜찮겠죠?"

다른 사람들도 다들 동의했고, 윤태는 사람들에게 잠시 있으라고 하고는 사람들을 뒤따라 혁민의 방으로 들어갔다.

"장소가 두 곳이니 나눠서 가는 걸로 할까요?"

"아니, 내 생각에는 차량 두 대로 함께 움직이는 게 좋을 것 같군. 무슨 일이 생길지 모르니까 말이야."

혁민은 자신과 윤태가 각각 한 곳씩 맡아서 조사하는 게 어떨까 했는데, 장중범이 반대했다. 어차피 거리가 먼 것도 아니니 같이 움직이는 편이 더 좋겠다는 거였다.

"먼저 이곳을 가고 그다음에 같이 안가로 가는 걸로… 그리고 상황이 상황이니만큼 거친 방법을 사용해야 할 수도 있다는 건 다들 알지?"

민주엽은 당연한 일이라면서 고개를 끄덕였고, 장중범은 그런 상황이 되면 혁민과 윤태는 일단 빠져 있으라고 이야기했다.

"밖에 있는 친구들하고는 내가 좀 이야기를 해보지. 몇 가지만 물어보면 대충 알 수 있으니까. 자세한 건 현장 도착해서 정해야겠어. 정보가 워낙 없으니까."

이런 일에는 그래도 장중범이 전문가라고 할 수 있다. 그래서 혁민은 그에게 지휘를 부탁했다. 장중범은 굳은 표정으로 받아들였고, 곧바로 나가서 강윤태가 데리고 온 사람들과 이야기를 나누었다.

몇 마디 이야기만 하고는 바로 출발하기로 해서 다들 준비를 했는데, 혁민은 갑자기 생각이 난 듯 사람들에게 물어보았다.

"그나저나 배 실장은 왜 이렇게 연락이 안 되는 거죠? 혹시 연락되신 분 있으세요?"

"아니. 계속 연락이 안 되던데… 혹시 같이 어떻게 된 건가?"

"설마… 하긴 그쪽에서 신경을 많이 쓰는 것 같기는 하던
데……."

혁민은 자신에게 이야기를 전달하는 배 실장을 요주의 인
물로 생각하고 있다는 게 떠올랐다. 그래서 미연에 위험 요소
를 제거하려고 손을 썼을 수도 있다는 생각이 들었다.

"어쨌거나 그놈들을 찾게 되면 알 수 있겠지. 어서 가자
고."

이야기를 마친 장중범이 혁민의 방에 얼굴을 들이밀더니
어서 움직이자고 재촉했다. 사람들은 굳은 얼굴로 빠르게 밖
으로 빠져나갔다.

＊　　　＊　　　＊

"이거 우리가 올 줄 알고 이런 건가?"

안가에 도착한 일행은 망연자실한 표정이었다. 이곳에 오
기 전에 들른 장소도 텅텅 비어 있더니, 안가도 마찬가지였
다. 가구나 집기는 그대로 남아 있었지만, 중요한 것들은 모
두 가져간 후였다.

'정보를 받았을 때 바로 움직일걸. 그랬으면 어떤 단서라
도 얻을 수 있었을 텐데.'

혁민은 후회막급이었다. 하지만 어떤 단서라도 남아 있을
지 모르니 일단은 이곳을 샅샅이 뒤져 보기로 했다.

"아까도 그렇고 여기도 그렇고 상당히 다급하게 뜬 것 같아. 그러니까 뭐라도 남아 있을지 모른다고. 조금이라도 단서가 될 만한 게 있는지 잘 찾아보라고."

장중범은 각자 맡을 구역을 정해주고 뒤지기 시작했다. 하지만 급히 옮기면서도 챙길 건 전부 챙긴 모양이었다. 딱히 단서라고 할 만한 게 없었다.

"전부 가져가지는 못했을 건데… 어디 소각장 같은 거라도 있는 건가?"

민주엽이 구석구석을 뒤지면서 중얼거렸는데, 실제로 소각장이 지하에 있었다. 하지만 소각장에는 허연 재만 남아 있을 뿐 어떠한 단서도 남아 있지 않았다.

"이제 어떻게 해야 하죠? 이놈들이 어디로 갔는지 알아볼 방법이 없을까요?"

"난감한데? 그나마 여기가 희망이었는데……."

다들 허탈해서 기운이 하나도 없는 모습이었다. 강윤태가 데려온 사람들이야 멀쩡했지만, 나머지는 다들 축 늘어졌다. 율희를 어떻게 찾아야 할지 막막했기 때문이었다.

"살아 있을 거야. 놈들이 왜 율희를 데려갔겠어? 돌아가는 상황이 자기들에게 불리하니까 데려간 거잖아. 연락이 올 거라고. 아마도 소송을 포기하거나 어떤 조건을 걸겠지."

장중범이 아직 희망은 있다고 이야기했다. 무슨 일인지는 모르겠지만, 이렇게 급하게 도망친 걸 보면 무슨 일이 있는 게 틀림없다면서.

"그렇겠죠. 살아 있을 거예요."

혁민은 제발 살아서 돌아올 수만 있으면 뭐든 들어주겠다고 생각했다. 소송? 그깟 소송 포기해도 된다. 이번에 못 하면 다음에 하면 된다. 하지만 목숨은 다음이라는 게 없는 거 아닌가. 혁민은 뭘 요구해도 들어주겠다고 생각했다.

하지만 무사할 것이라고 생각하면서도 불안한 마음은 진정이 되지 않았다. 이미 일을 당한 건 아닌가 싶어서 심장이 갈라지는 것 같았다.

"일단은 돌아가지. 다른 데서 단서가 나왔는지도 알아보고… 혹시 알아? 그쪽에서 먼저 연락이 올 수도 있으니까."

다들 힘없이 고개를 끄덕이고는 자리에서 일어났다. 터벅터벅 안가를 나와 타고 온 자동차를 향해 걸어가는데 갑자기 혁민의 핸드폰이 울렸다.

"배 실장?"

혁민은 깜짝 놀라서 곧바로 전화를 받고는 곧바로 무슨 일이 있는 것이냐고 물었다. 그런데 배 실장은 생각지도 못했던 이야기를 했다.

—지금 추격을 받고 있습니다. 연락하려고 했지만, 워낙 상대가 위협적으로 나와서 미처 겨를이 없었습니다. 저 혼자라면야 어떻게든 몸을 뺄 수 있겠지만, 같이 있는 율희 양이……

"율희요? 율희가 같이 있어요?"

혁민이 율희라고 하는 말을 듣자 사람들이 전부 혁민의 주변으로 몰려들었다. 평소라면 당연히 스피커폰으로 전환했겠지만, 지금은 그런 걸 생각할 경황이 없었다. 혁민은 미친 듯이 전화기에다 대고 소리를 질렀다.

"지금 어딘데요? 율희는 무사해요? 예?"

—지금 배터리가 거의 다 돼서 길게 통화는 못 할 것 같습니다. 율희 양은 무사하고 지금 있는 곳은……

일단 율희가 무사하다는 사실만으로도 혁민은 한시름 놓았다고 생각했다. 그리고 장소가 어디인지 듣고는 조금 더 자세한 걸 물어보려고 했는데, 배터리가 다 됐는지 통화가 끊어졌다.

"여보세요? 여보세요?"

혁민은 짜증과 안도감을 동시에 느끼면서 복잡한 표정이 되었다. 사람들이 그런 혁민에게 질문 공세를 퍼부었다.

"뭐래? 어디 있대? 무사한 거야? 율희가 무사한 거냐고?"

"배 실장 목소리 같던데. 같이 있는 거야?"

혁민은 사람들에게 들은 대로 이야기를 해주었다. 같이 도망치는 중이며 연락을 하려고 했는데, 워낙 상대가 위협적으로 나와서 그럴 겨를이 없었다고.

"그랬을 테지. 혼자라면 모르겠지만, 율희까지 보호하려면 쉽지 않았을 테니까."

"빌어먹을 새끼들. 아마 차를 들이받아서라도 납치하려고 했을 거야. 그놈들도 급하니까. 그런데 어디 있대?"

혁민은 자신이 들은 장소도 이야기했다.

"산이라네요. 처음에는 피하느라 그랬지만, 나중에는 통화권 이탈이라서 계속 연락하지 못했다고……."

"산? 요즘 산이라고 해도 대부분 통화가 될 텐데?"

"아니면 통신을 방해하는 걸 수도 있고. 아무튼, 그게 중요한 게 아니죠. 빨리 구하러 가죠."

혁민은 둘이 있는 장소로 움직이자고 이야기했다.

"저들이 일부러 그쪽으로 몬 것 같다고도 했어요. 거기 놈들 아지트가 있는 것 같다더군요. 그러니 빨리 움직여야 할 것 같아요."

"그래. 하루 정도야 어떻게 버티겠지만, 이제는 기력이 없을 거야. 적은 휴식도 하고 음식도 먹겠지만, 배 실장과 율희는 아니니까."

사람들은 곧바로 차에 올라타고는 출발했다. 배 실장과 율희가 있는 곳으로.

*　　　*　　　*

일행이 향한 곳은 용문산이었다. 혁민을 비롯해서 누구도 가본 적 없는 곳이었다. 그래서 아무런 정보나 단서 없이 배 실장에게 들은 말에만 의존해서 그들을 찾아야 했다.

"생각보다 산이 큰데?"

장중범이 심각한 표정으로 중얼거렸다. 들어보지 못한 산이라 그렇게 크지 않으리라 생각했고, 그래서 도착만 하면 찾기 어렵지 않으리라 생각하고 있었다. 하지만 그건 오판이었다.

"이거 만만치 않겠어. 주차장 서쪽이라고 해서 쉬울 줄 알았는데……."

차로 어디까지 이동했고, 어느 방향으로 도망쳐 숨어 있다는 것까지 이야기를 들어서 어렵지 않을 줄 알았는데, 주변을 둘러보니 절대로 만만한 일이 아니라는 생각이 들었다.

그리고 본격적으로 일을 시작하기도 전에 문제가 발생했다. 혁민에게 모르는 번호로 전화가 왔는데 전화를 건 남자가 자신이 율희를 잡고 있다고 말했다.

─이 정도면 얘기할 자격은 되지 않을까 하는데…….

"율희를 잡고 있다고? 너 누구야?"

─어허, 이거 왜 이러시나. 흥분해서 좋을 일이 뭐가 있다고…….

상대는 아주 능글거렸다. 혁민은 기억을 더듬어보았지만, 떠오르는 사람이 없었다. 변조된 것도 아니었는데, 처음 듣는 목소리였다. 혁민은 마음을 진정시키고 대꾸했다.

"일단 율희부터 바꿔. 무사한지… 확인부터 해야겠다."

상대도 율희가 얼마나 소중한 존재인지 아니까 납치를 한 거겠지만, 그렇다고 너무 약한 모습을 보이는 건 좋지 않다고 생각했다. 혁민은 최대한 단호한 음성으로 이야기했다. 하지만 긴장되고 목소리가 살짝 떨리는 건 어쩔 수 없었다.

　―그건 좀 곤란하겠는데? 이곳에 있는 게 아니라서 말이야. 하지만 곧 들려줄 수 있지. 그런데 그것보다⋯⋯.

　남자는 일단 소송을 모두 취하하라고 이야기했다. 그리고 가지고 있는 자료를 모두 넘기고. 그런 조건이 충족되면 인질을 돌려주겠다고 했다.

　"그렇게 하지. 대신 율희가 무사한지 먼저 확인하고 나서!"

　―아니, 소송부터 모두 취하해. 이쪽과 관련해서 진행하고 있었던 건 그렇게 하고, 진행하려고 준비 중인 건 그대로 접고 말이야. 그리고 자료도 싹 준비를 하시고.

　상대도 강하게 나왔다. 혁민은 적당히 대꾸하다가 상대의 조건을 받아들였다. 어차피 혁민이 이길 수 없는 싸움이었기 때문이었다.

　"좋다. 그러면 소송부터 취하하지. 그러면 율희가 무사한지 확인을 시켜주는 거다. 그렇게 하면 서로 공평할 것 같은데."

　그 후에 자료와 인질을 교환하자고 이야기했다. 상대도 그정도 조건이라면 받아들이겠다고 이야기했다. 통화가 일단락되자 혁민은 깊은 한숨을 내쉬었다.

통화를 시작한 지 얼마 되지 않는 것 같았는데, 시간을 보니 거의 한 시간 가까이 지나 있었다. 아마도 긴장을 한 상태에서 협상을 해서 그런 듯했다. 역시나 통화가 끝나기를 기다리고 있던 사람들이 몰려들어 질문을 퍼부었다.

"어떻게 된 거야? 율희가 잡혀 있다고?"

"목소리는 들었어? 무사한 건 확실하고?"

혁민은 사람들을 진정시키고 대화한 내용을 모두 말해주었다.

"소송을 취하하고 가지고 있는 자료를 모두 넘기라네요. 그래서 일단 소송은 취하한다고 했습니다. 그리고 자료와 율희를 교환하자고 했구요."

다들 당연한 일이라고 받아들였다. 소송도 중요한 일이기는 했지만, 사람의 목숨보다 중요할까. 그것도 가장 가까운 사람인데 말이다. 그런데 강윤태가 데리고 온 사람 중 한 명이 의문을 제기했다.

"그들이 인질을 데리고 있는 게 확실합니까? 일단은 그것부터 확실하게 해야 합니다."

"목소리를 듣지는 못했습니다. 그곳에는 없다고 하더군요. 하지만 소송을 취하하면 확인시켜 준다고 했구요."

혁민의 대답을 들은 장중범이나 민주엽도 살짝 고개를 갸웃거렸다. 워낙 경황이 없어서 이상하다는 점을 생각지 못했는데, 이야기를 듣고 보니 조금 아귀가 맞지 않는다는 생각이 들어서였다.

강윤태가 데리고 온 사람 중에서 리더로 보이는 사람은 확실히 이상하다면서 이야기했다.

"이럴 경우 상대가 인질의 안전 여부를 체크하리라는 건 상식 중의 상식입니다. 그런데 인질이 그곳에 없다? 상식적으로 판단해 볼 때 무언가 문제가 있는 겁니다. 혹시 상대의 목소리에서 다급함이나 당황하는 건 느끼지 못하셨습니까?"

혁민은 잠시 생각하다가 고개를 저었다. 대화를 하면서 그런 건 전혀 느끼지 못했기 때문이었다. 오히려 여유 있고 능글맞다는 느낌을 받았다.

"굉장히 여유 만만하게 들렸는데… 아주 능구렁이 같은 느낌이 들었고……."

"흠… 경험이 많은 자여서 티가 나지 않았을 수도 있습니다. 인질을 옆에 데리고 협상을 하는 게 기본인데……."

남자는 그래야 협상력이 커진다고 이야기했다. 상대에게 인질의 목소리를 들려주고 동요하도록 하는 게 아무래도 협상에 유리하지 않겠는가.

"그렇지 않았다는 건 크게 두 가지로 생각해 볼 수 있을 것 같습니다."

남자는 급하게 소송을 막아야 하는 경우가 아니면 시간을 끌고 있는 것 같다고 이야기했다. 장중범이나 민주엽도 그 이야기에 동의했다.

"소송을 이렇게까지 급하게 막아야 하는 이유는 없는 것 같은데……."

혁민도 분명히 무언가 이상하다는 건 느낄 수 있었다. 하지만 이성적으로야 그렇다고 생각했지만, 확신할 수는 없었다. 만약 자신들이 생각하지 못한 다른 이유가 있는 거라면 크게 낭패를 볼 수도 있기 때문이었다.

그건 장중범이나 민주엽도 마찬가지였다. 남자의 말에 동의는 했지만, 변수가 많으니 신중해야 한다고 거듭 강조했다. 잘못하면 평생을 후회할 수도 있는 일이니 신중에 신중을 기하는 거였다.

"그럼 어떻게 하는 게 좋을까요?"

"일단은 소송은 취하하도록 하고, 그러면서 배 실장과 율희를 찾아보는 게 좋을 것 같은데?"

어떤 상황인지 모르니 수색하는 것도 포기할 수는 없었다. 혁민은 사람들과 상의해서 둘 다 진행하는 것으로 결정을 내렸다. 그래서 위지원 변호사에게 전화해서 소송은 취하하도록 하고, 사람들과 함께 수색에 나섰다.

"일단은 이곳에서 서쪽. 근처에 별장 같은 건물이 있고……."

사람들은 정보를 다시 한 번 확인한 다음 두 무리로 나뉘어 수색을 시작했다. 일행은 혁민과 윤태에게는 차에 남아 있으라고 했지만, 둘 다 그 말을 듣지 않았다. 이런 상황에서 어떻게 차에 가만히 앉아 있겠는가.

둘은 사람들과 함께 산으로 향했다. 등반로가 없는 곳이었지만, 모두 개의치 않았다.

그리고 같은 시각.

"어떻게 나오던가? 잘 속아주던가?"

"제가 누굽니까. 하지만 잠깐 시간을 번 것뿐이니 빨리 움직여야 할 겁니다."

선생님의 질문에 남자는 큭큭대면서 말했다. 재수 없는 웃음이었지만, 선생님은 그걸 지적할 만한 기력도 남아 있지 않았다.

"지금 몇 명이나 남은 거지?"

"아시면서 뭘 물으십니까. 저하고 덩치, 그리고 사이코패스 그 자식 빼면 셋밖에 없습니다. 오다가다 다 당해서요."

남자는 선생님까지 딱 일곱 명이라고 말했다. 절반 이상이 당한 상황. 선생님은 입술을 깨물면서 책상을 쾅 하고 내려쳤다.

"이 자식들이 이렇게 나온다 이거지? 어? 내가 이대로 당할 줄 알아?? 조금만 있으면 니들을 내가 아주 갈아서 마셔 버릴 테니까 기다리고 있어."

조금만 더 빨리 움직였다면 이렇게 타격이 크지 않았을 텐데 너무나도 아쉬웠다. 이곳으로 오기 직전에 습격이 있었다.

누가 습격했는지야 확인하지 않아도 뻔한 일.

　그 자식들이었다. 자신이 구린 곳을 전부 처리해 주었던 그놈들. 상황이 조금 묘하게 돌아가니 이제는 자신을 처리하고 자신에게 모든 죄를 덮어씌울 생각인 듯했다.

　'무기나 장비라도 제대로 챙겼으면 이 정도는 아니었을 텐데……..'

　혁민 일행이 갔을 때 말끔하게 치워져 있었던 것은 선생님이 한 것이 아니라 습격한 자들이 한 거였다. 중요한 정보 같은 거야 선생님이 들고 나왔지만, 남아 있던 건 습격한 자들이 싹 없애 버렸다. 그렇게 명령을 받았으니까.

　'그나마 내가 안가를 떠난 후에 습격을 받은 게 다행이라고 생각해야 하는 건가? 아니야, 이대로 무너질 수는 없지.'

　그는 이를 으드득 갈면서 말하고는 어떻게든 인질을 잡아서 반격해야 한다고 이야기했다. 그렇게 말을 하고 보니 수색하고 있는 부하들에게 짜증이 확 치밀어 올랐다.

　"아니, 고작 두 명인데 왜 잡지를 못하는 거야? 무기가 있는 것도 아니고, 여자 한 명을 데리고 도망치는 놈이잖아. 왜 못 잡는 거야? 도대체 왜??"

　"저야 뭐 알겠습니까. 저야 사람 손질하는 거 전문이니까."

　남자는 인력이 줄어서 그런 것 같다고 말했다. 게다가 실력 있는 자들이 많이 당한 것도 있었고. 자신이나 사이코패스는 수색 같은 것에는 별로 도움이 되지 못했다.

　그렇다는 건 네 명이 수색한다는 거였다. 더구나 여자를 보호하고 있는 자는 실력이 무척 좋은 자였다. 수색하는 네 명 중에 둘은 그에게 당해서 몸이 좋지 않은 상태였으니까. 그러니 잡히지 않는 것도 무리는 아니라고 남자는 생각했다.

　"아무튼, 반드시 잡아야 해. 그러면 손쉽게 반격을 할 수 있다."

　"아니, 그러면 왜 소송을 그만두라고 하신 겁니까? 그렇다면 소송은 계속 하라고 내버려 둬야 하는 거 아닌지……."

　남자는 궁금하다는 듯 이야기했다. 그러자 선생님은 잠시 머뭇거리다가 이야기했다. 상황이 이렇게 된 판국에 뭘 숨기겠는가.

　"지금은 우리가 열세이니 시간을 좀 벌어야 할 것 아닌가. 그쪽에 납작 엎드리는 척하는 거지. 우리는 절대적으로 충성할 테니 살려만 달라. 이렇게 말이야."

　"아하. 그러니까 우리는 충성을 다할 것이고, 이렇게 열과 성을 다하고 있습니다. 그러니 좀 봐주십시오, 하는 거군요."

　선생님은 그렇다고 이야기했다. 자신들이 쓸모가 있다면 저들은 과하게 손을 쓰지 않을 거라는 거였다.

　"저들이 마음먹고 나오면 끝장이야. 가장 무서운 건 그들이지. 그러니 일단은 그들부터 진정을 좀 시켜줄 필요가 있어. 일단 살고 나야 그다음도 있는 거 아니겠나."

"맞는 말씀입니다. 살고 나서야 뭐든 할 수 있는 거죠. 그 래서 그 경계가 아주 매력적인 지점이거든요. 제가 그 근처를 오가는 걸 좋아하는 것도 다 이유가 있는 겁니다."

남자는 그렇게 말하고는 큭큭대면서 웃었다. 선생님은 속 으로는 미친 살인마 새끼라고 욕을 했지만, 겉으로는 그냥 그 러냐고 말했다.

*　　　*　　　*

산을 수색하는 건 생각한 것보다 훨씬 힘들었다. 혁민 일행 을 더욱 힘들게 만든 건 가능하면 기척을 내지 않아야 한다는 거였다.

사실 조난자를 찾는 것같이 소리를 크게 내면서 다니면 찾 는 게 그렇게까지 어렵지는 않을 것이다. 산이 크다고는 해도 심산유곡이라고 할 정도는 아니었으니까. 하지만 적의 아지 트가 있다고 생각되는 곳이다.

"이렇게 해서 찾을 수 있을는지 모르겠는데요? 아무래도 힘들지 않을까요?"

"그렇게 생각할 건 아냐. 지금 우리가 움직이고 있는 건 율 희를 찾는 게 목적이 아니라고."

장중범의 말에 혁민은 걸음을 멈추고 의아하다는 표정을 지어 보였다. 지금 율희와 배 실장을 찾으려고 이 고생을 하는 건데 그게 아니라는 말은 도대체 뭐란 말인가. 하지만 장중범은 이내 궁금증을 풀어주었다.

"숨어 있는 배 실장과 율희를 우리가 어떻게 찾겠나. 그건 거의 불가능할 거야. 사전에 표식을 정한 것도 아니고."

게다가 표식은 오히려 위치를 노출시킬 수도 있어서 위험하다고 했다. 그러니 지금 최선은 배 실장이 자신들을 보게끔 하는 거라고 이야기했다.

"그러니까 부지런히 돌아다니자고. 상대도 찾고 있을지 모르니까 그놈들에게는 들키지 않게 조심하고."

장중범은 그렇게 이야기하고는 주변을 살피면서 걸음을 옮겼다. 그렇게 얼마를 움직였을까. 갑자기 장중범이 손가락으로 어딘가를 가리켰다.

"저기, 저거 집 아냐?"

"어디요?"

혁민과 민주엽이 동시에 장중범이 가리킨 곳을 살폈다. 지형지물에 가려서 잘 보이지는 않았지만, 분명히 건물이 맞는 듯했다.

"저게 그놈들 아지트?"

"그거야 모르지. 그냥 이곳에 사는 사람이 지은 걸 수도 있고, 대피소같이 만들어놓은 걸 수도 있으니까."

장중범은 일단 근처로 가서 확인을 해보자고 이야기했다. 세 명은 숨을 죽이고 조심스럽게 건물 근처로 움직였다.

＊　　　＊　　　＊

번듯한 건물이라고 보기에는 어려웠다. 간이 건물이라고
할 정도는 아니었지만, 제대로 지어진 건물이 아닌 건 척 봐
도 알 수 있었다.

"하기야 제대로 길도 나지 않았는데 저런 걸 지은 것만 해
도 신기한 일이지."

"원래 있던 건물을 늘린 것 같은데?"

장중범과 민주엽이 목소리를 낮추어 소곤소곤 이야기했
다. 일행은 건물을 발견하고는 제법 떨어진 곳에서 주변에 인
기척이 있는지 유심히 살폈지만, 어떤 인기척도 느낄 수 없었
다.

그냥 버려진 건물이 아닐까 싶기도 했는데, 일단은 조금 더
가까이 가서 살펴보기로 했다. 그런데 일행이 건물 쪽으로 움
직이려 했는데 갑자기 장중범이 손을 들더니 모두를 멈추게
했다.

"무슨 일이에요? 뭐라도 발견한 건가요?"

혁민이 아주 작은 소리로 물어보았는데, 장중범은 미간을
찌푸리면서 손가락을 입에 가져다 댔다. 그리고는 몸을 낮추
고 주변을 둘러보았다. 혁민은 왜 그러나 싶었는데, 민주엽도
그러고 있는 걸 보고는 자신도 따라 하게 되었다.

주로 지금 있는 위치에서 경사진 위쪽을 살폈는데, 혁민의 귀에 무언가 소리가 들렸다. 집중하면 들리지 않을 법한 소리였는데, 톡 하고 무언가가 떨어지는 소리였다.

혁민은 어디서 나는 소리인가 두리번거렸는데, 장중범과 민주엽은 이미 동시에 한곳을 쳐다보고 있었다. 처음에는 잘 구별이 되지 않았는데, 자세히 보니 저 위쪽에 사람이 있다는 걸 알 수 있었다.

'배 실장이잖아? 역시 아직 잡히지 않았어.'

혁민은 크게 소리라도 지르고 싶었다. 배 실장이 있다는 건 율희도 아직 무사하다는 거니까. 가슴이 쿵쿵거리며 빨리 뛰는 걸 느꼈는데, 민주엽도 격한 감정을 느끼고 있다는 게 표정에 고스란히 드러났다.

저들의 전화를 받고 이미 잡힌 줄 알았다. 중요한 인질이니 함부로 다루지야 않겠지만, 어떤 고초를 당할지 모르는 일이다. 그리고 저들의 요구를 들어주어도 어떻게 될지는 모르는 일 아닌가.

최악의 경우에는 자기들 욕심만 차리고 처리해 버리는 경우도 있다. 그런 생각에 불안해하면서 아직 무사하기를 바라면서 이곳으로 온 거였다.

"조심! 근처에 사람들이 있는 것 같아."

장중범이 아주 작은 목소리였지만, 확실하게 경고했다. 장중범과 배 실장은 수신호를 주고받고 있었는데 배 실장이 가리킨 곳을 보니 정말 사람들이 보였다. 그곳에 사람이 있다는 걸 알고 자세히 보지 않았다면 알 수 없었을 것이다.

그건 저들도 마찬가지일 것이다. 게다가 저들이야 움직이고 있으니 혁민 일행이 그들의 존재를 알 수 있었지만, 이쪽은 사정이 다를 것이다. 저들을 의식하고 조심스럽게 움직일 테니까.

'서너 명 정도인가? 생각보다 인원수가 적은데?'

혁민은 나누어서 사람을 찾는다고 생각했다. 일단 찾고 나서 뒤쫓는 거라면 모르겠지만, 이 넓은 산속을 서너 명이 뒤지고 있다고 생각하지는 않았다.

장중범은 수신호를 조금 더 주고받고는 조심스럽게 움직이기 시작했다. 만날 장소를 대충 정하고 움직이는 거였다.

*   *   *

말로 표현하기 어려울 정도로 감동적인 상봉이었지만, 소리를 내지 못해서 꽤 이상한 모습이었다. 민주엽은 딸을 꼭 껴안고는 아무런 말도 하지 못하고 눈을 감고 있었고, 그 후에 혁민도 율희와 포옹을 하고는 그저 낮은 소리로 속삭이기만 했으니까.

율희의 수척한 모습을 대하니 눈물이 쏟아질 것 같았다. 하지만 만남의 기쁨을 계속 누리면서 뭉그적거릴 수는 없었다.

사람들은 감정을 추스르고 상황을 살피면서 움직였다.

　주차장까지 가는 건 생각보다 어렵지 않았다. 배 실장이 수색하는 사람은 서너 명이 전부라고 이야기를 해주었으니 그 사람들만 조심하면 되었다.

　"거기는 안전한 거죠?"

　혁민은 장중범에게 물었다. 율희의 외가가 마침 이곳에서 멀지 않아서 일단 거기로 옮기고 안정을 취하고 있었다. 민주엽과 배 실장이 함께 있었고.

　"지금 저놈들은 그런 걸 신경 쓸 여유도 없는 것 같은데? 왜 그런지는 모르겠지만 말이야."

　"그러니까요. 갑자기 무슨 일이 생긴 건지 모르겠네요."

　저들의 수는 왜 저렇게 준 것이고, 무슨 일이 있었던 것인지 궁금했다. 하지만 중요한 건 저들의 상황이 상당히 안 좋다는 점이었다. 혁민은 이 점을 어떻게 이용할지가 고민이었다.

　"아무래도 버림받은 거겠죠? 그것 말고는 딱히 떠오르는 게 없는데."

　"그럴 가능성이 가장 높긴 하겠지. 아무튼, 우리한테는 좋은 거 아닌가."

　"글쎄요. 저들이 저렇게 되었으니 당장은 조금 안전하겠지만……."

　딱히 안전해졌다는 생각이 들지는 않았다. 저들이 없어지면 다른 자들이 나타나서 그 자리를 메울 것이다. 그러면 그 자들은 또 똑같은 짓을 할 것이고.

"그러니 그런 상황이 계속 반복될 겁니다. 그래서는 아무런 소용이 없어요."

그런 대화를 나누면서 지금 상황을 어떻게 이용해야 좋을까 궁리하는데, 혁민에게 연락이 왔다. 어제 왔던 그 번호였다.

—어떻게 생각은 해보셨나?

상대는 여전히 능글맞은 말투로 이야기했다. 혁민은 상대가 아직도 허세를 부리고 있음을 알 수 있었다. 상대는 지금 혁민의 불안감을 이용해서 무언가를 하려고 하는 거였다.

하지만 이미 율희를 구해낸 뒤인데 그런 게 통하겠는가. 하지만 혁민은 슬며시 장단을 맞춰주었다. 상대가 어떻게 나오는지도 보고 제대로 충격을 주기 위해서였다.

"일단 율희가 안전한지부터 확인합시다. 오늘은 가능하다고 했죠?"

—어허. 뭐가 그리 급하나. 일단 어떻게 할지부터 이야기를 하자고.

상대는 시간을 끌면서 자신이 의도하는 대로 일을 진행하려고 했다. 혁민은 코웃음을 치면서도 상대에게서 알아낼 것이 없는지 계속 찔러보았다. 그런 것이 계속되니 상대도 무언가 이상하다는 걸 눈치챈 것 같았다.

"바꿔주지 않으면 더 얘기할 이유가 없을 것 같군요. 아! 바꿔줄 수가 없구나. 율희를 데리고 있지 않으니까."

혁민의 말에 상대가 갑자기 침묵했다. 블러핑을 하다가 걸 렸으니 무슨 말을 하겠는가. 하지만 상대는 전화를 끊지는 않 았다. 혁민이 무언가 이야기를 할 것이 있어서 이렇게 나왔다 는 걸 아는 것이다.

그만큼 머리도 좋고 상황 판단이 빠르다는 이야기. 하지만 혁민은 질질 끌지 않고 곧바로 이야기했다.

"그쪽 사정도 조금은 알고 있는데… 상황이 바뀌었으니 얘 기하기가 좀 편할 것 같군요."

상대는 계속해서 침묵을 유지했다. 혁민은 상대를 너무 자 극하지 않고 차분하게 이야기했다. 혁민도 상대에게 원하는 바가 있었기 때문이었다.

"어떻습니까? 만나서 진솔하게 이야기를 하기에 좋은 타이 밍인 것 같은데."

─…제가 잠시 후에 다시 연락을 드리겠습니다.

혁민은 그러라고 하고는 통화를 마쳤다.

"뭐래? 만나겠다고 하던가?"

"잠시 후에 연락한다고 하네요. 아마도 전화를 한 사람이 최종 책임자는 아닌 모양이에요."

시간이 필요하다는 건 전화를 한 사람이 결정권이 없다는 뜻일 것이다. 생각할 시간이 필요한 것일 수도 있었지만, 그것보다는 보스가 따로 있을 확률이 높다고 생각했다.

"어차피 만날 수밖에 없을 겁니다. 지금 상황을 타개하려면 그 방법밖에는 없으니까요. 그렇게 되면 배후에서 이런 짓을 한 인간이 누구인지 알게 되겠군요."

혁민은 도대체 누구일지 궁금하다면서 빨리 연락이 왔으면 좋겠다고 이야기했다.

그리고 혁민의 말대로 이 상황을 보고받는 사람이 있었다.

"뭐? 알고 있어? 전부다? 혹시 그놈도 블러핑하고 있는 거 아니야?"

"그럴 가능성이 없는 건 아니지만, 제가 생각하기에는 대부분 알고 있는 것 같습니다."

남자는 얘기를 해본 느낌으로는 그런 것 같다고 말했다. 그 말을 듣자 선생님은 화를 버럭 내면서 책상에 있던 펜과 필통을 집어 던졌다.

"왜? 도대체 왜 일이 이렇게 되는 거야? 이제 거의 다 되었는데. 거의 다!!"

그는 계속해서 무언가를 던지려고 했지만, 책상 위에는 남아 있는 게 없었다. 남자는 그런 선생님을 보면서 픽픽거리면서 웃었다.

'자기 뜻대로 되지 않으니 본모습이 나오는구만. 하기야 그동안 잘 숨기면서 살았지.'

남자는 말을 꺼낼 기회를 보다가 선생님이 조금 진정한 듯하자 조용히 입을 열었다.

"너무 흥분하지 마시고 얘기를 더 들어보시죠. 저쪽에서 한번 만나자고 하더군요."

"뭐? 정 변호사가 만나자고 했다고?"

"그렇습니다. 저쪽도 상황이 그렇게 여유가 있는 건 아니지 않습니까. 그러니까 서로 이야기를 해서 타개책을 찾아보자. 뭐 이런 생각인 것 같더군요."

남자의 말에 선생님은 생각에 잠겼다. 이제는 정말 끝이라고 생각해서 발광한 거였는데, 잘 생각해 보니 아직 끝난 건 아니었다.

"그래, 어떻게든 방법을 찾을 수 있을 거야. 그래, 그쪽하고 손을 잡으면 아직 기회는 있어. 그렇게 시간을 벌고 지금 위기만 넘기면……."

그렇게 되면 자신이 준비한 그림이 얼추 완성되게 된다. 선생님은 어떻게 하는 게 가장 자신에게 유리할까 궁리하다가 일단은 정 변호사와 만나야겠다고 결론지었다.

"일단 만나야겠어. 마지막 승부수를 던져야지. 이대로 끝날 수는 없지. 암, 그렇고말고. 이렇게 끝날 수는 없지."

그는 혁민에게 연락해서 만날 약속을 잡으라고 이야기했다.

*　　　*　　　*

"위험하지 않을까? 만날 생각이 있으면 자기가 오든지 해야지 누굴 오라 가라야?"

장중범은 버럭 화를 냈다. 상대에게서 연락이 와서는 만나자고 했는데, 문제는 장소였다. 장소가 산에 있는 저들의 아지트 부근이었던 것이다.

"상황이 그래서 이해를 해달라는데 뭐 어쩌겠어요. 밖으로 나오면 잡혀서 죽을 것 같은가 보죠. 그리고 지금 상황에서 무슨 짓을 하겠습니까."

혁민은 찾아가서 만나겠다고 이야기했다. 하지만 장중범과 민주엽은 혁민을 뜯어말렸다. 무언가 꿍꿍이가 있는 것 같다면서. 혁민은 사람들을 진정시키면서 이야기했다.

"저는 지금이 가장 중요한 시기라고 생각합니다. 물론 위험할 수도 있어요. 저도 그거 압니다. 하지만 그렇다고 가지 않을 수는 없습니다."

혁민은 급한 건 저들이라고 이야기했다. 혁민 일행이야 당장 위험하게 되지는 않을 테지만, 저들은 오늘 어떻게 될지 모르는 판국이니까.

"그리고 저를 어떻게 한다고 해서 저들 상황에 도움이 될건 없으니까요. 그동안 쌓인 악감정 같은 건 있겠지만, 지금은 그게 중요한 게 아니잖습니까."

저들도 필사적일 것이다. 정말 마지막까지 몰린 상황일 테니 지금까지 무엇이든 할 수 있을 것이다.

"그동안 적이었던 저와도 손을 잡을 수 있겠죠. 그렇지 않을까요?"

"그렇긴 하겠지. 하지만 그래도 상식적으로는 생각할 수 없는 놈들이야. 지금 여러모로 잘되어가고 있는데 굳이 이렇게 위험을 감수할 필요가 있나?"

분위기는 점점 혁민 일행에게 유리하게 돌아가고 있었다. 고인수 법무부 차관의 행동이 기폭제가 되어서 사법개혁이 필요하다는 목소리가 각계에서 커지고 있었다.

일반인들의 관심도 높아졌고, 법조계 내무에서도 분위기가 뜨겁게 달아오르고 있었다. 그리고 사법개혁 모임이 관심을 받았다. 고인수 차관 때문에 그런 분위기가 형성된 거였는데, 덕분에 그동안 해왔던 개혁 시도가 많은 사람에게 알려지고 지지를 받았다.

"지금처럼 계속되어도 잘될 거라고. 그러니 다시 생각하는 게 어때? 만나는 거야 괜찮겠지만, 나오게라도 하자고."

"지금 상황이 좋은 것처럼 보여도 계속 그렇진 못할 겁니다. 권력이란 건 무서운 거거든요. 잘 아시잖아요. 저들이 어떻게든 상황을 뒤엎어버릴 거라는 사실."

혁민은 고개를 저었다. 지금 달아오른 분위기를 제대로 터뜨리려면 다른 게 필요했다. 만약 저들이 가지고 있는 증거나 증언을 확보할 수만 있다면 그건 엄청난 일이 될 것이다. 마치 핵폭탄이 터진 거나 마찬가지의 충격이 나라를 휩쓸 것이다.

"다녀오죠. 걱정하지 말고 다들 기다리세요. 다녀오면 완전히 새로운 세상이 열릴 테니까."

혁민은 상대가 협조할 수밖에 없으리라고 생각했다.

그는 약속한 장소로 향했다. 한번 가본 곳이라 그런지 찾아가는 건 어렵지 않았다. 그리고 인적이 거의 없는 낡은 정자 비슷한 걸 발견했다.

"저기구만. 어? 먼저 도착해 있는 건가?"

정자 앞에는 이미 사람이 한 명 있었다. 혁민은 드디어 배후가 누구인지 알게 된다는 기대감을 가지고 천천히 걸어갔다. 가까이 다가가자 상대의 모습이 보였는데, 뒤돌아 있어서 얼굴은 보이지 않았다.

혁민은 다가가면서 인기척을 냈다. 그러자 상대도 혁민이 도착한 걸 알았는지 뒤를 돌아보면서 말을 걸었다.

"반갑군, 정혁민 변호사."

상대는 정혁민의 이름을 또박또박 불렀다.

＊　　　＊　　　＊

"자네랑 이렇게 마주하는 건 오랜만인 것 같군. 그렇지 않나?"

혁민은 충격을 받아 아무런 이야기도 할 수가 없었다. 모든 사건의 원흉이 누구일까 궁금했었지만, 이 사람일 것이라고는 한 번도 생각한 적이 없었다.

최근 고인수 차관의 일로 주목을 받게 되었을 때도 나서서 사람들을 독려한 사람이 바로 이 사람이었다. 이럴 때일수록 마음을 굳게 하고 의지를 다져야 한다면서 사법개혁에 박차를 가하자고 이야기했었다.

"어떻게 당신이……".

혁민은 김문환을 손가락으로 가리키면서 말을 더듬었다. 그가 받은 충격은 상상 이상이었다. 예전 생에서도 그랬고, 지금 생에서도 존경하는 인물 중 한 사람이 바로 김문환 판사였다.

사법개혁 모임의 수장이자 청렴하고 인품이 훌륭한 보기 드문 인물. 모든 사람이 그렇게 알고 있었고, 혁민 역시 그렇게 생각했다. 그래서 나중에 대법관까지 되었을 때 다들 될 만한 사람이 되었다고 생각했다.

그런데 그런 사람이 아주 추악하고 더러운 사건들을 배후에서 조종한 인물이라니. 혁민은 혹시 김문환이 우연히 이곳에 왔다가 자신과 마주친 게 아닌가 하는 생각마저 들었다. 도저히 그럴 수가 없는 장소임에도 말이다.

"일단 좀 앉지. 아이고, 나이를 먹었더니 몸이 예전 같지 않아서 말이야."

김문환은 낡은 정자에 털썩 주저앉았다. 혁민은 잠시 망설이다가 그에게서 조금 떨어진 곳에 앉았다. 여전히 혼란스럽다는 표정을 한 채로.

"많이 놀란 모양이군. 하기야 이런 내 모습을 아는 사람은 거의 없으니까. 아마 다 합쳐도 열 명이 조금 넘는 정도일 거야."

김문환은 너무나도 태연하게 이야기했다. 마치 별것 아닌 이야기를 후배에게 들려주듯이. 하지만 듣는 혁민은 소름이 쫙 돋았다. 뱀이나 다리가 많은 벌레가 몸을 기어 다니는 것 같은 느낌이 들었다.

김문환은 자신으로서는 어쩔 수 없는 선택이라는 이야기를 했다. 무어라 설명을 하긴 했는데, 혁민은 그런 이야기는 하나도 귀에 들어오지 않았다.

"정말 당신이 이 사건들을 지시한 겁니까? 정말 당신이?"

"당신? 그래도 아는 사이인데 말이 과한 것 같군."

혁민은 김문환을 쩨려보면서 이야기했다. 정말 그런 것인지 확인하고 싶었기 때문이었다. 그렇지만 김문환은 기분 나쁜 표정을 지었다. 새까만 후배가 자신에게 '당신'이라는 호칭을 썼기 때문이었다.

아까야 당황해서 그런 것이라고 넘어갔지만, 계속 그렇게 자신을 부르니 거슬렸기 때문이었다. 김문환은 혁민과 이런

상황에서 만났지만, 그런 호칭으로 불릴 만한 사람이 아니라
는 생각을 강하게 하고 있었다.

"호칭 같은 걸로 말 흐리지 맙시다. 정말 당신이 한 겁니
까?"

혁민은 다시 한 번 물었다. 정말 김문환이 사건의 원흉이라
면 개새끼라고 하지 않는 걸 다행으로 알아야 할 것이라고 생
각하면서.

"맞아, 내가 한 일이지. 하지만 자네가 알아야 할 게 있어.
그걸 알아야 제대로 된 대화가 될 것 같은데……".

"제대로 된 대화? 지금 그런 짓을 한 사람이 할 말이 있
나?"

권력자들의 개가 되어서 추악한 짓은 다 한 사람이다. 협박
과 폭행, 살인까지 지시한 사람에게서 어떠한 말도 듣고 싶지
않았다. 하지만 김문환은 그런 혁민은 아랑곳하지 않고 이야
기를 시작했다.

"나는 제대로 된 개혁을 하고 싶었다. 지금 세상이 삐뚤어
지고 잘못되었다는 걸 알고 있었으니까. 하지만 아무리 노력
해도 그렇게 될 가능성이 보이지 않더군."

그는 법을 통해 올바른 세상을 만들어보겠다면서 법조계
생활을 시작했다고 했다. 야망도 컸고 꿈도 큰 사람이었다고
했다. 혁민은 당장 헛소리 집어치우라고 외치면서 얼굴을 후
려갈기고 싶다는 충동이 일었지만, 일단은 참았다.

예전에 자신에게 도움을 많이 주었던, 그리고 한때는 존경했던 선배에 대한 마지막 예의라고 생각하면서. 김문환은 계속해서 이야기를 이어나갔다.

"그런데 내가 개혁과 같은 걸 하려고 하니 싫어하는 사람들이 생기더군. 어떻게 해서든 내 흠집을 잡으려고 별짓을 다했어. 그런데 누군가가 내 뒤를 캐다가 나도 모르는 걸 찾아낸 거야."

김문환은 자신의 할아버지가 친일파였다는 사실을 어떤 사람이 알아냈다고 했다. 그것도 자신이 부패한 법조계의 쓰레기라면서 공격했던 사람이 말이다.

"그 사람이 나에게 오더니 이야기를 하더군. 이게 밝혀지면 내 인생은 끝이라고 말이야. 그러면서 정중하게 사과하고 용서를 빌라고 했어."

그자는 김문환에게 잘못 알고 한 행동이라고 공식적으로 밝히라고 강요했다고 했다. 그리고 그렇게만 하면 뒤를 봐주겠다는 말도 했다는 거였다. 이 사실은 자신만이 알고 있는 것이라고 하면서. 영원한 비밀이 될 수도 있다면서.

"그자는 쓰레기였어. 돈과 권력. 그것만이 그놈의 유일한 관심사였지. 그놈이 한 짓을 생각하면 도저히 그럴 수가 없었다. 내가 왜? 나는 올바른 일을 하려고 하는데 왜 그런 놈에게 머리를 숙여야 하는 거냐고?"

김문환은 살짝 흥분해서 이야기했다. 그는 그자와 말싸움을 벌였고, 이내 몸싸움이 벌어졌다고 했다.

"우연이었어. 그럴 생각은 없었지. 그냥 거칠게 밀었을 뿐인데, 그자가 뒤로 밀린 거야. 마침 뒤는 축대였고. 그냥 툭 떨어지더라고. 나도 놀라서 달려갔지. 아래를 보았는데 전혀 움직이지 않았어."

김문환은 피식 웃더니 말을 이었다.

"그자는 죽어 마땅한 놈이었어. 그때 나는 생각했지. 하늘이 나에게 올바른 일을 할 기회를 주시는구나. 그래서 이런 일이 일어난 거구나."

그는 이 사건이 무사히 넘어가면 이걸 운명으로 생각하고 다른 삶을 살아가겠다고 결심했다고 이야기했다. 결론적으로 사건은 미궁에 빠졌고, 그는 지금까지와는 다른 삶을 살아가기 시작했다는 거였다.

"힘이 없으면 정의를 이야기할 수도 없다. 자네도 잘 아는 거 아닌가? 힘이 곧 정의인 세상이야. 그러니 올바른 정의를 세우려면 힘부터 가져야 한다. 그걸 깨달았지."

혁민은 어처구니가 없었다. 어떻게 이야기가 그렇게 흘러갈 수 있는 것인지 이해가 되지 않았다. 하지만 김문환은 자신의 생각이 절대적으로 옳다고 철석같이 믿고 있는 듯 보였다.

"그래서 어떻게 해야 할지 찾다가 이 일을 하게 된 거야. 태도가 바뀌니까 좋아하는 사람들이 아주 많더라고. 권력자들이 나를 주목하기 시작했지. 그러다가 아주 우연한 기회로 이 일을 하게 되었고."

그다음에는 자신이 생각한 걸 하나둘 만들어 나가기 시작했다고 했다.

"내가 사법개혁 모임을 만들겠다고 하니 처음에는 질색을 했어. 원래 법 위에 군림하는 사람들 아닌가. 그런데 그런 자신들에게 반기를 드는 모임이니 싫어할 수밖에. 하지만 나중에는 오히려 은근히 밀어주더군."

김문환은 그들을 설득했다고 이야기했다. 어차피 완전히 없애기 힘들면 오히려 손안에 두고 조종하는 게 더 좋지 않겠느냐고 하니 관심을 보이더란 거였다.

"그래서 모임에서 간혹 고위직으로 올라간 사람들이 생긴 거군요."

"당연하지. 그렇지 않았다면 그런 일이 가능했을 것 같은가? 지금까지 그나마 개혁이 이루어지고 올바른 방향으로 조금이나마 갈 수 있었던 건 모두 내 덕분이야."

김문한은 기분이 좋은 듯 그 이야기를 하면서 한껏 웃었다. 혁민은 동의할 수 없었지만, 김문환은 자신의 이야기에 흠뻑 도취한 채 이야기했다.

"나랑 손을 잡지. 어때? 나랑 손을 잡으면 우리는 정말 큰일을 할 수 있어. 자네도 잘 알지 않나. 정의를 세우려면 힘이 있어야 한다는 거."

김문환은 힘이 없으면 정의를 부르짖어 봐야 공허한 외침에 불과하다 말하고는 조금만 지나면 그 힘을 자신이 가질 수 있다고 이야기했다.

  "모든 준비가 끝났어. 내가 힘을 갖게 되면 세상이 바뀔 거야. 지금까지 더럽고 역겨운 오물에 몸을 담그면서도 그거 하나로 버텨왔던 거라고. 자네는 그 고통을 절대로 알 수 없을 거야. 그 비참하고 힘겨운 시간을."

  하지만 자신에게는 올바른 세상을 만들겠다는 의지가 있었기에 그걸 모두 이겨낼 수 있다고 말했다. 그리고 이제는 그 꿈이 피어날 때라고 이야기했다.

  "그러니 나랑 손을 잡자고. 정의를 세우기 위해서는 어쩔 수 없는 일도 있는 거야. 보라고. 지금까지 내가 한 일을. 내가 아니면 불가능했을 일들이 대부분이었다고."

  김문환은 전부터 혁민을 눈여겨봤다고 말했다.

  "자네도 법만으로는 한계가 있다는 거 잘 알고 있더군. 그래서 편법이나 다른 방법을 활용한 거겠지. 나는 그런 걸 거리낌 없이 사용하는 자네를 보고 내 후계자가 될 수 있다는 생각을 했어."

  그는 혁민과 같이 유연한 사고방식을 가진 사람을 계속해서 찾아왔다고 했다. 하지만 그런 사람은 찾기 어려웠다. 능력이 있으면 사고가 경직되어 있었고, 유연한 생각을 하는 사람은 추구하는 바가 다른 자가 대부분이었다.

김문환은 혁민이야말로 자신의 뜻을 이어서 큰일을 할 사람이라고 이야기했다. 그는 둘이 이렇게 만난 것도 하늘이 이어준 것이라고 하면서 운명적인 거라고 말했다.

"자네는 나와 비슷해. 그러니 지금부터라도 힘을 합치자고. 그러면 세상을 바꿀 수 있어."

김문환은 그렇게 이야기하면서 손을 내밀었다. 혁민은 가만히 그를 노려보면서 대답했다.

"헛소리는 다 지껄였나? 역겨운 소리 들어주는 것도 더는 못 할 것 같아서 말이야."

혁민의 말에 김문환의 표정이 확 일그러졌지만, 혁민은 코웃음을 치더니 말을 이어나갔다.

"법만으로 힘들면 다른 방법도 동원해야지. 나는 당연히 그렇게 해야 한다고 생각해. 아니! 억울한 일을 당했는데, 원리원칙 지키면서 당하기만 하라고?"

혁민은 다른 의견이 있는 사람도 있겠지만, 자신은 그건 잘못된 게 아니라고 생각한다고 이야기했다. 상대가 권력과 금력을 사용해서 자신에게 유리하게 상황을 만드는데 그냥 당하기만 할 수 있느냐는 거였다.

"그러니까 내 말도 그런 거 아닌가. 그래서 우리는 비슷하다고 한 거야."

김문환은 그러니까 손을 잡아야 한다고 이야기했지만, 혁민은 그의 말을 중간에 확 끊으면서 자신의 이야기를 계속했다.

"아니. 당신과 나는 달라. 모든 일에는 정도란 게 있는 거다. 나는 그걸 넘지 않으려고 노력했지만, 당신은 그걸 아예 넘어선 거야."

혁민은 김문환을 가리키면서 이야기했다.

"당신은 이미 권력에 취해 있어. 처음에야 그렇지 않았을지도 모르지. 하지만 지금은 아니야! 사람의 인생을 망가뜨리고 생명을 빼앗는 짓을 하면서도 조금의 반성도 없는 당신의 모습! 당신은 당신이 쓰레기라고 부르는 사람들과 뭐가 다르지?"

혁민의 말에 김문환은 눈을 부릅떴다. 그리고 절대로 그렇지 않다고 소리쳤다.

"대를 위해서는 희생도 필요한 법이야. 피를 흘리지 않고 혁명이 성공하는 거 봤나? 무언가를 이루기 위해서는 그만한 대가를 치르는 게 당연한 거야."

"그것도 틀린 말은 아니지. 그런데 그거하고 당신이 한 일하고 무슨 상관이지? 당신 손이 피에 젖은 건 권력을 차지하기 위해서잖아."

혁민은 눈을 부라리면서 소리쳤다. 날카로우면서도 묵직한 목소리가 김문환을 덮쳤다. 그는 자리에서 벌떡 일어서면서 손을 휘저으며 말했다.

"무슨 소리야? 내가 지금까지 한 일들을 몰라서 그런 소리를 하나? 나는 그런 놈들이랑은 달라. 세상을 위해서 그런 거란 말이다."

"아니, 변명하지 마. 당신은 그저 당신이 지금 쥐고 있는 권력이 좋았을 뿐이야. 그리고 더 큰 권력을 원했던 것뿐이고."

혁민은 그걸 인정하기 싫어서 온갖 변명을 가져다 붙인 것이라고 이야기했다.

"그렇게 하면 죄책감이 조금 덜어지던가?"

김문환은 충격을 받은 듯 안색이 약간 파리해지고 거칠게 숨을 내쉬었다. 그는 연신 크게 숨을 몰아쉬었는데, 혁민의 말에 대꾸하지는 못했다.

"죄지은 사람은 그만한 대가를 받아야지. 그런 게 정의 아닌가?"

혁민은 김문환에게 이야기했다.

"나는 반드시 이 사건과 관련된 사람들을 법정에 세울 거다. 증거는 무슨 수를 써서라도 확보할 거고 그들이 자신이 지은 죄의 대가를 반드시 치르게 할 거다. 내 정의는 그런 거다."

혁민은 자신의 결심을 단호하게 이야기했다. 지금까지도 그랬지만, 절대로 이 사건과 관련된 사람들이 그냥 넘어가게 하지 않을 것이라고 다시 한 번 다짐했다.

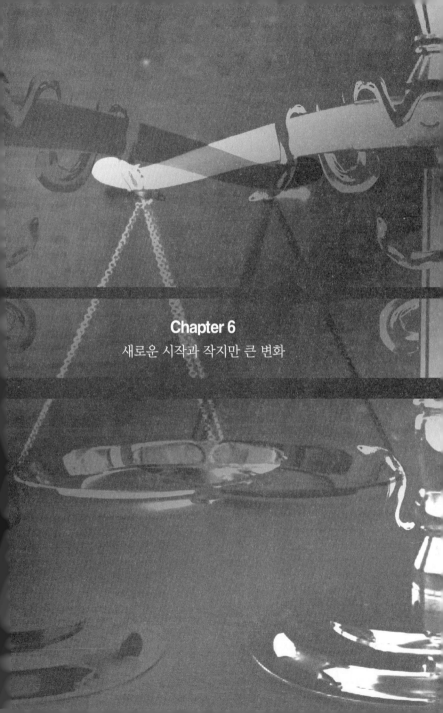

Chapter 6
새로운 시작과 작지만 큰 변화

"당신을 인간이라고 할 수 있나? 당신은 괴물이야."

"아니야. 자네가 오해하는 걸세. 나에 대해서 잘 모르는 거야."

김문환은 절대로 그런 것이 아니라고 힘주어 이야기했다. 혁민은 잠시 그를 노려보았다.

"그렇다면… 그렇게 올바른 길을 가고 싶다면 지금 가지고 있는 모든 자료를 넘기고 증언을 하면 된다. 지금까지 쌓아온 이미지는 모두 무너질 테지만, 그렇게 하면 잘못된 걸 바로잡을 수는 있을 테니까."

혁민의 말에 김문환은 무언가 고민하는 듯했다. 혁민은 그래도 조금은 양심이 남아 있는 건지도 모르겠다는 생각을 했다. 하지만 김문환의 머리는 다른 생각을 하고 있었다.

'지금 내가 계속 이런 이야기를 해봐야 아무런 소용도 없잖아? 굳이 이렇게 싸울 이유가 없지. 그래, 일단 데리고 가자. 아지트로 가서 자료를 가지고 다시 얘기하는 거야.'

같은 이야기가 계속 반복될 상황인데 여기서 시간을 낭비할 필요가 없다는 게 김문환의 생각이었다. 상황이 변하면 생각도 달라지는 법이다.

혁민의 상황도 마냥 좋은 것만은 아니다. 지금까지 악전고투하면서 버텨온 것이다. 그리고 앞으로도 그런 힘겨운 싸움을 계속해야 한다는 걸 잘 알고 있을 것이다. 그러니 증거가 될 자료를 내밀면 생각이 조금 달라질 것이다.

"일단 아지트로 가지. 거기에 모든 게 다 있으니까."

혁민은 당연히 동의했다. 그는 김문환과 걸어가면서 자료를 활용하면 지금까지 있었던 잘못된 일을 바로잡고 새로운 질서를 만들 수 있다고 이야기했다. 전례가 없던 일을 만드는 게 중요하다고 강조하면서.

법조계에서 변화는 새로운 판례가 나오면서 시작된다. 혁민은 세상일도 비슷한 것 같다고 이야기했다. 그러니 지금 뒤에 숨어서 모든 걸 누리기만 하고 책임은 지지 않는 자들을 처벌하게 되면 새로운 질서가 생길 것이라고 이야기했다.

그렇게 이야기하는 사이에 둘은 아지트에 도착했다. 아지

트는 멀리서 보았을 때보다도 훨씬 허름하고 낡아 보였다.

"그런데 아무도 없나 보군요."

혁민은 주변을 둘러보면서 이야기했다. 아무런 인기척도 느껴지지 않았고, 그들이 도착했는데도 누구도 나오지 않아서 물어본 거였다.

"다들 아래서 대기하고 있으라고 했지. 여기서 얘기하는 걸 굳이 다른 사람들이 들어서 좋을 건 없으니까."

그리고 혹시라도 아래서 어떤 움직임이 있으면 바로 연락을 하라고 시켰다. 혁민이 다른 생각을 할지도 모르고, 자신을 노리고 있는 자들이 수를 쓸지도 모르니까.

"들어가지. 누추하지만 정리는 해두었다네."

김문환은 문을 열고 안으로 들어갔다. 김문환의 말대로 낡고 볼품은 없었지만, 안은 깨끗하게 치워져 있었다. 김문환은 혁민을 데리고 조금 걸어가더니 작은 금고에 손을 얹었다.

"자네가 원하는 게 전부 이 안에 들어 있지. 내가 사용하려고 모아놓은 것들이기도 하고."

전에 있던 안가에서 가장 먼저 챙긴 물건이다. 지금 권력자들의 숨통을 움켜쥘 수 있는 증거들이 안에 가득 들어 있었다. 김문환은 금고를 쓰다듬으면서 중얼거렸다.

"한 실장이 실수만 하지 않았더라도 준비하던 게 훨씬 앞당겨졌을 텐데……".

김문환은 정말 아쉽다는 듯 입맛을 다시면서 한숨을 내쉬었다. 한 실장이 그 자료를 정상적으로 자신에게 가져왔다면 모든 일이 순조로웠을 것이다.

'그랬다면 나는 지금쯤 모든 권력을 틀어쥐고 편안한 생활을 누리고 있었을 테지.'

김문환의 중얼거림에 혁민은 문득 생각나는 게 있었다. 한 실장의 이름이 언급되니 갑자기 떠오른 일이었다. 항상 궁금했던 일. 바로 장중범 사건의 전말이었다.

"그게 혹시 장중범과 연관이 된 겁니까?"

"장중범이라… 궁금한가 보군… 그런데 지금 굳이 그런 이야기를 해야 할까? 지금은 이 자료를 가지고 어떻게 할 건지를 얘기해 봐야지. 지금 그게 더 중요하지 않은가."

김문환은 공동의 적에 집중하자고 이야기했다. 그런데 혁민은 김문환이 이야기를 조금 다른 쪽으로 자꾸만 끌고 가고 있다는 걸 느꼈다.

'이 구렁이 같은 인간이 또 빠져나갈 생각을 하고 있잖아? 가만. 그리고 보면 이곳으로 데리고 온 것도 뭔가 꿍꿍이가 있어서일 테지?'

단순하게 생각할 게 아니었다. 부하들이 어디에 숨어 있거나 아니면 무슨 대비라도 해놓을 것이다. 그런 것도 없이 단둘이서 만나자고 했을 위인이 아니었다. 혁민은 슬쩍 주변을 살피면서 이야기했다.

"증거가 될 자료를 모두 넘기고 증언을 한다. 지금까지 지은 죄의 대가를 받는다. 이러면 되는 건데 딱히 이야기를 더 할 게 있나 모르겠는데……".

이전까지는 다소 부드럽게 이야기를 했던 혁민의 말투가 다시 거칠어졌다. 그런 변화를 눈치챈 김문환은 곧바로 화제를 돌렸다. 어떻게든 이곳에서 많은 이야기를 나누고 기회를 엿봐야 하기 때문이었다.

"장중범이라… 사실은 내가 전부터 준비하던 게 있지."

김문환은 혁민이 가장 궁금해하는 이야기를 해주었다. 그는 전부터 한 실장을 통해서 권력자들의 비리를 모아왔다. 감청을 하기도 했고, 은폐하거나 감춘 추악한 일들에 관한 증거도 모았다.

"그 자료에는 아주 디테일한 증거들이 있지. 육성이 녹음된 자료도 있고. 한마디로 그것만 가지고 있으면 빼도 박도 못하는 그런 자료들이야."

혁민은 김문환의 스타일로 보아 그러고도 남았을 것이라고 생각했다. 권력을 차지하기 위해서는 무슨 짓도 할 사람이었다. 한 실장도 야망이 큰 인물이니 그런 위험한 일에 동참을 한 것일 테고.

쉽게 말하면 권력자들을 위해서 일하면서 몰래 그들의 뒤통수를 칠 준비를 했던 거였다. 그걸 가지고 권력자들을 통제할 수 있으면 자신들이 상위 계층이 되는 것이니까.

"물론 그런 자료만 가지고 있다고 다 되는 건 아니지. 그걸 지킬 만한 힘도 같이 가지고 있어야 하니까. 그래서 정보기관이나 군 쪽에도 어느 정도 신경을 쓰고 있었어."

김문환은 거의 될 뻔했다고 했다. 한 실장이 그 자료를 자신에게 가져오기만 하면 모든 게 끝나는 상황이었는데, 아마도 무언가 이상하다는 걸 눈치챈 사람이 있었던 모양이었다.

"갑자기 조사가 들어온 거지. 한 실장은 그 자료를 순간적으로 다른 곳에 숨겼고."

한 실장의 순발력이 자신까지 살렸다고 김문환은 이야기했다. 그때 그런 걸 꾸미고 있다는 게 들통 났으면 바로 죽은 목숨이었을 테니까.

"그러니까 그렇게 빨리 가져오라고 채근을 했건만 질질 끌더니……".

김문환은 혀를 차면서 당시 상황을 너무나도 안타까워했다. 그전에 충분히 가져올 기회가 있었음에도 시간을 끌다가 그런 일을 당했다면서. 혁민은 이야기를 듣다가 한 실장도 다른 생각을 하고 있었을 것이라는 생각이 들었다.

'한 실장은 김문환을 배신하고 자신이 다 먹을 생각을 했었을 거야.'

자신이 본 한 실장은 그랬다. 혁민은 비슷한 사람 둘이 잘 만났다는 생각이 들었다. 그런 생각을 하는 사이에도 김문환의 이야기는 계속되었다.

"그 자료를 숨긴 곳이 장중범의 자리였어. 자료라고 해도 자그마한 칩이니까 숨기는 거야 어렵지 않았지. 그런데 나중에 보니까 그 물건이 없어졌더란 말이지."

한 실장이 상황을 보아가면서 여기저기 뒤졌는데, 물건은 나오지 않았다.

"의심이 생겼지. 장중범이 발견하고 밀고한 건 아닐까 싶기도 했고, 그걸 가지고 무슨 짓을 할 수도 있다는 생각이 든 거야. 어쩔 수 없었지."

그래서 장중범을 중국으로 보내고 다시 샅샅이 뒤졌다고 했다. 하지만 칩은 나오지 않았다.

"어떤 상황인지 알 수 없었지. 그런 위험 요소를 안고 갈 수는 없는 노릇이야. 그래서 장중범에게 손을 쓴 거지. 일단 그를 제거하면 한숨 돌리는 셈이니까. 그러면서 계속해서 칩을 찾기 위해서 여기저기 뒤졌지."

혁민은 점점 분노가 쌓이는 걸 느꼈다. 도대체 어떤 뇌를 가지고 있으면 저런 걸 아무렇지도 않게 이야기할 수 있는지 궁금했다. 자신들의 욕망을 이루기 위해서라면 어떤 일이든 괜찮다고 생각하는 자들이었다.

'이런 인간들을 소시오패스라고 하는 거겠지? 그런데 이런 새끼들이 전부 윗자리에 앉아 있으니… 젠장.'

하지만 김문환은 아무렇지도 않다는 듯 이야기했다.

"나중에 그 칩을 숨긴 물건이 윤 팀장 아니면 민주엽에게로 갔다는 걸 알았지. 그래서 그들이 가지고 있는 장중범의 물건이나 집을 싹 뒤졌고. 그런데도 나오지 않았어."

김문환은 그게 다 무언가 이유가 있기 때문이라고 말했다.

"생각해 보라고. 이런 일이 우연히 일어났을 것 같나? 아마도 장중범이나 민주엽 둘 중 하나, 아니면 둘 다 누군가와 연결이 되어 있을 거야."

김문환은 장중범이 살아서 돌아온 것만 봐도 의심이 들지 않느냐고 이야기했다.

"거기서 살아서 돌아오는 게 쉬울 것 같은가? 누군가의 도움이 없었다면 불가능한 이야기야. 그리고 자네 능력이 대단한 거야 알지만, 이렇게까지 상황이 된 게 정말 이상하지 않으냐 말이야. 마치 누군가의 가호를 받는 그런 느낌 받지 못했나?"

김문환은 분명히 누군가가 힘을 쓰고 있는 것이라고 이야기했다. 그렇지 않았다면 자신이 이렇게까지 몰리지 않았을 것이라고 하면서.

"그걸 이용해서 무언가를 하려는 거야. 자네도 이용당하고 있는 거고. 그러니 지금이라도 정신 차리고 나랑 손을 잡자고. 지금이라도 우리가 힘을 합치면 괜찮아."

김문환은 그것이 정의를 세우는 길이라면서 은근한 투로 이야기했다. 혁민은 소름이 확 끼쳤다. 목소리에 무슨 마력이라도 있는 듯했다. 어지간한 사람이었다면 그의 이상한 논리에 홀딱 넘어갔을 것 같았다.

혁민은 김문환이 사이비 종교를 만들었다면 분명히 성공했을 거라고 생각했다. 하지만 혁민은 그렇게 호락호락한 인물이 아니었다.

"이 인간이 아직도 정신을 못 차렸네?"

그는 김문환을 정면으로 노려보면서 버럭 호통을 쳤다.

"어떻게 입만 열면 자기변명에 억지에. 세상 사람들이 다 당신 같은 줄 알아?"

평범한 사람들은 이런 건 생각지도 않고 살아간다. 이런 일은 영화나 소설에서나 나오는 이야기라고 여긴다. 자신들과는 상관없는 다른 세상의 이야기.

"권력이 있으면 좋겠다는 생각 정도야 하겠지. 하지만 그걸 부여잡기 위해서 이런 식으로 다른 사람을 파멸로 몰아넣지는 않아. 당신 눈에는 그게 정상으로 보이나?"

혁민의 말에 김문환은 또 무언가 이야기를 하려고 했지만, 입을 다물었다.

"평범한 사람들은 그저 열심히 살고 작은 행복에 만족하면서 살아가고 있어. 가족하고 소소한 것에 만족하면서. 가끔 외식도 하고 일 년에 몇 번 어딘가 놀러 가기도 하고. 그런 게 행복의 전부인 사람들이야."

혁민은 자리에서 일어서면서 손가락으로 김문환을 가리

켰다.

"그걸 너 같은 인간들이 모두 망치는 거야. 너 같은 인간들이!!"

혁민은 김문환에게 물었다.

"당신은 그게 잘못된 거라고 생각하지 않지? 당신 말대로 정의를 위해서 어쩔 수 없는 희생이라고 생각하는 거잖아."

"그거야⋯ 역사를 보아도 항상 그런 일은 있었다. 불가피한 일이야."

혁민은 고개를 끄덕였다.

"그게 당신과 나의 차이야. 당신은 그걸 잘못이라고 생각하지 않으니까 지금까지 이런 일들을 해온 거다. 아무런 죄책감도 느끼지 않고. 하지만 그건 잘못된 거다."

혁민은 김문환에게 이제는 모든 것이 끝났다고 이야기했다.

"당신이 할 수 있는 건 없다. 이제 가지고 있는 걸 다 넘겨. 그리고 증언을 해라. 그게 당신 때문에 불행해진 모든 사람에게 조금이라도 속죄할 수 있는 길이니까."

혁민이 내지른 소리에 김문환이 당황해서 어쩔 줄을 모르고 허둥지둥거렸는데, 그때 갑자기 치익 하는 소리와 함께 다급한 말소리가 들렸다.

―지금 아지트 방향으로 이동하는 자들이 있습니다.

김문환은 고개를 돌리더니 책상 서랍에 있는 무전기를 꺼내 들었다. 그런데 연락을 한 쪽에도 무언가 문제가 생긴 듯했다.

—정면과 탈출로, 두 방향에서 모두 올라가고 있습니다. 인원수가 어? 이게…….

갑자기 연락이 끊겼다. 김문환은 무슨 일이냐고 소리를 쳤지만, 무전기에서는 더 이상의 연락은 오지 않았다. 김문환은 지금까지와는 달리 무척 겁에 질린 표정으로 중얼거렸다.

"두 방향에서? 어떤 놈이 그걸……".

혁민은 눈을 감았다. 누군가 김문환을 배신했고, 권력자들이 움직인 것이다. 모든 걸 지워 버리기 위해서.

"다 끝이야. 끝났어."

김문환은 그 자리에 주저앉아서 머리를 감싸 쥐고 중얼거렸다. 혁민도 당황스럽기는 마찬가지였다. 상황이 이렇게 되리라고는 생각지 못해서였다.

"내려가는 길이 두 방향이야? 지금 두 방향에서 올라오고 있다는 게 그 소리냐고?"

혁민은 김문환을 흔들면서 물었다. 혁민이 마구 흔들어대자 조금은 정신이 돌아온 듯 김문환은 이야기했다.

"길이라고 할 수 있는 건 두 방향이야. 한쪽은 거의 모르는 길인데 거기로도 올라오고 있다는 걸로 봐서는…….'

"그래, 누군가가 배신을 한 거겠지. 지금 오는 인간들은 당신과 비슷한 자들이겠고."

혁민은 빨리 자리를 뜨자고 이야기했다. 지금 여기 남아 있는 건 자신을 죽여달라고 하는 것과 다름없었으니까. 김문환은 고개를 끄덕이더니 금고를 열더니 물건을 주섬주섬 꺼내서는 가방에 쑤셔 넣었다.

"길은 그렇게 둘밖에 없는 건가? 어디랑 어느 쪽이야?"

건물 밖으로 나온 혁민은 김문환에게 물었고, 그는 손으로 두 방향을 가리켰다.

"저쪽에서 올라오는 길하고 여기서 이렇게 돌아서 내려가는 길. 이렇게 두 개네."

"그래? 저번에 이 근처에 왔다가 조금 다른 길로 간 적이 있는데."

혁민은 전에 율희를 구하고 지금 이야기한 것과는 조금 다른 방향으로 내려간 게 생각났다. 조금 불편하기는 했지만, 그럭저럭 내려갈 만한 길이었다.

혁민은 김문환을 데리고 기억을 더듬으면서 움직였다. 지금은 김문환을 데리고 이곳을 빠져나가는 게 급선무였다. 이 자료와 김문환의 증언까지 더해지면 상대는 절대로 빠져나갈 수 없을 테니까.

지금까지 온갖 비리와 불법, 탈법을 하고도 아무렇지도 않게 살아간 자들. 자신들은 법 위에 있다고 생각하고 수많은 죄를 저지르고도 아무런 처벌도 받지 않은 자들. 그런 자들을 한꺼번에 잡아넣을 수 있다.

"내가 당신 같은 사람을 도망칠 수 있게 도울 거라고는 생각지도 못했는데……."

"허억… 허억… 일단은 빠져나가고 보자고."

김문환은 나이가 있어서인지 안쓰러울 정도로 숨을 몰아쉬고 있었다. 힘이 드는 건 혁민도 마찬가지였다. 하지만 상황은 좋지 못했다.

"제길. 상대가 눈치를 챈 것 같은데? 방향이 바뀌었어."

길이라고 했던 곳으로 움직이던 사람들이 방향을 틀었다. 혁민과 김문환의 움직임을 발견했다는 의미. 혁민은 아래 있는 사람들이 움직이지 못하는 걸 보니 상대가 단단히 작정을 하고 움직인 것 같다고 생각했다.

"경찰이라도 동원을 한 건가? 하기야 무슨 짓인들 못 할까. 그 인간들이."

혁민은 잘못하면 여기서 끝장날 수도 있겠다는 생각을 했다. 인적도 없는 조용한 산자락이었다. 무슨 일이 일어난다고 한들 누가 알겠는가.

"빨리 움직이라고. 그래도 사람들이 우리 모습을 볼 수 있을 정도까지는 움직여야 무슨 수를 내도 낼 수가 있다고."

그들의 포위망은 점점 더 둘을 조여왔고 어느새 서로 알아볼 수 있을 정도까지 접근하게 되었다. 혁민은 입술을 깨물었다. 그나마 움직일 수 있는 방향에서는 사람들이 접근하고 있었고 다른 방향에는 절벽이 있었다.

절벽이라고 해서 영화에 나오는 그런 까마득한 절벽은 아니었지만, 보통 사람은 내려갈 수는 없는 가파른 곳이었다.

"정 선생님, 그만 멈추시죠."

쫓아오던 사람 중에서 누군가가 외쳤다. 혁민은 고개를 돌려 소리가 난 방향을 쳐다보았는데, 남자 예닐곱 명이 보였다.

"선생님께는 볼일이 없습니다. 거기 있는 분만 넘겨주시면 아무런 문제가 없을 겁니다."

남자의 말에 김문환이 당황한 표정을 하더니 혁민의 소매를 움켜잡았다. 그는 자신이 어떤 일을 당할지 알고 있어서인지 무척 두려워하고 있었다. 그는 여기저기를 둘러보았지만 도망갈 구석은 전혀 보이지 않았다.

"이렇게 끝나는 건가? 이렇게? 모든 게 내 손에 들어오기 직전이었는데……."

김문환의 목소리에서 허탈함이 진하게 묻어났다. 그는 저들에게 잡혀가면 고문을 당하다가 쥐도 새도 모르게 사라질 것이라고 이야기했다.

"모든 죄를 나에게 뒤집어씌우겠지. 지금까지 벌어졌던 일은 모두가 나와 한 실장이 한 일이라고 발표될 테지. 내가 가지고 있던 모든 증거는 사라질 테고."

김문환은 천천히 포위망을 좁히고 있는 자들을 보면서 갑자기 킥킥거리며 웃었다.

"이렇게 끝이 나는군. 적어도 이렇게 끝내고 싶지는 않았는데… 아니야, 이렇게 끝낼 수는 없어. 내가 지금까지 왜 이렇게 살아왔는데?"

그는 미친 사람처럼 자신은 존경받을 만한 사람이라고 중얼거렸다. 혁민은 그가 사람들에게 왜 존경받는 사람으로 보이길 원했는지 알 것 같았다.

'그런 꿈을 꾸었지만, 그렇게 될 수 없다는 걸 알고 있었겠지. 그래서 그런 모습에 더 집착했을 거야. 하는 일은 추악하고 더러운 일이니 그런 것이라도 없으면 버틸 수 없었겠지.'

김문환은 권력을 선택했다. 그걸 유지하고 차지하기 위해서 온갖 추잡하고 지저분한 일을 해왔다. 그걸 인정하면 너무나도 한심한 인간이 되는 거다. 그래서 정의를 세우기 위해서 하는 일이라고 자기 위안을 한 것이다.

그런 것만으로는 만족하지 못해서 사법개혁 모임의 수장이자 존경받는 법조인이라는 코스프레를 한 것이다. 그리고 점점 그런 모습으로 사람들에게 보이는 것에 쾌감을 느꼈을 것이고.

"여기서 잡혀가면 안 돼. 절대로 그럴 수는 없어."

김문환은 계속해서 정의가 이대로 무너지느니, 세상을 바로 세우는 꿈이 끝나느니 하는 말을 했다. 그리고 사람들이 자신을 손가락질할 것이라는 말도 했다.

"생각 없는 것들이 나를 평가할 거야. 아무것도 모르면서. 내가 어떤 사람인지도 모르고 지금까지 뭘 했는지도 모르면서!!"

그는 갑자기 이상한 기운이 느껴지는 눈빛으로 혁민을 쳐다보았다.

"너는 무사할 것 같지? 그러니까 지금 그렇게 태연한 거지? 크흐흐흐… 너라고 무사할 것 같아? 저놈들이 어떤 놈들인데…….."

혁민도 바짝 긴장하고 공포를 느끼고 있었지만, 김문환의 눈에는 그런 게 전혀 보이지 않는 모양이었다. 그는 그저 자신이 생각하고 싶은 대로만 생각하고 있었다.

"그놈들은 나랑 같은 생각을 할 거야. 그래. 어차피 나하고 생각이 비슷해."

김문환은 갑자기 낄낄대더니 절벽 쪽으로 조금 움직였다. 혁민은 놀란 표정으로 하고는 왜 그러느냐고 물었다. 그리고 그쪽은 위험하다고 이야기했지만, 김문환은 개의치 않는 표정이었다.

그는 번들거리는 눈을 하고는 기묘한 웃음을 입가에 달고는 혁민을 쳐다보았다. 기묘한 섬뜩함이 느껴지는 모습이었다. 그는 자신의 모든 것이 이대로 무너지는 걸 그냥 두지 않을 거라고 중얼거렸다.

"내 꿈을 현실에서 이루지는 못했지만, 죽어서까지 비참해질 수는 없는 일이야. 그렇지 않나? 존경받아 마땅한 내가 그런 꼴을 당할 수는 없는 일이지. 나는 그런 대접을 받을 만한 사람이 아니야."

김문환은 혁민을 쳐다보면서 이야기했다.

"나는 존경받는 사람으로 남아야 해. 그게 당연한 거고 나는 그럴 만한 사람이니까. 그러려면 방법은 하나밖에 없지. 하나밖에 없어."

그는 갑자기 크게 웃었다. 사람들은 이미 두 사람의 근처까지 접근해 있었다. 둘이 있는 곳까지 오는 데 채 일 분도 걸리지 않을 만한 거리. 김문환은 미친 듯이 웃어젖히다가 갑자기 혁민을 손가락으로 가리켰다.

"너는 나를 죽인 살인자가 될 거야. 그들은 나랑 똑같은 생각을 할 테니까."

그 말을 남기고 김문환은 또다시 미친 사람처럼 웃더니 갑자기 절벽에서 뛰어내렸다.

*　　　*　　　*

"그러니까 가지 말라고 그렇게 얘기를 한 거 아닌가. 정말 큰일 날 뻔했다고. 지금도 상황이 좋지 않은 건 마찬가지지만."

장중범은 심각한 표정으로 이야기했다. 다른 사람의 이야기를 들었으면 이런 일은 없었을 거라고 하면서.

"정말 강 변호사 아니었으면 큰일 날 뻔했지. 막무가내로 잡혀갈 뻔했던 거 강 변호사가 다 막아주고 바로 뒤쫓아서 올라갔으니까."

민주엽이 말을 받았다. 당시 강윤태가 아니었다면 무슨 일이 생겼어도 이상할 게 없었다. 실제로 김문환이 떨어지고 나서 남자들이 혁민을 어디론가 데려가려 했었다. 강윤태가 도착해서 사람들과 함께 뒤쫓아 올라가지 않았더라면 분명히 사달이 났을 것이다.

"처음부터 가만히 두리라고는 생각지도 않았어요. 어떻게든 빠져나갈 궁리를 하고 있었는데 갑자기 김문환이 자살하는 바람에……."

"그런데 정말 그가 배후라는 게 나는 아직도 믿어지지 않아. 그래도 법조계에서 명망 있는 인물이었는데……."

혁민과 강윤태는 정말 큰 충격을 받은 표정이었다. 김문환의 평판이 어땠는지 잘 아는 법조인이었으니까. 게다가 혁민은 광기 어린 모습으로 자살하는 그의 모습을 쉽게 잊을 수가 없었다.

"그나저나 혁민이를 김문환 판사 살해 혐의로 조사하겠다는데 괜찮을까?"

"보나 마나 영장 떨어지고 불리하게 흘러갈 겁니다. 그동안 그렇게 밉보였는데, 가만히 둘 리가 있겠습니까. 이번에 본때를 보여주려고 난리를 하겠죠."

혁민은 어떻게 나올지 뻔하다면서 심드렁하게 말했다.

"무슨 방법이라도 있는 건가? 자네가 빠지면 여러모로 타격이 있다고. 게다가 자네가 그런 혐의를 받은 것만으로도 날뛰는 사람들이 있어."

"그거야 항상 그래왔던 거 아닌가요? 그리고 아마도 나는 이 사건에서 당분간 빠지는 게 좋을 것 같습니다."

혁민은 자신이 사건을 계속 끌고 나가면 좋지 않을 것 같다면서 강윤태와 위지원 변호사가 앞으로 소송을 맡으면 좋겠다고 이야기했다.

"무슨 소리야? 이럴수록 더 적극적으로 나서야지. 오해만 풀리면 더 큰 호응을 끌어낼 수 있을 거라고. 그리고 내가 볼 때 살인죄를 증명할 방법이 없어."

강윤태는 오히려 강하게 나가라고 말했다. 스스로 떨어진 것과 누군가가 밀어서 떨어진 건 떨어진 상태가 다르다면서 충분히 무죄를 입증할 수 있다고 말했다.

"상식적인 상황에서야 그럴 테지. 그런데 상대가 그렇게 당할 것 같아? 무슨 수를 써서라도 나를 잡으려고 혈안이 될 거라고."

혁민은 예전에는 맡길 사람도 마땅치 않아서 주저했지만, 지금은 강윤태와 위지원 변호사가 있으니 자신은 잠깐 빠져도 된다고 이야기했다.

"그리고 김문환에 관해서 내가 적극적으로 나설 수 없어. 상대도 그걸 알고 나를 공략하는 거야. 그러니 술수에 넘어갈 수는 없지."

상대는 혁민을 공격하면서 사법개혁 모임까지 와해시킬 생각을 할 거라고 했다. 모임의 수장이자 대표인 김문환이 위선자였으며 사실은 온갖 추악한 일을 벌이고 다닌 사람이라는 게 밝혀지면 사법개혁 모임의 도덕성에는 치명적이니까.

그래서 혁민은 그 부분은 밝히지 않고 버틸 생각이었다. 언젠가는 그의 정체를 밝히고 죄를 묻겠지만, 상대의 수작에 놀아날 생각은 없었다.

"하지만 그러면 문제가 될 수도 있어… 자네 변호사 자격을 박탈당할 수도 있다고."

"자네가 그렇게 되지 않게 열심히 하면 되지."

혁민은 조금은 씁쓸한 표정을 지으며 말했다. 변호사라는 직업은 혁민에게 있어서 더할 나위 없이 소중한 거였다. 하지만 그는 변호사라는 직업을 잃게 되더라도 죄지은 자들이 제대로 처벌받는 게 중요하다고 생각했다.

"그러려면 고인수 차관님이나 차동출 검사님 같은 사람들이 힘을 받아야 해. 그런 사람들이 제대로 일하고 정당한 평가를 받는 분위기가 되어야지. 그러니 당분간은 내가 먼저 그 부분을 밝히지는 않으려고. 뭐, 다른 경로로 밝혀진다면야 어쩔 수 없겠지만, 아마도 그럴 일은 없을걸?"

혁민은 히죽 웃었다. 김문환이 위선자였다는 걸 밝히려면 그와 관련된 내용들도 밝혀야 한다. 그러니 그와 밀접한 관계가 있었던 권력자들이 그걸 일부러 밝힐 리는 없는 일이다.

"오히려 내가 그런 말을 하면 법조계 선배를 음해한다면서 몰아붙일 준비를 잔뜩 하고 있을걸? 그러니 그 장단을 내가 맞춰줄 이유는 없지. 나는 상대가 원하는 대로 싸워주는 스타일이 아니라서 말이야."

강윤태는 혁민이 무언가 다른 방법을 생각하고 있다는 걸 눈치챘다. 하지만 혁민은 그 부분은 언급하지 않고 장중범을 보면서 다른 말을 했다.

김문환에게서 들은 이야기를 하니 장중범은 고개를 갸우뚱거렸다. 그런 물건에 관해서 전혀 아는 게 없었기 때문이었다.

"주엽이나 윤 팀장님에게 갔을 거라고? 나와 관련된 물건을 맡긴 적은 있지만, 그건 전부 조사한 걸로 아는데……."

민주엽도 비슷한 반응이었다. 정보기관에서 그 물건뿐 아니라 집 전체를 싹 조사했지만 나온 게 없었다고 하면서.

"분명히 무언가 빠뜨린 게 있을 겁니다. 그러니 조사를 해주세요. 그걸 찾으면 김문환이 가지고 있던 자료 못지않게 유용하게 쓰일 수 있습니다."

"찾아보긴 하겠네. 하지만 잘 모르겠는데? 내 생각에는 중간에 어디선가 없어졌을 가능성이 더 높을 것 같아."

혁민은 그렇지 않을 것이라고 이야기했다. 분명히 무언가
가 있었다. 그래서 예전에 자신과 율희가 살해당한 것이다.
혁민은 분명히 있으니 특히 민주엽의 집을 중심으로 조사를
해달라고 부탁했다.

*   *   *

살인자 변호사. 무척이나 자극적인 말이었다. 혁민의 예상
대로 상대는 무척이나 적극적으로 나왔다. 자신들에게 도전
한 자들을 처참하게 응징하겠다는 강력한 의지가 엿보였다.

자극적인 제목의 기사가 쏟아져 나왔다. 엄청난 비리와 스
캔들이 터졌을 때는 조용했던 언론이 지금은 이 세상에서 가
장 중요한 사건을 다루는 듯한 자세로 혁민의 사건을 다루었
다.

존경받는 판사를 후배 변호사가 죽였다. 그것도 최근에 몇
몇 소송으로 인해 사람들에게 잘 알려진 변호사가 말이다. 사
람들은 이 사건에 많은 관심을 보였다.

"이거 너무한 거 아닌가? 사실이 뭔지도 모르면서……."

"그러니까요. 사람들은 왜 이렇게 말을 막 하는지 모르겠
어요. 속상해서 정말 죽겠어요."

장중범과 위지원 변호사를 비롯한 사람들은 모두 분개했

다. 자극적인 기사도 기사였지만, 댓글이 가관이었기 때문이었다.

잘난 척 나댈 때부터 뭔가 이상하다고 생각했다는 둥, 그놈이 그놈이라는 둥, 지금까지 떠들어댄 것도 전부 쇼 아니냐는 둥. 별별 말을 다 했다. 그걸 보는 사람들은 속이 터질 지경이었고.

"신경 쓰지 말고 인터넷도 보지 말 것. 어차피 우리가 무슨 짓을 하고 어떤 증거를 내밀고 완벽하게 논리적인 해명을 해도 소용없습니다. 상대가 그렇게 유도할 거니까요."

혁민은 쓸데없는 일에 힘 빼지 말라고 이야기했다. 그것보다 소송을 준비하면서 김문환이 이야기한 칩을 찾아야 한다고 말했다.

"그 칩을 찾으면 모든 걸 끝낼 수 있습니다. 지금 저들이 우리가 제시한 걸 조작된 증거라고 하는데, 그 칩까지 더해지면 더는 발뺌을 할 수 없을 겁니다."

"그런데 정말 그게 있기는 한 거야? 정보기관에서도 몇 차례나 뒤졌고, 우리도 찾아봤는데 그런 건 없었다고."

장중범은 애초에 다른 곳에서 분실된 것이 아니냐며 다른 방안을 강구해야 하는 거 아니냐고 이야기했다. 하기만 혁민은 고개를 저었다. 틀림없이 아직 민주엽의 집에 있을 것이라면서.

"김문환이 어떤 것 때문에 그랬는지는 모르겠지만, 분명히 누군가가 가지고 있다고 했습니다. 지금까지도 계속 감시하고 종종 집을 뒤졌던 게 다 그런 이유예요."

혁민은 김문환의 핑계를 댔다. 하지만 그는 다른 이유로 확신하고 있었다. 예전에 자신과 율희에게 닥쳤던 일이 그 물건 때문이라고 확신하고 있었기 때문이었다.

'그게 아니라면 그런 일을 당했을 리가 없어. 나하고 율희가 무슨 대단한 사람이라고 그랬겠어. 분명히 율희가 그 칩을 가지고 있었던 거야.'

거기에는 도저히 부인할 수 없는 자료들이 들어 있다. 사진과 영상, 음성 자료만 해도 대단했고, 백 선생이 빼돌린 자료와는 비교할 수 없을 정도로 자세하고 명확한 증거들이 있었다.

그런 자료이니 김문환이 기를 쓰고 되찾으려 했을 것이다. 그것만 있다면 그가 이 나라의 권력을 움켜쥐고 있는 자들을 옭아맬 수 있다. 그렇다는 건 김문환이 권력의 정점에 오른다는 말이나 마찬가지다.

그러니 그렇게 칩을 찾는 데 집착하는 것도 무리는 아니었다. 혁민은 가능하면 그 칩을 빨리 찾아서 모든 걸 마무리하고 싶었다.

"어차피 영장이 바로 떨어질 겁니다. 다들 아시잖아요. 그렇게 만들 힘이 있는 자들이라는 거. 그러니 우리도 빨리 움직이죠."

혁민은 만약 칩을 빨리 찾게 되면 자신이 생각한 방법대로 움직일 것이고, 그렇지 못하면 장기전으로 가야 한다고 이야기했다.

"장기전으로 갈수록 우리에게 불리한 건 다들 아실 겁니다. 그러니 이번에는 이 지긋지긋한 사건을 확실하게 마무리합시다."

혁민은 이제는 정말 끝장을 내자고 이야기했다.

"만약에 그 칩을 찾지 못하면 어떻게 되는 거죠?"

"그렇게 되면 나는 소송에서 빠진다. 내가 소송에 남아 있으면 상대가 그 점을 끝까지 물고 늘어질 거야. 하등의 도움도 되질 않아."

혁민은 만약 그렇게 되면 소송을 부탁한다고 강윤태와 위지원의 손을 잡으면서 말했다.

"둘이면 잘할 수 있을 거야. 지금 있는 증거만 해도 저들이 쉽사리 빠져나갈 수 없어. 분명히 누군가에게 뒤집어씌울 거야. 원래 김문환에게 그렇게 할 생각이었는데, 상황이 바뀌었으니까."

혁민은 워낙 사건이 크니 희생양을 내세우더라도 한두 명으로는 어림도 없을 것이라고 이야기했다. 강윤태나 위지원 변호사도 마찬가지로 생각하고 있었다.

"그러니 그 사람들하고 잘 접촉해 봐. 정공법만으로는 절대로 저들을 이길 수 없어. 그러니 너무 정석에 얽매이지 말라고. 그런 건 위지원 변호사가 잘하니까 같이 상의해."

혁민의 말에 위지원 변호사가 웃으면서 이야기했다.

"왜 어디 멀리 떠나는 사람처럼 얘기하고 그러세요. 혹시 알아요? 그 칩을 바로 찾게 될지."

"그런가? 내가 좀 감상적이 된 모양이네. 그래, 기운 내자고."

혁민은 주먹을 꽉 쥐면서 마지막 대결만 남은 것이니 반드시 이기자고 힘주어 말했다.

*　　　*　　　*

"미안하네. 도저히 찾을 수가 없어."

"그러게. 분명히 어디에 있었으면 찾았을 텐데 도무지 보이지를 않아."

혁민도 동참해서 방과 짐을 샅샅이 뒤졌지만, 칩은 나오지 않았다. 혹시 모르는 일이라면서 윤 팀장의 집도 뒤졌지만, 역시나 헛수고였다.

"어쩔 수 없죠. 영장이 곧 나올 것 같으니 저는 이제 기자 회견이나 준비해야겠습니다."

"아니, 그것도 말도 안 되는 거야. 증거도 없는데 구속영장이라니."

혁민은 짜고 치는 고스톱이니 이길 도리가 없다며 웃었다.

"보여주려는 속셈도 있는 거예요. 제가 잡혀가는 모습을 방송에 내보내서 저놈은 죄인이다, 그런 이미지를 심어주려는 겁니다. 그렇게 하고 제가 한 일들이 모두 문제가 있는 것처럼 떠들어대겠죠."

그러니 자신이 잡혀가면 그때부터는 자신과 소송은 분리하고 강윤태가 주도하는 것으로 판을 다시 짜라고 이야기했다.

"율희는 보지 않아도 되겠나? 걱정이 이만저만이 아니던데……."

민주엽의 말에 혁민은 괜찮다며 이야기했다.

"지금까지 같이 있었는데요. 그리고 제가 죽으러 가나요? 저 다시 나올 겁니다. 그래서 이렇게 모든 걸 엉망으로 만든 놈들 망하는 꼴을 지켜봐야죠."

혁민은 어젯밤부터 조금 전까지 율희와 함께 시간을 보냈다. 오래 떨어져 있어야 할지도 모르고, 중간에 어떤 일을 당할지도 모르니 같이 시간을 보내야겠다고 생각해서였다.

'오래 걸리지 않을 거야. 놈들이 무슨 짓을 해도 어떻게든 살아남을 테니까.'

아쉬운 건 칩이었다. 그것만 찾았으면 문제가 더 쉬웠을 텐데, 도무지 찾을 수가 없었다. 그래도 결국에는 자신이 이길 것이라고 혁민은 생각했다.

'당신들 사람 잘못 봤어. 나 그렇게 물렁물렁한 사람 아니

야. 살인죄를 덮어씌우려고 하면서 겁을 주면 물러날 줄 알았나? 어림 반 푼어치도 없는 소리!'

혁민은 이번 기자회견이 끝나면 아차 싶을 것이라고 생각했다.

'에휴, 뭐가 이렇게 힘드냐. 언제쯤이나 율희와 편안하고 행복하게 살아갈 수 있을까?

혁민은 세상이 왜 이렇게 거지 같은지 모르겠다고 푸념했다. 그러면서도 입가에 미소를 지을 수 있었던 건 율희와 함께했던 포근하고 즐거웠던 지난밤이 생각났기 때문이었다.

"그럼 저는 여의도로 가겠습니다. 가서 기자회견 하고 나면 바로 잡혀갈 테니까 다들 나중에 보자구요."

혁민은 지금부터는 선을 그어야 하니 아무도 오지 말라고 하고는 혼자서 여의도를 향해 떠났다. 그리고 기자회견을 준비했다.

차를 타고 이동하고 기자회견을 준비하는 내내 혁민의 머리에는 율희의 생각이 떠올랐다. 그런데 계속 생각을 하다 보니 무언가 자꾸 걸리는 게 있었다. 율희의 모습에서 무언가가 떠오르려 한 것이다.

"뭐지? 뭐가 생각이 날 것 같은데……."

생각이 날 듯 말 듯해서 사람을 미치게 만들었다. 시간이 흘러 기자회견을 해야 하는 순간이 되었는데도 계속 떠오르지 않아 고민은 계속되었다.

"아!! 그래. 찾지 않은 데가 한 군데 있었어!!"

혁민은 곧바로 율희에게 전화를 걸었다. 초조하게 통화가 연결되기를 기다렸지만, 혁민을 위해 기도라도 하는지 전화를 받지 않았다.

"지금 시작하셔야 하는데요. 시간이 됐는데."

"아, 잠시만요. 잠깐이면 됩니다."

기자회견을 준비하는 스태프에게 시간을 조금만 더 달라고 이야기한 혁민은 곧바로 민주엽에게 전화를 걸었다. 민주엽은 다행스럽게도 전화를 바로 받았다.

"접니다. 지금 빨리 율희 목걸이를 한번 보세요. 거기에 칩이 있을 것 같아요."

―목걸이? 무슨 목걸이를 말하는 건지…….

"율희 엄마 사진 있는 그 목걸이요. 율희가 어렸을 때부터 계속 가지고 있던 그 목걸이요. 거기는 찾아보지 않았죠?"

정말 샅샅이 뒤졌다. 이 잡듯이 뒤진다는 말로도 부족할 정도로 싹 뒤졌다. 하지만 그 목걸이는 그렇지 않았다. 율희가 목에 걸고 있었기 때문이었다. 율희 어머니의 유품인 목걸이.

―아, 그거. 그건 찾아보지 않았지. 그래, 사진 들어가는 곳에 칩이 들어갈 수 있을 정도 공간은 되지.

민주엽은 곧바로 살펴보겠다고 이야기했다. 혁민은 만약 거기에 칩이 있으면 곧바로 여의도로 가지고 오라고 이야기했다.

―알았네. 만약 있으면 곧바로 연락하지.

혁민은 분명히 거기에 칩이 있으리라 생각했다. 혁민은 예전에 율희가 결혼하고 가져온 물건 중에 칩이 있을 것으로 생각했다. 그래서 그런 물건을 중심으로 찾았지만, 칩이 나오지 않아서 자신이 잘못 생각한 건지 고민하기도 했다.

그런데 그렇게 샅샅이 뒤진다고 했는데, 빼먹은 게 있었다. 혁민은 율희와 나누었던 이야기가 생각나지 않았더라면 큰일 날 뻔했다고 안도의 한숨을 내쉬었다.

'전에 기억을 잃었을 때, 사람들 만나고 다닌 얘기를 했었지. 소방관 부인 얘기를 하면서 목걸이 얘기를 했었어.'

혁민은 일단 시간을 좀 끌어야겠다고 생각했다.

*   *   *

기자회견이라고 해도 실제 기자보다는 개인 방송을 하는 사람이나 블로거가 더 많은 이상한 기자회견이었다. 혁민은 이미 율희의 목걸이에서 칩을 발견했다는 문자를 받고 빨리 가져오기만 기다리고 있었다.

민주엽이 혹시 모르는 일이니 칩은 안전하게 보관하고 일부 내용을 가지고 가겠다고 했다. 문제는 혁민을 데리러 오는 걸 어떻게 지연시키느냐는 거였다.

다른 사람이 발표해도 좋겠지만, 지금 혁민이 터뜨리는 게 가장 효과가 좋아서 어떻게든 방법을 찾았다. 차동출과 이채민이 검찰과 법원에서 어떻게든 시간을 끌려고 발버둥을 쳤고, 허 대리가 신호등을 해킹해서 구속을 집행하러 오는 차량의 이동을 지연시켰다.

"일전에 기자 한 명이 실족사로 죽은 사건이 있었습니다."

혁민은 고위층의 비리에 관해 이야기하다가 갑자기 서 기자의 사건을 언급했다. 김문환에게서 들은 이야기가 있었기 때문이었다.

"실족사라고 하더군요. 그런데 이상하지 않습니까? 지금까지 제가 이야기했던 그런 고위층이 연관된 성 상납 사건을 조사하던 사람이 갑자기 등산이라니요."

그것도 누군가를 만나러 도심으로 간다고 했는데 갑자기 사라지고는 산에서 죽은 채 발견되었다. 하지만 타살의 증거가 없다는 이유로 실족사로 마무리되었다.

"그는 살해당한 겁니다. 김문환 판사는 자살한 것이고 서 기자야말로 살해당한 겁니다. 어떻게 한 줄 아십니까?"

당시에 어떤 증거도 없었다. 혁민도 계속 이상하다는 생각을 했었다. 그 이후에 증언하기로 했던 전직 요원도 비슷하게 죽어서 더욱 의심하고 있었고.

그 의심은 김문환을 만나고 나서야 풀렸다. 김문환은 혁민을 꼬드기면서 몇 가지 비밀을 이야기해 주었다. 어떻게든 혁민을 자신의 편으로 만들기 위해서 그런 거였다.

"그들은 서 기자를 납치하고 헬기에서 떨어뜨린 겁니다. 그것도 산 채로!!"

혁민의 말에 다들 깜짝 놀랐다. 혁민은 사람들의 반응을 살피면서 서서히 자리에서 일어섰다. 그리고 자신을 향해서 뛰어오는 민주엽을 잠시 기다렸다.

"그런데 더 중요한 사실은!!"

민주엽에게서 증거를 전달받은 혁민은 그걸 번쩍 들어 보였다.

"지금 제가 얘기한 건 저들이 저지른 만행 중에서 아주 작은 것에 불과하다는 겁니다. 지금 제 손에!! 바로 여기에 저들이 어떤 죄를 저질렀는지 그 증거가 있습니다."

혁민은 증거를 쾅 소리가 나게 책상에 내려놓았다. 길거리에는 점점 더 많은 사람이 모여들었다. 혁민은 큰 소리로 외쳤다.

"여러분은 지금부터 그들이 어떤 짓을 저질렀는지 확인하시기 바랍니다!! 다들 오세요. 여러분의 눈과 귀로 지금까지 어떤 일이 벌어졌는지 직접 보고 들어야 합니다. 언제까지 귀와 눈을 닫고 살아갈 겁니까?!!"

혁민의 외침에 사람들이 혁민을 향해 우르르 몰려들었다.

*   *   *

이루 말할 수 없는 거대한 스캔들에 전 세계의 이목이 집중되었다. 현직 대통령을 포함한 수백 명의 고위층 인사가 그동안 얼마나 추악하고 흉측한 일을 저질렀는지가 사방으로 퍼져 나갔다.

도저히 막을 수가 없었다. 정관계 인사들과 재벌, 언론과 협회의 고위층 인사가 연결되어 있었지만, 진실이 퍼져 나가는 걸 막을 수는 없었다.

그리고 분노도 막을 수 없었다. 전 국민이 불같이 들고일어났다. 근거 없는 헛소문이라며 변명하던 장관은 썩은 달걀을 수십 개나 얻어맞고 황급히 도망쳐야 했다. 사람들이 잡아 죽일 것처럼 달려들었기 때문이었다.

"요즘은 실드 치던 자들도 안 보이네요? 이럴 때면 항상 북의 지시를 받은 자들의 소행이라거나 체제를 전복하려는 불온한 무리가 벌이는 짓이라면서 나오는 사람들 있었는데."

위지원 변호사의 말에 강윤태가 대꾸했다.

"그들도 목숨 소중한 건 알 테니까. 요즘 허튼소리 했다가는 큰일 난다는 거 분위기만 봐도 쉽게 느낄 수 있잖아."

강윤태의 말대로였다. 사람들이 허튼소리를 참지 않았다. 어떻게든 빠져나가려고 하는 움직임이 보이면 말로 떠드는 게 아니라 직접 움직였다. 외국으로 도망치려던 전직 고위 관리가 공항에서 사람들에게 붙잡혀 곤욕을 치렀다.

경찰도 쉽게 끼어들지 못했다. 사람들의 분노가 너무나도 강해서 그런 것도 있었고, 저런 자들은 당해도 싸다는 생각도 있어서였다. 원칙적으로야 경찰이 그래서는 안 되는 거였지만, 원칙을 지키지 않는 자들은 그자들 아닌가.

국민들은 언급된 사람은 물론이고 나머지 비리도 밝혀내기 위해서 발 벗고 나섰다. 그래서 다소 우려 섞인 목소리도 나왔다. 폭동이 일어날 수도 있다는 우려였다.

"검찰이나 경찰이 일을 제대로 했으면 이런 일도 없었지. 자업자득이야. 계속 이렇게 흘러가면 문제가 되겠지만, 이걸 계기로 제대로 정신 차려야지."

강윤태는 이런 분위기가 계속 이어지지는 않을 거라고 했다. 지금이야 분노가 머리끝까지 차올라서 이러고 있지만, 생업에도 종사해야 하니 열기는 점점 식을 거라는 거였다.

"그러니까 아예 이번에 물갈이를 제대로 하고 확 바뀌어야죠. 얼마나 좋은 기회예요."

"물론이야. 이번에는 바뀌어야지. 지금 바꾸지 못하면 앞으로는 기회가 없을 테니까."

강윤태는 이번에는 가능할 것 같다고 이야기했다. 어설프게 무마하려고 했다가는 정말 폭동이 일어날지도 모르는 일이라서 정관계를 비롯한 고위직 인사들이 잔뜩 움츠러들어 있었다.

"그리고 혁민이는 곧 풀려날 것 같아. 처음부터 무리였지. 증거도 없이 살인죄라니."

"그래요? 정말 다행이네요. 확실한 거죠? 이거 다른 사람들한테 알려도 되죠?"

강윤태는 고개를 끄덕였다. 방금 검찰에 있는 친구에게서 들은 이야기였다. 검찰도 분위기가 확실히 바뀌었다고 했다. 자성의 목소리가 여기저기서 터져 나오고 윗선의 부당한 지시를 단호하게 거절하는 검사들이 부쩍 늘었다고 했다.

"그런데 이 사람들은 어떻게 되는 거예요? 사람들이 워낙 많아서 기소하려면 장난 아니겠는데요? 게다가 현직에 있는 사람들도 있고……."

"시간은 좀 걸릴 거야. 이거 조사하는 데만도 시간이 제법 걸릴 테니까. 게다가 국회의원도 있고 하니까."

하지만 문제없을 거라고 했다. 고인수 전 차관이 이번 사건을 진두지휘할 것이니 강윤태도 기대가 된다고 이야기했다.

"정말요? 고인수 전 차관님이 맡으면 분명히 확실하게 하실 것 같기는 한데 정말 그분이 맡으신대요?"

"그분 말고는 누구를 지명해도 국민들이 납득하겠어? 검찰로서도 어쩔 수 없는 결정이지. 지금이라도 옳은 결정을 한 거라고 봐."

그렇게 변화의 물결은 나라 전체를 휩쓸고 있었다.

* * *

혁민이 풀려나고서 가장 먼저 들은 이야기는 차동출과 오혜나가 결혼을 한다는 소식이었다.

"아니, 뭐가 그렇게 급하다고 갑작스럽게 결혼식을 하는 거예요? 혹시?"

"아니야. 무슨… 그냥 내가 나이도 있고 굳이 시간 끌 것 없다는 생각이 들어서. 혜나도 같은 생각이고."

혁민은 둘이 잘 어울린다고 생각하면서 자신은 언제 결혼식을 올려야 하나 생각했다.

'아직은 율희 나이도 있고 하니까 조금은 더 연애하다가 해도 되겠지? 그래, 일찍 결혼하는 것도 좋기는 한데 연애하면서 그동안 잘 못해준 것도 해주고 그래야겠다.'

그동안 잘해주려는 마음은 있었지만, 이상하게 이런저런 사건에 얽히느라 늘 아쉽기만 했다. 마음 같아서는 세상에서 가장 행복한 여자로 만들어주고 싶었는데, 실상은 걱정만 하게 만든 것 같았다.

"그런데 이번에 새로 민사소송이 어마어마한 규모로 진행될 거라면서?"

"아, 그거요? 당연한 거 아닌가요? 그동안 저놈들에게 당한 거 제대로 받아내야죠. 그런데 이게 집단 소송 같으면서도 사안이 조금씩 달라서 좀 고민이에요."

저들이 한 악행이 워낙 다양해서 그걸 한꺼번에 다 묶어서 할 수는 없을 듯했다. 지금까지 혁민의 변호사 사무실에 문의를 한 사람만 해도 수천 명이나 되었으니 오죽하겠는가. 덕분에 직원을 여러 명 더 뽑아야 했다.

"이 기회에 아예 사무실도 옮기고 인력도 보강하려고요. 성만이 형도 부르고 쓸 만하고 믿을 수 있는 사람 뽑아야죠."

워낙 수가 많으니 아무래도 다른 곳과 함께 진행해야 할 것 같다는 말도 했다. 혁민은 능력은 있지만, 거대 로펌의 위세에 눌려서 제대로 일을 하지 못했던 로펌이나 변호사 위주로 알아볼 생각이라고 했다.

"하치훈 대표도 무사할 수는 없을 거니 태경도 예전 같지는 않을 겁니다. 그리고 다른 대형 로펌도 마찬가지구요."

"어디 로펌이 문제인가. 지금 난리도 아니야. 이러다가 나라가 멈추는 것 아니냐는 말까지 나오고 있다니까."

고위직 수백 병이 연관되어 있으니 그런 말이 나올 법도 했다. 하지만 혁민은 코웃음 쳤다.

"언제부터 그 사람들이 일했다고 그러세요. 그 사람들 없어도 잘 돌아갑니다. 오히려 더 잘 돌아갈 수도 있을걸요?"

"하기야. 자기들은 지들 없으면 나라가 망하는 것처럼 얘기하지만, 그거야 지들 착각이지."

혁민은 소송을 마무리하려면 한참 걸리겠다고 투덜거렸다.

"그런데… 혁민아. 이번 일로 정말 모든 게 바뀔까?"

"바뀌기는 하겠죠. 하지만 한 번에 모든 게 바뀌지는 않을 거예요. 세상이 그런 거잖아요. 아마도 당분간은 좀 잠잠하겠지만, 권력을 차지하려는 인간들이 또 나와서 개판으로 만들어놓을 겁니다."

"그래도 예전과는 많이 다를걸?"

혁민과 차동출은 고개를 홱 돌렸다. 갑자기 여자 목소리가 들렸기 때문이었다.

"그렇잖아. 이제는 바꿀 수 있다는 걸 알았으니까."

이채민이 웃으면서 옆자리에 앉았다. 차동출은 맞는 말이라고 하면서 슬쩍 자신의 결혼 이야기를 꺼냈다.

"너도 빨리 좋은 사람 만나서 결혼해야지."

"하기는 해야죠. 안 그래도 윤주하고 요즘 선보고 있어요."

이채민은 그렇게 이야기를 하면서 혁민을 슬쩍 흘겨보았다. 혁민은 지은 죄도 없는데 공연히 머쓱해지는 걸 느꼈다.

"그럼 결혼식 때 봐요. 저는 바빠서 먼저 일어날게요. 채민이 너도 나중에 봐."

혁민은 부리나케 일어서서 밖으로 나갔다.

*　　　*　　　*

"자, 찍습니다. 저기 왼쪽에 남자분들 좀 더 붙으시고."

차동출과 오혜나의 결혼식은 생각보다는 조촐하게 치러졌

다. 사람들에게 잘 알려진 열혈 검사와 성공한 엔터테인먼트 업체 사장의 결혼식이니 어마어마한 하객이 몰릴 수도 있는 일이다. 하지만 정말 가까운 사람들만 불러서 식을 올렸다.

축가는 인기 그룹 루프리가 불렀고, 주례는 고인수 전 차관이 맡았다. 가족과 친척, 친구들과 사진을 찍고는 부케를 던질 차례가 되었다.

"누나하고 사이가 좋아 보이네? 전에는 도끼눈을 뜨고 널 봤는데 지금은 완전히 딴판인데?"

"화해했지. 서로 이야기를 하지 못해서 응어리가 풀어지지 않은 것도 있었던 것 같아."

혁민의 질문에 강윤태는 편안한 표정으로 대답했다. 강윤주는 항상 강윤태를 경멸의 시선으로 쳐다보았었는데, 지금은 많이 가까워진 듯했다.

"요즘 지원이하고 잘된다면서? 좋겠네. 가족 일도 잘 풀리고, 연애도 일도 잘되고."

강윤태와 위지원 변호사는 상당히 가까운 사이가 되었다. 결혼을 이야기하는 단계까지는 아니었지만, 좋은 관계를 만들어가고 있었다.

"지원이하고 있으면 편하더라고. 그리고 너만 할까. 국민 변호사잖아, 국민 변호사."

"국민은 무슨. 난 이번 사건만 끝나고 나면 율희하고 어디 여행이라도 다녀올 거다. 무조건! 사건은 다른 변호사들한테 맡길 거야."

혁민은 강윤태와 이야기를 하면서 성만과 슬기가 같이 있는 모습을 보았다. 차동출 검사실에서 일하던 혁민의 동기 송슬기는 성만과 만나고 있었다. 그 모습을 본 윤종연 PD가 결혼식장에 커플 천지라면서 슬쩍 끼어들었다.

"자네 덕 아주 톡톡히 봤어. 내가 정말 자네한테는 톡톡하게 한잔 사야 할 것 같아."

윤종연 PD는 혁민과 처음 만났던 변론대회가 생각난다며 그때 혁민을 만나지 못했더라면 자신의 인생은 지금과는 많이 다를 것이라고 이야기했다.

"고맙네. 나 개인으로서도, 그리고 국민의 한 사람으로서도 고맙네."

혁민은 쑥스럽게 무슨 그런 이야기를 하느냐면서 손사래를 쳤는데, 사진사가 부케를 던지겠다는 소리를 하자 다들 그쪽으로 시선이 돌아갔다.

신부인 오혜나가 준비를 하고 있었고, 뒤에는 친구인 강윤주와 이채민을 비롯한 친구 몇 명과 송슬기, 장보람 등이 있었다. 그리고 율희도 그 사이에 끼어서 밝게 웃고 있었다.

'그러고 보니 얼마 전에⋯⋯.'

혁민은 심장 어림을 쓰윽 만졌다. 저녁에 갑자기 심장에 통증을 느꼈다. 예전에 율희가 사고를 당했을 때 종종 느꼈던 그 통증. 그런데 잠깐 자신을 괴롭히던 통증은 이내 사라지고 아주 상쾌한 기분이 들었다.

그리고 그 이후로는 몸이 더 개운했다. 과거로 돌아오고의 활력이 넘쳤던 그때의 기분마저 들었다. 몸에서 새로운 활력이 솟아나는 느낌이었다.

그리고 배 실장이 간단한 쪽지만 남기고 사라졌다. 하려던 일이 끝나서 고향으로 돌아간다는 내용이었다. 인사를 못 해서 미안하지만, 앞으로 보기는 어려울 것 같다고 했다. 마지막으로 자신이 경험한 사람 중에서 혁민이 가장 멋진 인물이었다며 행운이 함께하기를 기원한다고 했다.

"그 소식 들었어?"

성만이 혁민의 옆으로 오면서 이야기했다. 혁민이 무슨 이야기냐며 묻자 그는 진윤상이 체포되었다고 이야기했다.

"경찰하고 같이 뭘 빼돌리다가 잡혔다고 하더라고. 그래도 친구라고 어떻게 좀 해달라고 연락을 했더라. 그래서 그냥 죄지은 만큼 살다 오라고 했지."

성만은 씁쓸한 표정으로 이야기했다. 혁민도 아는 일이었다. 진윤상은 경찰인 조창우와 함께 마약에 손을 댔다가 잡혔다.

백 선생도 불법 자금 관련해서 형을 받을 예정이었다. 혁민은 어느 정도 사건이 진정되면 김문환의 비리도 밝힐 생각이었다. 그걸 그냥 넘어갈 수는 없었다.

"자, 힘껏 던지세요. 하나, 둘……."

사진사의 말에 맞추어 혜나가 부케를 뒤로 휙 던졌다. 운동신경이 좋아서인지 포물선을 그리며 부케가 힘차게 날아갔다. 원래는 받을 사람을 정하고 던지기도 하는데 오혜나가 어디 일반적인 사람이던가.

엔터테인먼트 회사를 이끄는 사장이자 여장부다. 그는 자유경쟁이라고 하면서 결혼하고 싶은 사람은 어떻게 해서든 받으라고 이야기했다.

혁민은 율희도 눈을 반짝이면서 부케를 받으려는 걸 보고는 당장은 아니겠지만, 멀지 않은 시기에 결혼해야겠다는 생각을 했다.

부케는 치열한 경쟁 끝에 위지원 변호사가 받았다. 위지원 변호사는 부케를 들고 팔짝팔짝 뛰더니 강윤태를 보면서 활짝 웃었다. 그리고 부케를 받지 못했지만, 율희도 혁민에게 아름답고 화사한 미소를 보냈다.

*　　　*　　　*

역사상 최초이고 최대라고 언론에서 호들갑을 떤 민사소송. 혁민은 수많은 사람들을 위해서 법정에 섰다. 반대쪽에는 소송을 당한 사람들이 무척이나 불편한 표정으로 앉아 있었다.

"당신들은 부끄러운 줄 알아야 합니다!"

혁민은 손가락으로 반대쪽 사람들을 가리키며 일갈했다.

"아시는 분은 다 아시겠지만, 저는 소송을 하면서 편법을 많이 사용했습니다. 변호사로서는 적합하지 않은 행동이죠. 하지만 저는 그걸 부끄럽게 생각하지 않습니다. 그렇게 하지 않고서는 의뢰인의 억울함을 풀어줄 수 없었으니까요. 저는 오히려 자랑스럽게 생각합니다."

잠시 말을 멈추었던 혁민은 단호하게 손짓을 하면서 말했다.

"저는 꿈이 있습니다. 이런 편법을 쓰지 않아도 되는 사회, 그런 세상에서 변호사를 하는 꿈입니다. 그리고 지금 거기에 한 발자국 다가섰다고 생각합니다."

혁민은 다시 손가락으로 반대쪽 사람들을 가리키며 말했다.

"당신들은 부끄러운 줄 알아야 합니다! 왜냐? 지금까지 그럴 수 없었던 것이 당신들의 더러운 욕망과 추악한 탐욕 때문이었으니까. 하지만!! 이제는 지금까지 당신들이 해왔던 대로 되지 않을 겁니다."

법정 안은 고요했지만, 뜨거운 기운이 부글부글 끓어오르는 듯했다. 사람들은 눈을 부릅뜨고 혁민의 말을 경청했다.

"당신들은 이곳에서 당신들 때문에 고통받은 사람들에게 충분한 배상을 하게 될 겁니다. 죄를 지은 만큼 대가를 치르게 될 겁니다. 예전처럼 얼렁뚱땅 넘어가지 못할 겁니다."

혁민은 뒤돌아 사람들을 쳐다보면서 말했다.

"언젠가는 제가 편법 같은 걸 잊게 될 겁니다. 그 시작은 오늘!! 이 순간부터입니다."

『괴짜 변호사 : 악마의 저울』完

초대형 24시 만화방

신간 100%, 샤워실, 흡연실, 수면실(침대석), 커플석, 세탁기 완비

■ 강북 노원역점 ■

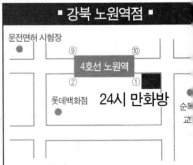

서울 노원구 상계동 340-6 노원역 1번 출구 앞 3
02) 951-8324 (화용빌딩 3층)

■ 일산 정발산역점 ■

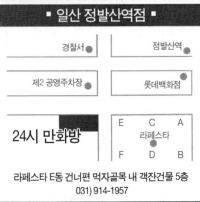

라페스타 E동 건너편 먹자골목 내 객잔건물 5층
031) 914-1957

■ 일산 화정역점 ■

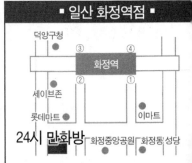

경기도 고양시 덕양구 화정동 984번지 서일빌딩
031) 979-4874 (서일사우나 건물 7층)

■ 부천 역곡역점 ■

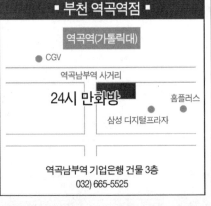

역곡남부역 기업은행 건물 3층
032) 665-5525

■ 부평역점 ■

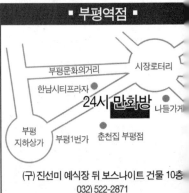

(구) 진선미 예식장 뒤 보스나이트 건물 10층
032) 522-2871

FUSION FANTASTIC STORY

성운을 먹는 자

김재한 퓨전 판타지 소설

『폭염의 용제』, 『용마검전』의 김재한 작가가 펼쳐 내는
이제까지와는 전혀 다른 새로운 이야기!

『성운을 먹는 자』

하늘에서 별이 떨어진 날
성운(星運)의 기재(奇才)가 태어났다.

그와 같은 날,
아무런 재능도 갖지 못하고 태어난 형운.
별의 힘을 얻으려는 자들의 핍박 속에서 한 기인을 만나다!

"어떻게 하늘에게 선택받은 천재를 범재가 이길 수 있나요?"
"돈이다."
"…네?"
"우리는 돈으로 하늘의 재능을 능가할 것이다."

Book Publishing CHUNGEORAM